봄산은 새봄에 신록을 입는다.
얼음이 녹은 개울은 새봄에 경쾌한 물소리를 얻는다.
산문의 문장들을 엮은 책이 새봄에 새 옷을 입어
독자들을 만난다고 하니 기쁘다.
생기를 얻으니 기쁘다.
모든 분들의 마음에 새롭고 푸릇한 싹이 돋기를 바란다.

2018년 3월   새봄을기다리며

문태준

느림보 마음

문태준
산문집

느림보 마음

마음의숲

느린 마음으로 살 때
청량해진다

　지금껏 내가 살아온 시간을 돌아본다. 돌과 구름과 수양버들과 바퀴와 물과 안개와 불과 꽃송이와 함께 살았다. 그들은 그들대로 나는 나대로 살았다. 어느 때부턴가는 나도 그들처럼 살았다. 묵묵한 돌처럼, 흐르는 구름처럼, 선 수양버들처럼, 덜컹거리는 바퀴처럼, 매끄러운 물처럼, 짐작할 수 없는 안개처럼, 타오르는 불처럼, 막 피어나는 꽃송이처럼 시간을 살았다.

　그리고 가족과 이웃과 어울려 같은 시간을 살았다. 누나의 등에 업혀 해가 지는 저녁 속에 있기도 했다. 들에서 돌아오는 아버지를 마중 나가 소를 받아 오는 소년으로 살기도 했다. 라일락나무 아래서 사랑하는 사람을 기다리기도 했다.

마음이 어둡기도 했고, 반갑기도 했고, 애가 타기도 했다. 매번 나의 마음은 바뀌어 가며 시간을 살았다. 마치 폭염의 여름이 눈보라의 겨울로 천천히 변해 가듯이. 마치 푸른 포도알이 검게 무르익듯이. 눈물이 웃음을 젖게 하듯이. 웃음이 눈물을 말리듯이. 마음이 하는 이 일들을 다 받아안고 살았다. 모나면 모난 대로, 둥글면 둥근 대로.

그러나 살아오면서 내가 사랑했던 시간은 누군가의 말을 가만히 들을 때였다. 뒤로 물러설 때였다. 작은 자연이 되어 자연의 속도로 천천히 걸어갈 때였다. 나뭇가지에 앉은 새처럼 혼자 오도카니 앉아 있는 때였다. 잘못 살았다고 엎드려 눈물을 삼킬 때였다. 내가 나를 거울로 들여다볼 때였다. 다시는 그렇게 하지 않겠노라고 용서를 빌 때였다. 그럴 때마다 이 세계가 한층 맑아지는 것 같았다. 이제 나는 더 청량한 곳으로 갈까 한다.

이 세상이 너무 신속하다. 쉴 겨를과, 나란히 가는 옆과, 늦게 뒤따라온 뒤를 살려 냈으면 한다. 나의 것을 다른 데로 돌릴 줄 알았으면 한다. 차마 다하지 못하는 말은 남겨 두었으면 한다. 세상의 마음이 한없이 가난해지지 않도록. 세상의 마음이 궁벽한 곳에 살지 않도록.

시를 배운 이후로 처음 산문집을 낸다. 시보다 조금 더 긴 말을 눌변으로 내어놓는다. 살아오면서 시간이 나를 데리고 간 곳이 이러했거니 생각한다. 이 글을 쓰면서 김연준의 '비가'를 듣고 있으니, 여름 우레가 한바탕 지나간 듯하다. 다시 이곳에서 잘 살아야겠다. 잘해야 할 일도, 잘 섬겨야 할 사람도 참 많다. 더디더라도 그 일을 미루지 않고 하고자 한다. 그러니 조금만 더 기다려 주길 바란다. 마음의숲 식구들에게 감사의 마음을 전한다.

2009년 여름
문태준

처음 산문집을 낸 후로 벌써 세 해가 지났다. 그동안 떠오른 생각들이 없지 않아서 간간이 쓴 산문들이 서른 몇 편에 이르렀다. 새로이 산문집을 준비하는 것보다 앞서 쓴 산문집에 보태는 것이 어떨까 하는 생각에 이르렀다. 그리하여 책의 내용과 의상을 좀 바꾸었다. 앞으로도 혹여 새로이 잡문들을 쓰게 된다면 이 책에 보태어 수정판을 펴내게 될 것 같다. 조각의 글들에 조각의 글을 보태는 일이 쓸모없는 줄은 알지만, 내가 살면서 만나게 된 통증의 기록이 되지 않을까도 싶은 것이다.

근래에 내 어머니가 편찮으셔서 응급실이며 입원실에서 간호하며 보냈다. 목전의 세계가 큰 병동처럼 느껴졌다. 그러나 회복기의 환자들도 함께 만났다. 우리를 이끌어 가는 것 가운데 하나가 늙음과 병듦임을 부인할 수 없지만, 회복에의 희망이 또한 우리를 이끌어 가고 있음을 믿는다. 여름이 먹구름의 우수와 꽃밭의 기쁨을 함께 끌고 갔듯이.

음지와 화인火印, 눈물 자국에 맞서자. 오솔길과 화관花冠, 대화를 들고서. 절벽, 우리를 난파하는 낙담, 분노에 맞서자. 조각돌, 노래, 속눈썹을 들고서.

우리를 둘러싼 세계여, 굳은 절망을 해제하는 열쇠를 다오. 새벽 창가에 어머니가 와서 서성인다.

2012년 가을
문태준

차례

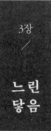

3장
/

느린
닿음

느린
마음

덜어 내는 것은 참 어려운 일이다.

그러나 마음에도 소식小食이 필요하다.

덜어 내는 것이 가장 번창하는 일이다.

말을 덜어 내면 허물이 적어진다.

덜어 내는 일이 보태는 일보다 어렵지만,

덜어 내는 일이 나중을 위하는 일이다.

아름다운 주름 생각

세상에 좋고 좋은 것들이 수두룩하지만 나는 유독 주름을 좋아한다. 온몸에 주름 아닌 곳 있는가. 모두 접힌 곳이다. 주름이 많은 얼굴은 험상궂은 인상이 아니다. 특히 눈웃음이 만든 눈주름을 좋아한다. 웃음을 끌어당긴 흔적이기 때문이다. 웃는 일보다 운 적이 더 많은 사람에게도 눈주름이 있을 것이다. 두 눈을 질끈 감고, 눈물을 뚝뚝 흘리고, 팔뚝으로 눈물을 훔치면서 울고 운 날의 흔적이 눈주름을 만들기도 한다.

그러나 눈주름이 세필細筆로 그린 듯 아름다운 얼굴은 더 많이 웃고 산 사람의 몫이다. 금 간 그릇에서 물이 조금조금씩 새어 나오듯, 눈에서 웃음이 살짝살짝 번지고 흘러나와 완성된 눈주름은 고혹적이다. 그렇게 가늘고, 나무뿌리처럼 뻗어 나간 눈주름을 보면 '아, 저이는 마음도 세월도 잘 만지셨구나' 저절로 부럽기도 하다.

입가에 난 주름도 아름답기는 마찬가지다. 오물오물 맛있게 잘 먹었다는 뜻이다. 딱딱한 것보다는 부드럽고, 무르고, 차진 것을 더 많이 먹었을 것이다. 역시 웃음을 끌어당겼기 때문에 생겨났을 것이다. 기차 화통을 삶아 먹은 듯 고함을 치거나, 곧잘 토라지는 얼굴에는 입가주름이 자잘하게 생겨나지 않기 때문이다.

바람이 적어 파고가 높지 않은 날 바닷가에 나가 보았는가. 한 겹 한 겹 접히며 들어오는 바닷물을 보았는가. 잘 웃고 살아서 만든 입가의 주름은 꼭 그런 고요한 바닷가로 밀려오는 낮고 순차적인 파도를 보는 듯하다.

무릎주름도 아름답기는 마찬가지이다. 무릎주름은 잘 볼 수 없다. 대개 옷에 덮여 있기 때문이다. 마늘같이 생긴 무릎에 새겨진 주름을 보라. 해와 달과 별과 모래밖에 본 일이 없는 낙타의 무릎 같다. 무수히 많은, 너무나 먼 길을 걸어 다녔기 때문에 생긴 주름이다. 쪼그려 앉거나 일어나 한참을 서 있다가 생겨난 것이다. 많은 사랑을 기다리기도 했을 것이다.

목주름을 숨기는 사람들도 많이 만났다. 스카프를 목에 감기도 한다. 물론 나의 목이 칠면조의 목처럼 되어 버린다면 참을 수 없기도 할 것이다. 그러나 목처럼 고역을 감당하는 몸도 없다. 꽃을 떠받든 꽃대 같은 것이 목이다. 목은 주로 삼킨다. 밥도 울분도 삼킨다. 그러면서 목주름은 생겨난다. 곁을 보거나, 아래를 살펴 주거나, 위를 부러워하거나, 뒤를 조심하면서 생겨난 것이다. 얼마나 솔직한 것인가.

주름을 펴려는 사람들이 많다. 그러나 주름은 막을 수 없다. 우리가 해변에 서서 밀려오는 잔파도를 두 손으로 막을 수 없는 것처럼. 우리는 자꾸 웃는 쪽으로 나아갈 뿐이다. 우리가 그렇게 이동하면 주름도 우리를 따라올 것이다. 세월의 손때를 입은 주름은 항상 아름답게 반짝인다.

자라와 고니

●
●
●

말에는 그 사람의 밑천이 드러난다. 요즘 사람들이 주고
받는 말을 듣고 있으면 참 황망하다. 당신은 이런 사람들과
대화를 계속하겠는가. 험한 말을 듣고 있을 당신의 마음이
산산조각 난 유리 거울이 되지 않을까 걱정스럽다.

너무 참아도 병이 생긴다지만 너무 참지 못하는 것도 병
이다. 요즘은 사람과 사람이 만나 말을 주고받는 데 3초를
기다리지 않아도 될성싶다. 사람과 사람 사이에 오가는 말
은 한 척의 배와 같다 했거늘, 저편에서 이편으로 배가 건너
오기를 기다리는 미덕이 사라졌다. 너무 조급하다. 따질 것
은 따져야겠지만 오가는 말에는 날 선 공박뿐이다.

말의 패총을 보는 것 같다. 텔레비전 토론 프로그램을 보
아도 그렇고, 정치가들이 카메라 앞에서 쏟아 내는 말도 마

찬가지이다. 말에 관용과 은유가 없다. 나무둥치를 찍어 대는 도끼의 말뿐이다. 용렬하고 천한 말과 남을 괴롭히는 말은 있지만, 멋지고 도리에 맞는 말이나 잘 조복하는 말, 때에 따라 헤아려 결정한 말을 듣기는 어려워졌다. 말에 고약한 냄새가 난다.

부처가 어느 날 호되게 욕을 얻어먹은 적이 있었다. 부처는 이에 동요하지 않았다. 화가 일어나지 않았다. 그걸 지켜보던 제자가 물었다. 험한 욕설을 듣고도 어찌해서 당신은 가만히 계시느냐고. 그때 부처가 말하길, 저이가 나에게 욕설을 하더라도 내가 욕설을 받지 않으면 그 욕설은 어디로 돌아가느냐고 되물었다. 욕설을 받은 바 없으므로 그 욕설은 고스란히 욕설을 한 사람에게로 되돌아간다는 것이다.

즉각적인 응수가 능사는 아니다. 욕설을 욕설로 되받아치는 것은 어리석은 일이다. 당신이 욕설로 되받아치면 욕설의 오감은 끝이 없을 것이다. 욕설과 거친 말은 발을 씻은 대야 속의 물과 같다. 누구든 그 물로 세수를 하거나 양치질을 하지는 않을 것이다.

먼저 발을 씻은 대야 속의 그 물을 버려야 한다. 큰 응수는 침묵에 있다. 침묵은 깊이와 수량을 잴 수 없다. 우치愚癡한

18

몇 마디의 말보다는 침묵이 더 아름답다. 침묵은 더 많은 사람들의 마음을 움직인다. 애써 당신이 말하지 않아도 사람들은 알 만큼 다 알고 있는 것이다.

불교 우화에 '자라와 고니' 얘기가 있다. 옛날에 자라가 호수에 살고 있었다. 어느 해에는 가뭄이 혹독해 호수 바닥이 말라붙었다. 자라는 제힘으로는 먹이가 있는 곳까지 갈 수 없게 되었다. 마침 그때 아주 몸이 큰 고니가 호숫가에 내려앉았다. 자라는 애걸을 했다. 그 큰 날개로 자기를 어디든 좀 날라 달라고. 먹이가 있는 곳이면 더할 나위 없이 좋겠지만, 모쪼록 이곳만 벗어나게 해 달라고 애원했다. 고니는 마지못해 자라를 입에 물고 날아올랐다.

도시 위를 지나가고 있을 때였다. 자라는 공중에서 고니에게 연달아 질문을 해댔다. 여기가 도대체 어디냐고. 자라가 자꾸 물으니, 고니는 저도 모르는 사이에 대답을 하고 말았다. 대답을 하려고 입을 벌리는 서슬에 자라는 땅에 떨어지고 말았다. 자라는 땅에 떨어져 사람에게 잡아먹히고 마는 신세가 되었다. 어리석고 생각이 모자라서 입을 조심하지 않으면 자라의 신세가 되고 만다는 가르침을 주는 우화이다.

입은 날카로운 도끼와 같아서 그 몸을 스스로 깬다고 했다. 입으로 여러 가지 악한 말을 하면 도리어 그 도끼의 말로써 스스로 몸을 해치고 말 것이다. 말을 할 때가 있는가 하면 침묵을 지켜야 할 때가 있다. 적절한 침묵은 우레와 같다고 하지 않았는가.

동산의 능선처럼 완만하게 유연하게 우리는 말할 수 없을까. 울타리에 한창 핀 장미꽃처럼 말하지 못할 바에야 수구守口를 생각해 보면 어떨까.

오는 봄을 나누세요

•
•
•

"공간에서 대지를 향해 손을 내밉니다/ 길들이 멀리 들판으로 나서 들판을 보여 줍니다/ 별안간 그대는 대지가 상승하는/ 표시를 봅니다"라고 쓴 릴케의 시 '이른 봄'이 생각날 정도로 날씨가 제법 푸근해졌다. 대낮에는 땅이 부풀어 오르는 것을 느낄 정도이다. 한차례 한파가 더 몰아칠 거라지만 이제 엄동嚴冬은 물러나는 느낌이다. 휑하던 나뭇가지에도 못 보던 새가 내려앉아 운다. 새봄이 멀지 않았다. 이맘때쯤에는 다시 듣고 싶은 소리가 하나 있다. 설악산 계곡 꽝꽝 언 얼음이 풀리는 소리가 그것이다. 계곡을 쩌렁쩌렁하게 울리는 그 소리를 산길에서 처음 들었을 때 내 가슴 속 큰 근심도 풀리는 느낌을 받았다. 지난 며칠 동안 그 소리가 문득 그리워졌다.

지구가 태양을 한 바퀴 돌아 나와 우리는 다시 새봄의 초입에 섰다. 홍매화가 꽃망울을 터트렸다는 소식도 들려온다. 시인 정지용은 '이른 봄 아침'에서 봄이 오는 풍경을 이렇게 노래했다.

봄ㅅ바람이 허리띄처럼 휘이 감돌아서서

사알랑 사알랑 날러 오노니

새새끼도 포르르 포르르 불려 왔구나.

한결 유순해진 바람결에는 몸 가볍게 살랑살랑 걷는 여인의 모습이 겹쳐 있고, 새 생명은 다시 태어나 날개를 펴고 첫 비행을 한다.

입춘에 입춘첩을 새로 지어 대문에 붙인 집도 눈에 띈다. 입춘첩에는 좋은 일이 많이 생겼으면 좋겠다는 소망이 담겨 있다. 입춘이 되니 크게 길하고 밝은 기운과 경사를 듬뿍 받으시라는 뜻의 '입춘대길 건양다경立春大吉 建陽多慶'이라는 입춘첩도 좋지만, 내가 각별하게 좋아하는 입춘첩은 '수여산 부여해壽如山 富如海'라는 글귀이다. 산처럼 건강하고, 바다처럼 넉넉해지시라니 이 뜻은 얼마나 큼직하고 좋은가.

입춘이나 정월 대보름 무렵에 행하던 풍속 가운데에는 적선積善의 풍속이 있었다고 한다. 착한 일을 적어도 한 가지 쌓았는데, 개울에 징검돌을 놓아 사람들이 개울을 건너가기 쉽게 하거나 쌀독이 빈 집에 한 되의 쌀을 몰래 넣어 두는 일로 적선을 했다고 한다.

그러고 보면 봄이 시작되는 이즈음에는 나의 다복을 비는 일 못지않게 다른 사람의 형편을 함께 돌보는 일을 했던 셈이다. 옆을 돌보는 미덕이 있었던 것이다. 그러나 요즘 누항陋巷의 인심을 바라보자면 개인적 소망이 이뤄지길 바라는 정도는 더 절실해졌지만, 적선의 풍속에 대한 관심은 덜해진 것 아닌가 싶어 적잖이 아쉽기도 하다.

입춘에 나는 두 분의 스님으로부터 귀한 말씀을 들었다. 정토수련원 원장 유수 스님은 당신의 출가 인연에 대해 들려주셨다. 은사 스님인 법륜 스님으로부터 "빗자루처럼, 걸레처럼 살라"는 말씀에 깊은 감화를 받아 출가를 결심했다고 했다. 빗자루처럼, 걸레처럼 낮고 누추한 자리로 가서 자신을 내세우지 않고 다른 생명을 위해 봉사하며 살라는 말씀을 당신의 출가 인연에 빗대 나에게 말씀하신 것이었다.

〈아름다운 인생은 얼굴에 남는다〉라는 책을 펴낸 원철 스님의 덕담도 인상적이었다. 옛날 선사들은 "별일 없으신지요?"라는 질문을 받으면 "향 피우고 발우 씻으며 지냅니다"라고 대답했다는 것이다. 늘 하던 대로 기도할 때 기도하고 밥 먹을 때 밥 먹으며 산다는 말씀이니, 신통이니 묘용이니 하는 것도 일상 속에 있는 만큼 평상심으로 사는 것이 무엇보다 중요하다는 것을 에둘러 말씀하신 것이었다.

나라의 경제가 어려워져 모두가 위기 속에 있고, 주머니가 얇아지면서 인심이 쌀쌀하고 거칠어지는 것을 본다. 이럴 때 우리에게 무엇보다 필요한 것은 나를 대하듯 주변 사람을 대하는 싹싹하고 부드러운 마음, 그리고 나 스스로는 평소의 마음을 잃지 않는 것이 아닐까 싶다.

계곡이 아무리 깊어도 봄이 되면 그곳에도 봄꽃은 핀다. 우리가 지금 가장 어둡고 추운 계곡에 갇혀 있다고 하더라도 봄의 기운은 어김없이 와서 번진다. 우리는 이미 봄이 오고 있는 길목에 나란히 들어섰다. 봄을 함께 나눌 일이다. 우리 모두의 마음에 신춘新春의 새잎이 돋게 하고 새들이 맑고 고운 목소리로 노래하게 하자.

흙길 보행

•
•
•

린다 호건은 치카소 부족 출신의 소설가이며 시인이다. 그녀의 글은 우주를 초인적으로 감각하는 인디언의 예지와 총명을 보여 준다.

우리 중 한 사람이 태어났을 때 바람이 우리에게 들어와서 일생 동안 우리를 들이마신다. 우리의 첫울음과 말들을 통해서, 우리가 걷고 요리하며 나무를 심는 동안 내내 우리를 들이마신다. 죽을 때 그것은 떠난다. 나머지 공기와 바람의 일원으로 돌아간다.

그녀는 우리의 목숨을 간단히 우주의 호흡 속에 집어넣는다. 고집 세고 딱딱한 우리가 저 가벼운 공기와 한 자락

바람에 불과하다니.

초등학생인 아이가 잠깐 동안 외갓집으로 지내러 간 후 나는 린다 호건의 책을 들춰 보았다. 아내는 아이와 함께 올레를 걷겠노라고 했다. 아이와 많은 대화도 하겠다고 했다. 나는 외돌개에서 출발하는 코스를 미리 슬그머니 알려 주었는데 아이의 귀와 눈이 더 밝고 맑아졌으면 좋겠다는 바람을 섞어 말했다. 그때 나는 다시 린다 호건의 문장들을 머릿속에 떠올리고 있었다. 그것들은 모든 생명이 본래부터 가진 고유한 언어 세계에 관한 것이었다. 다음의 문장을 읽었을 때 나는 우리가 잃어버린 것의 일부를 짐작할 수 있었다.

한밤중에 낮의 가면을 벗은 옥수수밭에 가면 당신은 식물들이 서로 얘기하는 소리를 듣습니다. 바람이 지나갑니다. 거기에는 바람, 독수리, 옥수수, 돌의 목소리들인 언어들이 모두 있습니다.

아이가 올레를 걷고 돌아온 그날 밤, 나는 아이와 전화통화를 했다. 내가 물었다. "흙길을 걸으며 무엇을 보았니?" 아이는 주저주저했다. 내가 다시 아이의 대답을 묵묵히 기다리자 아이는 그제야 스케치북에 그림을 그리듯 낮에 보고 만진 것을 하나둘 말하기 시작했다. "바다, 섬, 흙탕길, 꽃, 풀밭, 언덕, 폭포, 공기, 하늘, 구름 떼, 새, 바람, 이끼……." 아이는 그것들과 약간 친해진 기분이라고 했다. 나는 아주 좋은 여행이 되었겠다고 칭찬을 보냈다.

버스와 지하철을 타고 아스팔트 위를 오가는 나로서는 틈나는 대로 흙길을 걸으려 애를 쓴다. 오래 아파트에 살고 있는 나로서는 독일 시인 루트비히 펠스의 '장치'라는 시가 불편했다. "당신은 새의 울음이 담긴 녹음테이프를 틀고/ 나는 플라스틱 꽃에 물을 준다." 루트비히 펠스의 시구절처럼 될 날이 당장에는 없겠지만 그렇다고 아주 먼 미래의 일이라고 장담할 수도 없다.

생태 시인 노베르트 무스바허의 '도시에서의 굴착 작업'이라는 시를 읽을 때에도 불편함은 있다. 시인은 도시에서 흔한 아스팔트 굴착 작업에 대해 노래하는데, 많은 사람들은 굴착 작업 하는 곳을 지나가면서 보행에 지장을 느껴 화를 내기도 했을 것이다. "많은 사람들은 화를 낸다./ 그러나 내심 즐거워하고 있으니/ 아스팔트/ 아래에/ 흙이 있을 줄이야!" 그나마 사람들의 마음이 이 시에서처럼 보송보송한 흙을 기억하고 있다면 얼마나 다행스럽겠는가.

　요즘 아파트 한 귀퉁이에는 라일락꽃이 보랏빛으로 피고 있다. 숲은 한창 신록이다. 생명은 각각의 목소리인 언어로 말을 걸어온다. 이러할 때 우리는 흙길 위에서 이렇게 감격해 보자. "흙이 있을 줄이야!" 감격, 그래, 감격한 지 오래되었다.

시원하고 푸른
한 바가지 우물물 같은 휴식

•
•
•

　내가 어릴 때부터 어른들에게 들어 온 말씀 가운데 "엎힐라!"라는 말씀이 있다. 급히 밥을 뜨고 국을 들이켜는 밥상에서 그 말씀을 들었고, 마음이 무정차 버스처럼 바쁘고 조바심을 낼 때도 그 말씀을 들었고, 일을 차례차례 하지 않고 마구 뒤섞어 앞뒤 순서가 없을 때도 그 말씀을 들었다.

　그 말씀은 벽에 걸린 거울 같은 것이었다. 그 말씀은 집에서 바깥으로 나가고, 또 바깥에서 집으로 돌아왔을 때 들여다보는 작은 거울 같은 것이었다. "엎힐라!"라고 걱정하는 말씀. 우리를 얼마나 따뜻하게 감싸는 말씀인가.

　가만히 생각해 보라. 무언가를 헐레벌떡 먹는 일에만 체함이 있는 것이 아니라, 모든 일과 마음에도 급체가 있다. 몸의 급체는 어머니의 약손이 배를 둥글게 문질러 다스릴 수 있지만, 마음이 체하면 명약이 없다. 그러니 되도록 마음이 급체를 앓지 않도록 앞서 조심하는 수밖에 없다.

일이 오기 전에 마음이 너무 앞서서 미리 걱정하지도 말일이다. 마음도 쉬어야 한다. 마음이 쉬는 것이 참된 지혜라고 했으니, 우리의 몸이 여름날 시원한 바닷가를 찾아가듯이 당신의 마음도 해변의 백사장을 찾아가 한가롭게 거닐어 보는 시간이 필요하다.

내 기억에 남아 있는 가장 멋진 쉼터는 원두막이다. 수박과 참외가 익는 원두막. 조금은 높은 곳에 앉아 바람이 사방에서 오거든 그 바람의 살들을 만질 수 있는 곳. 오수를 즐겨도 좋은 곳. 밤이면 모기장을 치고 풀벌레 소리를 이불처럼 덮을 수 있는 곳. 원두막에서의 휴식은 그 맛이 달랐다.

너른 평상에 앉아도 좋았다. 산그늘이 마당까지 내려와 집이 어두워지면 마당 한쪽에 모깃불을 피우고 식구들이 둘러앉아 국수를 말아 먹는 일도 행복했다. 부채 하나씩을 들고 이런저런 얘기를, 모래알 같은 일까지도 서로서로 나누던 시간들이 좋았다.

나무가 그늘을 만들듯이, 거실이 한쪽에 소파를 두듯이, 우리의 삶에도 휴식이 필요하다. 휴식은 땡볕 같은 날에 내리는 한차례의 소낙비 같은 것이다. 뒤틀린 것을 천천히 원래 자리로 되돌려 주는 것이 휴식이다. 우물물로 등목을 하듯, 갈증의 마음에 시원하고 푸른 한 바가지의 휴식을 주어야 한다.

휴식을 위해 꼭 어딘가를 찾아가야만 하는 것은 아니다. 가령 아침 저수지에 산오리들이 내려와 천천히 수면에 미끄러지는 풍경을 상상해 보라. 큰 나무 아래 나무 의자 하나가 놓여 있는 풍경을 상상해 보라. 시원한 폭포 아래 앉아 있는 나를 상상해 보라. 제주도 오름들을 바라보고 있다고 상상해 보라. 우리의 마음은 어디든 갈 수 있고, 그곳이 어디든 내가 원한다면 돌아오지 않고 오래 머무를 수 있다. 이것이 마음의 놀라운 능력이다.

우리의 마음이 부정적인 것에 지배되지 않도록 할 일이다. 몸과 마음의 고단은 몸과 마음의 어둠을 부른다. 꽉 묶어 둔 보자기를 풀듯이 우리의 하루하루에도 이완이 필요하다. 몸에 잔뜩 힘을 주어 근육이 내내 긴장하고 있는 상태를 상정해 보라. 누구도 그처럼 살고 싶지는 않을 것이다.

다만 내 삶의 리듬은 내가 유지할 필요가 있다. 내가 세상의 주인공이라는 생각을 자주 할 일이다. 지금 나를 이곳에 데려온 당사자는 바로 나인 것이다. 내가 내 삶의 중심이다. 내가 내 삶의 경영자이다.

부처가 사람들에게 이른 말이 있다. "마음을 지니되 마땅히 네모진 돌과 같이 하세요. 돌이 뜰 가운데 놓여 있으니 비가 떨어져도 깨지 못하며, 해가 뜨겁게 비춰도 녹이지 못하며, 바람이 불어도 움직이지 못하나니, 마음을 지니되 마땅히 돌과 같이 하세요"라고 했다.

나를 단속하면서 나를 자유롭게 할 일이다. 꽃밭은 저 마당에만 있는 것이 아니다. 나의 마음에도 꽃밭을 가꾸어야 한다. 나의 마음도 꿀을 찾아 하늘을 날아가는 작고 귀여운 꿀벌이 되어야 한다. 밀원 또한 우리의 마음속에 있다.

뼈아픈 후회

•
•
•

　외할머니는 몸이 뚱뚱했다. 숨이 가빴고 초여름부터 부채를 달고 사셨다. 대구 외갓집에 사시다 방학이 시작되면 불쑥 찾아오셨다. 나는 외할머니를 여름날 오후에 문득 만나곤 했다. 마루에 걸터앉아 부채질하시는 모습이었다. 오실 때마다 보자기에 싸 오는 것이 있었다. 보자기를 풀어 놓고 보면 큰 사탕 봉지가 있었다. 외할머니는 여름 한동안 그렇게 부채질하는 모습과 삶은 옥수수 드시는 모습을 내 기억 속에 남겨 놓은 채 다시 외갓집으로 돌아가셨다. 나는 외할머니를 살갑게 모신 적이 별로 없었다. 외할머니가 별세하신 후 그 때문에 마음이 부서지듯 아팠다.

　큰어머니는 몸이 깡말랐다. 그러나 인자하셨다. 남보다 먼저 남의 걱정을 하던 분이셨다. 우리 집에 쌀독이 비면 몰래 쌀독의 바닥을 채워 주셨다고 어머니는 큰어머니에 대해 말씀하시곤 했다. 눈보라가 불고 밖이 추운 날이면 우리 집 방으로 들어서며 맨 처음 맨손바닥으로 방바닥을 쓸어 보시 곤 했다. 춥고 가난하던 때에 큰어머니는 바람벽이었고 지붕이었다. 그러나 단 한 번도 고맙다는 말씀을 드리지 못했다. 산속으로 들어가는 큰어머니의 상여를 뒤따라가며 눈물이 한없이 쏟아졌다.

외할머니도, 큰어머니도 돌아가신 지 오래되었다. 두 분의 몸은 흙으로 돌아가고, 물로 돌아가고, 바람으로 돌아갔다. 세월이 갈수록 점점 더 단출해지는 기억의 나라에 살아 계실 뿐.

노무현 전 대통령을 피안彼岸으로 떠나보냈다. 사실 나는 비보悲報의 내용이 대통령의 결단이라고는 좀체 믿어지지 않았다. 봉하마을로 귀향해 "야, 기분 좋다"라고 말하던 모습과 털썩 주저앉아 밀짚모자를 벗고 막걸리 한 잔을 마시던 소탈한 얼굴이 떠올랐다. 그냥 평범한 촌부로 보였다. 자전거 타고 농로를 달리던 모습은 늙은 소년의 모습이었다. 털털하게 보통으로 사는 게 좋아 보였다. 그런데 그날 아침 "저기 사람이 지나가네"라며 사람을 마지막으로 멀찌감치 떨어져서 바라보았다고 했다. 초록이 짙어 가는 이른 아침,

새들이 막 깨어나 울고 있는 숲길을 걸어 올라가며 홀로 무슨 생각을 했을까 헤아려 보니 가슴이 먹먹해졌다.

나는 나에게 질문하지 않을 수 없었다. 내가 온전히 사람을 이해한다고 믿었다 한들, 사랑이라 믿었다 한들 그것은 나를 위한 이해요, 나를 위한 헌신이요, 나를 위한 희생이요, 나를 위한 자기부정이 아니었는지를. 황지우 시인이 시 '뼈아픈 후회'에서 "슬프다// 내가 사랑했던 자리마다/ 모두 폐허다// …// 언제 다시 올지 모를 이 세상을 지나가면서/ 내 뼈아픈 후회는 바로 그거다/ 그 누구를 위해 그 누구를/ 한번도 사랑하지 않았다는 거// 젊은 시절, 내가 자청自請한 고난도/ 그 누구를 위한 헌신은 아녔다/ 나를 위한 헌신, 한낱 도덕이 시킨 경쟁심/ 그것도 파워랄까, 그것마저 없는 자들에겐/ 희생은 또 얼마나 화려한 것이었겠는가// 그러므로 나는 아무도 사랑하지 않았다"라고 노래했듯이.

한 사람에 대한 기억이 일시에 완성되리라고 믿지 않는다. 기억에 대한 완성은 고통스러운 과정을 거칠 수밖에 없다. 마치 내게 외할머니와 큰어머니가 그랬던 것처럼. 다만 우리는 우리에게 주어진 몫만큼씩 사람에 대한 우리의 사랑에 대해 질문하고, 또 응답해야 하는 것이다.

여름의 근면

●
●
●

나는 여름을 유독 좋아한다. 몸이 살찐 이후엔 땀 때문에 소소한 번거로움이 생겼지만, 그래도 여름은 자라나는 계절이기 때문이다. 몸이 더 자라고, 마음이 더 넓어지고, 깊어진다. 열매가 천천히 부풀듯이.

포도나무를 한번 보라. 이제 포도 열매는 더 굵은 눈동자로 자란다. 조금 더 있으면 어디서 오는 것인지, 우리가 잘 알지 못하는 여러 빛깔들이 내려올 것이다. 궁극에는 까맣게 익어갈 것이다. 포도가 익는 것은 햇살의 힘 덕택이다. 햇살이 포도의 얼굴을 검게 만들어 준다. 햇살이 들판에서 일하는 농부의 얼굴을 검게 하듯이.

바야흐로 여름에는 햇살이 노동을 한다. 여름 하늘에서 내려오는 몇 평의 햇살을 보라. 풀들을 자라게 하고, 무더위를 더욱 무더위로 나아가게 한다. 견고함을 더욱 견고하게 한다. 불굴을 불굴이게 한다. 햇살의 질주, 햇살의 포옹, 햇살의 근면이 여름이다.

햇살이 있어 우리는 여름에 바람을 연인처럼 반긴다. 간만에 다시 만난 그리운 사랑처럼. 햇살이 있어 우리는 그늘을 반긴다. 땀에 젖은 몸 위로 흘러가는 바람 한 자락을 떠올려 보라. 노동에 절은 몸 위에 내려앉는 그늘을 떠올려 보라. 얼마나 달콤한가. 얼마나 보석 같은 휴식인가. 그리하여 여름과 여름의 햇살은 노동 이후를 챙긴다. 어머니가 자식을 챙기듯이 여름과 햇살은 생명을 챙기고 생명을 돌본다. 여름은 그리하여 이립而立의 계절이다. 뜻을 세워 확고하게 키워 가는 계절이다.

여름 우레가 구름들을 끌고 가고 그리하여 장마가 지나간 자리에, 햇살의 궁전인 여름이 본격적으로 시작되고 있다. 어릴 적부터 나는 장마를 그리 좋아하지 않았다. 눅눅한 방과 젖은 옷, 천둥과 번개의 집인 장마는 여간 거추장스러운 게 아니었다.

게다가 우리 집에는 우산이 부족했다. 못자리를 만드는 데 쓰는 비닐을 아버지는 자식들의 키만큼 낫으로 잘라 몸에 둘러 주었다. 우산이 없었으므로 비닐을 몸에 두르고 학교엘 갔고, 동네 친구를 골목에서 만났고, 아버지를 따라 논과 밭으로 가 물꼬를 열고 닫았다. 비닐이 옷이었다. 그 시절에는 잠시 창피했다. 그러하였으니 장마 이후의 햇빛은 얼마나 고마운 것이었던가.

'비'라는 물건은 낮을 짧게 만들고, 밤을 길게 만든다고 했다. '비'라는 물건은 사람의 마음의 낮을 짧게 만들고, 우울과 어둔 생각의 밤을 길게 만든다. 그래서 장마 이후의 시간은 명료하게 열리고, 존재하는 것들의 우울을 걷어 낸다.

계절을 맞을 때는 사람의 마음이 그것을 어떻게 받아들이는가, 하는 것이 아주 중요하다. 의탁하는 것이 무엇이냐에 따라서 마음도 달라진다. 같은 구름이지만 구름이 저녁 햇빛과 만나면 노을이 되고, 잘 흐르던 시내가 벼랑을 만나면 폭포가 된다. 그렇다면 우리는 이 여름에 우리의 마음을 어디에 의탁해야 할까.

여름에는 성성한 것에 의탁해야 한다. 졸리고 게으른 것이 아니라 더욱 강렬한 의지에 의탁해야 한다. 그러할 때 여름은 그늘과 휴식을 선물한다. 그러할 때 여름에 부는 바람은 찻잔 속 우려낸 찻물과 같아진다. 뒷맛이 개운한 한가함을 얻게 된다.

여름에는 낮잠이 꿀맛 같다고 한다. 그리하여 세상의 사람들은 잠을 좋아한다. 폭염에 지친 사람들은 밤이면 반드시 밤새도록 잠을 자고, 낮에도 자주 잠을 잔다. 그러나 옛말에 이르기를, 눈은 자더라도 마음은 자지 말라고 했다. 마음이 자기를 바로 보지 못하고 미몽에 헤맨다면 그것을 어찌 확고하다고 하겠는가. 그것을 어찌 결연하다고 하겠는가.

여름은 압박의 계절이다. 느슨해지려는 것이 오거든 허리춤을 묶듯 동여매야 한다. 마치 축구에서 상대편 공격수가 공을 드리블해 들어올 때 수비수들이 그를 압박하는 데 협력하는 것처럼 해야 한다. 그래야 삶에서 뼈아픈 실점이 없다.

곡식과 과실수를 보라. 여름에 힘든 노동을 견뎌 내야 가을이 풍성해진다. 소동파는 사람의 생활과 학문을 농사에 비유한 적이 있다. 그는 농사에도 부잣집의 농사짓는 법이 있고, 가난한 집의 농사짓는 법이 있다고 했다. 가난한 집 농사는 한 뼘 땅에서 지력地力이 다하도록 우려먹고 종자마저 먹어 버려 파종 시기도 맞추지 못한다고 했다. 또 곡식을 미처 익기도 전에 따 먹으니 풍성한 추수를 기대하기 어렵다고 했다.

반면에 부잣집 농사는 기름진 땅이 많아 번갈아 가며 농사를 지으니 지력이 왕성한 데서 곡식이 무럭무럭 자라며, 파종 시기를 놓치지 않고, 추수도 곡식이 잘 여물기를 기다려 거두므로 열매가 통통하다고 했다. 우리는 부자의 농사를 지어야 한다.

햇살이 여름에 집중해서 폭염을 만들어 내듯 우리는 우리들에게 집중할 필요가 있다. 집중의 힘이 강하면 여러 도둑 가운데 서 있어도 해를 입지 않는다. 그것은 마치 갑옷을 입고 싸움터에 나가는 무사와 같다. 쇠를 벼려 불순물을 제거하고 나서 그릇을 만들면 그릇이 좋아지는 것과 같은 이치다.

일을 행할 때 너무 더딘 사람은 하는 일에 잘못이 많아서 얻지 못한 것은 못 얻고, 얻은 것은 잃고 만다. 시기가 지나면 이익을 얻을 수 없고, 그러기에 잃는 것이 많게 된다. 나는 농부인 나의 아버지가 논과 밭에 있을 때 가장 자랑스럽다. 무엇이든 있어야 하는 곳에 있는 것이 가장 아름답다. 일에 때가 있음을 알고, 그리하여 기회를 잃지 않고, 폭염조차 내 살림으로 여겨 나아가는 정진이 세상에서 가장 부럽다 할 것이다.

폭염 속에서 옥수수대가 근엄한 장수처럼 굵어지고 있다. 폭염 속에서 풀들이 허공의 계단을 한 뼘씩 올라서고 있다. 나 스스로에게 의지해서 마음이 퇴전하지 아니하고, 어지러워지지 아니하고, 깨어지지 않게 해야 한다. 그것이 이 여름 햇살이 우리에게 소원하는 삶의 내용이다. 그것이 풍성한 가을을 준비하는 삶이다. 그것이 이 여름을 멋지게 지내는 최고의 피서법이다.

무언가를 새롭게
기다리는 손

●
●
●

이 저녁에 나는 내 무릎 위에 가만히 올라앉아 있는 손을 바라본다. 손은 지금 잠시 쉬고 있다. 곧 다시 움직일 테지만. 이 손은 매일매일 누군가를 만나면 그이의 손을 덥석 붙잡던 손이다. 손은 가장 바깥에 있다. 화초의 제일 바깥에 꽃이 있듯이. 손은 몸 가운데서 가장 바깥으로 가서 세상을 쥐고, 흔들고, 만지고, 당기고, 들어 올리고, 내려놓고, 뿌리친다.

오늘 나의 손은 세상에 가서 토닥이는 일을 했다. 토닥인다는 것은 짐작이 간다는 뜻이다. 내가 당신에게 배어든다는 뜻이다. 이 저녁이 뒤에 오는 밤에게 배어들듯이. 처진 어깨를 토닥여 주는 손은 초승달처럼 곱고 환하다. 토닥여 주는 손은 당신의 부름에 내가 응한다는 뜻이다. 마치 검은 구름에게 비가 응하듯이.

고백하자면, 나의 손은 오늘 또 적잖이 만지작만지작하기도 했다. 가볍게 주무르다 떠나고, 다시 그 자리로 돌아가 쓰다듬었다. 나의 손은 맴돌며 좀스럽게 떨었던 것이다. 그러나 나의 손이 그렇게 고민하였던 까닭은 나의 마음이 그러했기 때문이다. 마음이 매끄럽지 못했기 때문이다.

그러나 조금의 망설임조차 허락되지 않는다면 우리의 하루는 빙벽에 갇힌 듯할 것이니 얼마나 차갑고 갑갑하겠는가. 우리는 돌아설까 말까 주춤주춤하기도 하는 것이다. 움켜잡는 손보다 머뭇거리는 손에 더 따뜻한 인간미가 있는 것이다.

흩어진 옷매무새를 고쳐 주는 손은 언제나 눈물이 나게 한다. 나에게 다가와서 별다른 말없이 그 일을 하는 손은 더욱 그렇다. 그 손은 실밥을 털어내 주거나 구김살을 펴 주기도 한다. 움츠러들지 말라는 뜻이다. 조용하게 우리를 격려하는 것이다.

손은 하나의 얼굴이다. 손은 얼굴처럼 천변만화한다. 손에도 표정이 있다. 힘이 잔뜩 들어가기도 하고, 한없이 부드럽기도 하다. 그러는 동안 오랜 세월을 살아온 손은 손두께가 두꺼워지고 마디는 굵어져 있다. 표정을 많이 사용한 얼굴에 주름이 생겨난 것처럼.

그러나 틀림없는 사실은 당신의 손은 늘 사랑 표현을 위해 예비하고 있다는 것이다. 손은 당신이 사용한 옛 마음을 탓하지 않는다. 늘 가치중립적인 자리로 되돌아와 다소곳이 있다. 손은 새롭게 기다리고 있다. 지금 나의 손이 내 무릎에 내려앉아 가만히 미래의 시간을 기다리고 있는 것처럼.

가을 과일이 익는
속도만큼

이제 우리는 가을의 영토 안에 살고 있다. 릴케의 표현대로라면 "깊은 밤중에 무거운 지구가 고독에 잠긴다"는 가을이다. 한 해 마지막 과일들이 익고 있다. 시골집 울타리에는 조랑조랑 매달린 탱자들이 노랗게 익고, 산 밑에는 노란 감국화가 있어 바람결에 향기를 풀어 놓고 있다.

며칠 전 입에 물어 본 가을 과일들은 이제 떫은맛이 가셨고, 머잖아 서리도 내릴 것이다. 나무의 눈동자 같은 도토리들도 져 내린다. 익거나 다 익어 떨어지는 것들이 가장 아름다운 모양새를 드러내는 때가 바로 가을이다.

안도현 시인의 시 '가을의 소원'을 읽는다.

적막의 포로가 되는 것

궁금한 게 없이 게을러지는 것

아무 이유 없이 걷는 것

햇볕이 슬어놓은 나락 냄새 맡는 것

마른풀처럼 더 이상 뻗지 않는 것

가끔 소낙비 흠씬 맞는 것

혼자 우는 것

울다가 잠자리처럼 임종하는 것

초록을 그리워하지 않는 것

초록을 그리워하지 않아 마른풀처럼 더 이상 뻗지 않고, 욕심을 조가비처럼 작게 하고, 이제 나에게 주어진 열매를 수확하는 일의 즐거움을 선택하는 때가 가을이다. 외출하고 돌아온 옷을 옷장이 보관하듯이 모든 생명들이 여름의 빛을 안쪽으로 거두는 때가 가을이다.

가을은 무엇보다 선명해서 좋다. 빛깔이 선명해서 우리는 생명 고유의 빛깔을 볼 수 있다. 공기가 차가워져 소리가 선명하게 전달되므로 우리는 생명 고유의 음성을 직방으로 들을 수 있다. 우리는 마치 연인이 낮게 말하는 목소리까지 다 들으려 할 때처럼 굳이 귀를 세우지 않아도 된다. 크게 애쓰지 않아도 우리의 감각은 어느새 가을의 쾌청한 모드로 전환이 되어 있고 충분히 열려 있다.

가을에는 걸어가라고 권하고 싶다. 조금 이른 새벽이어도 좋고, 늦은 저녁이어도 좋다. 자연이 가까이에 있는 이들은 깨가 익는 밭둑을 걷거나, 볏단이 쌓인 논길을 걸어도 좋다. 사람들 틈에 끼어 작은 공원을 걸어도 좋다.

요즘 나는 밤에 아이들을 데리고 큰 운동장을 걷고 있다. 아이들은 자꾸 멈추어 서거나 딴전을 피워 둘레를 벗어나려고 한다. 둘레를 계속 돌고 도는 일은 단순해서 지루하기 때문이다. 그러나 이 일도 가을에는 해볼 만하다. 처음에는 냉수를 들이켜는 것처럼 밋밋한 맛이지만, 한 바퀴 두 바퀴 큰 운동장의 둘레를 돌다 보면 그 자체로 고유한 맛이 생겨난다.

아마도 가을이 아니라면 운동장을 돌고 도는 일이 누구에게라도 쉽지 않을 것이다. 가을은 심심한 운동장을 걷는 일조차 새롭게 한다. 아무 말을 하지 않고 걸어도 어느새 우리는 침묵이 얼마나 아름다운 대화인지를 알게 된다. 무턱대고 먼 길을 걸어 나가면 더 좋다. 돌아오고자 하는 마음이 막 생겨나는 곳까지만 우리는 걸으면 된다.

이제 돌아가야겠다는 마음이 생길 때에는 돌아오는 것이 좋다. 그곳까지가 우리에겐 하나의 둘레이기 때문이다. 가을을 걸어갈 때에 우리는 더 이상 길과 길의 거리를 지배하려고 하지 않아도 된다. 우리가 구태여 바벨을 들어 올리는 역사처럼 살아야 할 이유는 없다. 내가 원하는 만큼의 걸음의 속도로 걷기만 해도 가을은 우리를 충분히 행복하게 해 준다.

가을에는 엽서를 써 보라고 권하고 싶다. 문장이 좀 수수하고 짧아도 좋다. 안부를 전해도 좋고, 고마움을 전해도 좋고, 그러지 않았어야 할 일에 대해 사과해도 좋다. 가을 엽서는 받는 사람에게 그 자체로 큰 선물이 된다. "가녀린 목의 코스모스는 언제나 멋져. 너를 닮았어" 혹은 "두툼하고 긴소매의 옷을 입고 나가렴" 정도만 써도 좋다. 가을의 문장은 오히려 짧은 게 좋을지도 모르겠다. 다만 엽서를 쓴 날을 꼭 기록해서 보내는 게 좋다.

그림 솜씨가 없어도 물감으로 그림을 그려 보내는 것도 좋다. 최근에 나는 소설가 윤후명 선생님으로부터 한 통의 엽서를 받았다. 짧았다. 선생님은 "바람에 뒤집히는 감나

무 잎사귀 마음에 담았소"라고 써서 보냈다. 그리곤 붉은
감과 몇 장의 감잎과 말라가는 감나무 줄기를 손수 그려 보
내셨다. 나는 이 엽서를 책상 앞에 두고 아침저녁으로 보고
있다.

이 엽서가 나에게 오기까지는 여러 수고가 있었을 것이
다. 붓을 들기까지 선생님은 먹을 갈았을 것이고, 그림을 그
려 넣느라 물감도 꺼냈을 것이다. 그리고 일일이 나의 주소
를 찾아 적었을 것이고, 어느 순간 선생님은 속말로 "이제
되었군"하며 나지막하게 읊조리곤 잠깐 웃으셨을 것이다.
가을 엽서는 아무리 짧아도 그 자체로 짐작되는 많은 것을
담고 있다.

걸어가거나 짧은 엽서를 쓰는 일로 우리는 일상을 충분히
새롭고 행복하게 할 수 있다. 그러면서 이런 일들은 우리 스
스로를 단단하게 여물게 한다. 마음을 천천히 느긋하게 하
고, 호흡을 늦추게 하면서, 동시에 뜻을 굳게 가질 수 있다.

이런 사람은 호랑이도 두려워하는 상대가 된다. 소동파의
산문을 읽어 보면 호랑이가 가장 두려워하는 상대에 대해
쓴 글이 있다. 재미있게도 천하의 호랑이가 가장 두려워하
는 상대는 호랑이를 두려워하지 않는 사람이라고 한다. 예

를 들어 이런 문장이 있다.

어떤 호랑이는 술 취한 사람은 바로 잡아먹지 않고, 반드시 앉아서 술 깨기를 지키고 있다가 잡아먹는다 하는데, 이것도 술 깨기를 기다리는 것이 아니라 그 사람이 두려워하기를 기다리는 것일 것이다.

이 세상엔 이제 호랑이가 없어져 우리가 호랑이와 마주서게 되는 일도 없고, 해서 호랑이가 두려워할 정도의 우리가 되어야 할 이유도 사라졌다. 그러나 문득 가을 과일이 익는 것을 바라보면 우리에게도 스스로의 심지를 굳게 하고, 수확해야 할 일이 아직 남아 있는 것만큼은 분명해 보인다. 다만 가을 과일이 익는 속도만큼만 할 일이니, 그보다 더 빠르게 수확하려고 욕심을 부리지 않는 것, 그것이 가을을 멋지게 사는 일일 것이다.

물고기가 달을 읽는
소리를 듣다

오늘 한낮에는 덩굴을 물끄러미 바라보았다. 입이 뾰족한 들쥐가 마른 덩굴 아래를 지나가는 것을 보았다. 갈잎들은 지는 일로 하루를 살았다. 오늘은 일기日記에 기록할 것이 없다. 만족한다. 헐거워지는 일로 하루를 살았다. 행복하다. 저녁답에는 식은 재를 손바닥 가득 들어 올려 보았다.

가을도 아주 깊은 가을이다. 가을의 가장 깊숙한 곳에 나의 마음과 손이 닿아 있다. 밤에 촛불을 켜면서 경허 스님의 게송을 생각했다. '정청어독월靜聽魚讀月', 사방이 고요해 물고기가 달을 읽는 소리조차 들을 만하다. 찬방에 앉으니 방에 가득 내가 들어찼다. 마치 항아리 하나에 물이 들어와 물만으로 항아리를 가득 채우듯이.

덜어 내는 것은 참 어려운 일이다. 그러나 마음에도 소식小食이 필요하다. 덜어 내는 것이 가장 번창하는 일이다. 입에서 말을 덜어 내면 허물이 적어진다. 덜어 내는 일이 보태는 일보다 어렵지만, 덜어 내는 일이 나중을 위하는 일이다.

늦가을은 이렇게 가장 많이 덜어 낸 모습을 보여 준다. 빈손을 보여 준다. 한암 스님도 "돌아보면 저에게 남은 것은 방 안에 걸어 둔 붓 한 자루와 낡은 서책 몇 권, 그리고 내 몸을 근질근질하게 하는 쥐벼룩 몇 마리가 전부"라고 했으니, 그분은 얼마나 부러운 마음의 재산가인가. 그나마 이 가을이 아니라면 우리는 어느 때에 마음을 다스리고, 마음의 소욕에 대해 생각해 보겠는가.

잔잎사귀들이 낙엽이 되어 뜰에 소복이 쌓이고 있다. 소엽掃葉. 소엽은 낙엽을 쓸어 내는 일이다. 저 깊은 산막에서는 종일 낙엽을 쓸어 내는 사람이 있을 것이다. 낙엽을 쓸어 내는 일도 큰 공부이다. 부처의 제자 가운데 가장 어리석고 둔하기로 유명했던 주리반특가도 마당을 비질하는 일로써 깨달음을 얻었다. 우리들 마음에서 생겨나는 혼동과 혼란을 쓸어 내어야 한다. 저 깊은 산막에서 종일 비질하는 일로 소일하는 그가 부럽다.

조용해지니 더욱 행복하다. 밤이 깊어 흐르는 달을 보니 행복하다. 달의 서책을 읽을 만하다. 가을이라는 방에 빈 책상을 하나 놓아둘 만하다. 공부에도 큰 진전이 있을 것 같다.

들밥

●
●
●

어릴 적 내가 어머니의 무릎을 베고 사르르 잠이 들 때 어
머니가 불러 주시던 짧은 노래가 있었다. 잠을 부르는 어머
니의 노래였다. 그러나 그 가사를 기억하지는 못한다. 다만
한 소절을 알고 있는데 "꽃으로 잎으로 살아라"라는 대목이
었다.

수년 전에 우연히 내가 어머니에게 그 가사를 일러 달라
고 부탁해서 다시 들은 적이 있으나 역시 다른 부분은 나의
기억에서 생략되고, 오직 "꽃으로 잎으로 살아라"라는 이 대
목만 기억에 남아 있다.

"꽃으로 잎으로 살아라"는 말은 내 목숨이, 나의 존재가
다른 이에게 그처럼 귀하게 보이게 하라는 당부였다. 물론
덜 고생스럽게 살았으면 좋겠다는 어머니의 희망이 담겨 있

기도 할 것이다. 모든 어머니가 이런 노래를 당신들의 아들과 딸에게 불러 주고 가르쳐 주었을 것이니, 모든 자녀들의 소망도 나와 크게 다르지 않을 것이다.

이 세상을 사는 모든 이들이 이 당부의 유전으로 인하여 존경받고 사랑받으며 살아야 할 것이다. 이런 이유로 우리가 우리 어머니의 당부를 잊지 않는 한 우리는 서로서로를 '꽃으로 잎으로' 보는 그런 관심과 배려가 필요한 것이다. 다른 이에게 베풂으로써 곧 나에게 그것이 되돌아오는 까닭이다.

그나저나 우리가 '꽃으로 잎으로' 살아가는 길은 무엇인가. 세월이 가는 줄도 모르고, 나무에 꽃이 피고 잎이 돋는 줄도 모르고 살고 있으니, 마음에 '꽃으로 잎으로'가 들어앉을 리 만무하다. 이 또한 딱한 노릇이다. 무엇이 잘못되었기에 세월이 가는 줄도 모르고 살아가는 것인지.

잠자리에 들기 전 하루의 바쁜 호흡을 느리게 느리게 늦추면서 이러고 살아도 되는지, 급류에 빠진 사람처럼 살아도 되는지 나에게 되묻지 않을 수 없다. 느리게 좀 멀찍이 물러나 보기도 하면서 살 수는 없을까. 마음에 한가함이 깃들도록 할 수는 없을까.

우리의 일상을 연못에 비유한다면, 그 연못에 물오리나

물새가 노닐도록 할 수는 없을까. 결국 너무 움켜쥐려고 하지 말고, 너무 코앞만 보려 하지 말고, 먼 산을 보듯 먼 길을 가듯 해야 우리는 우리의 삶을 주관하는 주인으로 살 수 있을 것이다.

해서 요즘은 일을 하다가 가끔 하늘을 바라보거나, 그도 아니면 아주 느릿느릿한 시간의 모습을 떠올리는 버릇이 나에게 새로이 생겼다. 이 버릇을 만든 것은 다 앞서의 이유 때문이다. 너무 떠밀려 살지 말고 어느 곳에서건 나를 돌아보면서, 내가 나의 주인이 되자는 작심 때문에 애써 이 버릇을 만들었다. 우연하게 생긴 버릇이 아니라 내 의지의 강요에 의해 생긴 버릇인 셈이다.

그 느릿느릿한 풍경은 다름 아닌 '들밥 풍경'이다. 광주리에 들밥을 이고 가는 여인을 떠올리거나, 봄볕 쏟아지는 따뜻한 들에서 들밥을 푸고 먹는 농부를 떠올리거나, 빈 광주리를 이고 천천히 들길을 걸어 집으로 돌아가는 그 여인을 다시 떠올리는 것이다. 들밥은 모내기를 할 때의 들밥이 기중 제일 맛있다. 가마솥에 쌀을 안쳐 더운밥을 짓고, 국을 끓이고, 전을 부치고, 막걸리를 받고, 찬을 만들어 광주리 가득 이고 가던 들밥.

그 들밥의 밥 냄새도 좋지만, 들밥을 푸고 일꾼들이 둘러 앉는 모습도 정겹다. 또 밥 몇 숟가락을 떠 무논이나 논두렁 으로 던지며 "고수레" 외치던 그 오랜 풍속도 좋다. 게다가 들밥은 들에 있는 모든 사람을 불러들인다. 손을 흔들고 고 래고래 소리를 질러, 윗논 아랫논에서 일하는 다른 사람을 불러들이는 게 들밥이다. 넉넉하지 않아도 들밥은 나눠 먹 는 것이기 때문이다. 이 들밥은 사람도 쉬게 하고, 소도 쉬 게 한다. 사람은 이 쉴 참에 땀을 닦고 숨을 돌리며, 쟁기와 써레를 끌던 소도 목을 축이고 들풀을 뜯는다.

마치 식물이 햇빛의 방향에 따라 순을 자라게 하고 꽃을 피우듯이, 마음은 우리가 원하는 쪽으로 자란다. 우리가 아 무리 바쁘더라도 잠깐 가장 느릿느릿한 풍경을 마음속에 떠 올리면 마음도 속도를 늦추는 완보를 하게 된다. 나는 초봄 부터 초여름까지 들밥을 내는 이 풍경을 떠올린다. 들밥을 내는 풍경은 나의 마음에 잠깐의 휴식을 준다.

당신은 어떤 풍경을 떠올려 이 바쁜 생활 가운데서도 한 가함을 찾는지 궁금하다. 지금이라도 이런 풍경을 찾아보길 바란다. 당신을 잠깐이나마 '꽃으로 잎으로' 만들어 줄 것이 기 때문이다.

강아지 대신
거북

●
●
●

　언제부턴가 내 아이들이 집 안에서 애완동물을 기르자고
졸라댔다. 강아지를 데리고 살자고도 했고, 기니피그 한 쌍
을 사자고도 했다. 또 어느 날은 고슴도치를 사자고 했고,
대형할인마트에 가면 가재 한 쌍을 손가락으로 가리키기도
했다. 나는 영 마음이 내키지 않았다.

　우선 강아지부터가 그랬다. 시골서 자라 오면서 늘 잡종
의 강아지를 보아온 터라 강아지는 으레 산으로 뛰고, 들길
로 뛰고, 석양까지 가서 뛰다 단출하게 홀몸으로 제 살던 집
으로 돌아오는 것이지, 그것을 방에 들일 만하다고 한 번도
생각해 보지 못했다. 게다가 강아지는 아무 데나 배설물을
흘려 놓지 않는가 말이다.

　물론 나도 어릴 때는 강아지를 무척 좋아했다. 토끼를 몇

년 동안 길러 그것을 시장에 내다 팔았고, 그렇게 마련한 목돈으로 강아지를 샀다. 그러나 농사로 치면 강아지 농사는 나에게 흉년 농사였다. 이듬해 겨울 한파와 함박눈에 눌려 내가 키우던 강아지가 동사하고 말았던 것이다. 그날의 충격은 꽤 오래 나를 지배했다. 나는 밥 먹는 것을 밀쳐놓고 사나흘을 울면서 보냈다. 그리고 다시는 강아지를 키우지 않겠다고 결심했다.

기니피그도 나는 싫었다. 역시 나의 개인적 체험의 영역 때문이었다. 시골집 천장을 요란스럽게 달리던 쥐의 눈빛을 닮았다는 단 한 가지 이유에서였다. 나는 쥐의 또랑또랑한 눈빛이 징그러웠다. 구멍을 드나들다 나의 눈과 딱 마주쳤던 쥐의 눈빛에서는 비릿한 냄새가 났기 때문이다.

나는 기니피그가 집 안으로 들어와 동거하게 된다면 내가 집을 나가겠다고 으름장을 놓았다. 굳이 동물을 집 안에 들인다면 유순한 물고기 쪽을 택하자고 했고, 아이들은 그렇다면 거북이를 사자고 했다.

협상은 종료되었다. 천칭저울이 좌우로 흔들리다 멈춰서듯이. 그래서 우리 집에 거북이 두 마리가 들어왔다. 아주 작은 두 마리의 거북이였다. 거북이는 조용조용했다. 고정

된 물체처럼, 혹은 면벽 수행이나 묵언 수행을 하는 수행자의 기풍이 있었다. 단단한 등때기도 마음에 들었다. 저 큰 짐을 지고 사느라 얼마나 힘이 들까 측은한 마음까지 생겨났다.

하루는 물속에 돌을 하나 놓아 주었다. 앉을 데를 내주었다. 침묵이 생겨나는 것만 같았다. 거북이들은 돌을 하나 놓아 주자 번갈아 물돌 밑에 살았다. 몸짓은 여전히 굼뜨고 굼떴다. 작은 산돌을 주워다 돌을 하나 더 놓아 주었다. 거북이들은 돌을 하나씩 소유했다. 그들은 여전히 침묵했다.

거북이의 주름진 목도 나는 사랑하게 되었다. 내가 물 바깥에서 거북이를 보고 있을 때 거북이는 나를 빤히 바라보다 천천히, 지극히 천천히 목의 주름을 접으며 마치 주머니에 손을 넣듯 목을 숨겼다. 오그라드는 그 시간의 지속이 나는 너무 좋았다. 천천히 발을 빼는 것 같은 그 완행의 속도가 좋았다. 그리하여 나는 거북이의 침묵과 거북이의 느림을 사랑하게 되었다.

그러던 토요일 오후의 일이었다. 내가 텅 빈 집에 막 들어섰을 때 나의 거북이가 작은 산돌 위에 올라앉아 있었다. 물돌 밑에 살던 거북이가 처음으로 돌 위에 올라선 모습을 나는 목격하게 된 것이었다. 거북이는 작은 돌 위에 올라앉아 사방으로 다리를 벌려 몸을 말리고 있었다. 온몸을 쫙 편 거북이의 몸 위로 햇살이 쏟아지고 있었다. 마른 빛이었다. 마치 축축한 시간을 말리고 있는 것 같았다. 물의 시간을 말리고 있는 것 같았다. 물속에 사느라 늘 젖어 있던 배가 마르고 있었다.

거북이는 자기 살림의 질서를 나름대로 갖고 있었다. 한가하고, 욕심을 적게 부리며, 기다릴 줄 알며, 서두르거나 조급하지 않으며, 침묵을 즐기는 고아한 성품이 있었다. 나는 그의 품성이 마음에 들었다. 말하자면 거북이는 자기를 지킬 줄 아는 처세가 있었다.

다산 정약용의 배다른 맏형인 정약현은 자신의 방에 "수오재守吾齋"라고 써 붙였다고 한다. 나를 지키는 방이라는 뜻이다. 다산의 글을 보면 다산은 이 수오에 대해, 자신을 보전하는 일의 어려움에 대해 이렇게 적고 있다.

오직 '나'만은 지켜야 한다. 내 밭을 떼메고 도망칠 수 있는 자가 있을까? 밭은 지킬 필요가 없다. 내 집을 머리에 이고 달아날 수 있는 자가 있을까? 집도 지킬 필요가 없다. (중략) 유독 이른바 '나'라는 것은 그 성질이 달아나길 잘하며 들고남이 무상하다. 잠깐이라도 살피지 않으면 가지 못하는 곳이 없다. 이익과 벼슬이 유혹하면 가 버리고, 위세와 재앙이 두렵게 하면 가 버리고, 궁상각치우의 아름다운 음악 소리가 흐르는 것을 들으면 가 버리고, 푸른 눈썹 흰 이를 한 미인의 아름다운 자태를 보면 가 버린다. 가서는 돌아올 줄 모르니 잡아도 끌어올 수가 없다. 그러니 천하에 '나'처럼 잃기 쉬운 것이 없다. 굴레를 씌우고 동아줄을 동이고 빗장으로 잠그고 자물쇠를 채워서 굳게 지켜야 하지 않겠는가.

자기를 지킬 줄 아는 거북이와의 동거는 나에게 큰 선물이 되었다. 세상의 이익에 초연할 줄 알고 성질을 조촐히 하여, 가히 담박한 것이 거북이에겐 있었다. 그것은 무심이라고 말해도 좋은 것이었다. 강아지와 기니피그에 비할 바가 아니었다.

강아지 대신 거북. 이 협상은 최근에 내가 한 협상 가운데 가장 성공적인 협상이 되었다.

따뜻한 마중

•
•
•

시골 고향집에 다녀온 지 달포가량 지났다. 고향집이 자꾸 눈에 밟힌다. 대문 없는 집어귀와 잡풀 쓰러진 뒤란과 두 그루의 앙상한 감나무, 찬 별 쏟아지는 밤하늘, 그리고 아버지와 어머니. 시골집이 마른 우물로 여겨지더니 이내 머릿속을 떠나지 않았다. 저번에 내가 어둑한 때에 옆집을 바라본 경험 때문인 듯했다.

옆집은 자식들이 타지로 모두 떠나 어머니 홀로 살고 있었다. 집은 채굴 막장처럼 캄캄하고 얼음처럼 차가워 보였다. 그날 나는 옆집 어머니가 집의 문을 여는 소리를 들었다. 맷돌질하는 소리가 났다. 바깥에 나갔다 돌아와 홀로 방으로 들어서며 불을 켜는 것을 보았다.

우연히 옆집을 넘겨다본 이후로 시골집이 눈에 밟히기 시작했고, 그 증상은 남녘땅에 눈보라가 불고 있다는 소식을 접하는 날엔 더 심해졌다. 해가 일찍 떨어진 긴 밤 내내 텅 빈 마당에 불고 있을 눈보라와, 누에고치처럼 누운 사람의 찬 머리맡이 생각났다.

이제 내 시골 마을에는 손님이 퍽 귀해졌다. 누구네 집에 손님이 들었다는 소문은 다음 날 아침이면 동네가 떠들썩하게 나돈다. 오는 사람을 맞는 일이 그만큼 곱절로 귀해졌지만, 내 시골 마을은 언제나 따뜻한 마중이 있는 곳이었다.

어릴 때에도 그랬다. 밥상 둘레에 앉는 식구가 한둘 빈 저녁, 아버지는 "인제 올 때 되었다. 마중 나가봐라"라고 가만가만히 말씀하셨다. 그러면 누나나 나는 마을 어귀까지 멀리 나가 식구를 기다렸다. 시외버스에서 내려 산길 밤길을 걸어오는 식구를 마중 나갔다.

어느 날은 내가 누나를 기다리고, 어느 날은 누나가 나를 마중 나왔다. "뭐 하러 나왔어? 괜히." 마중 나온 사람의 성의를 생각한다면 어떻게 그런 야속한 말을 할 수 있을까 싶기도 했지만, 지금 생각하면 그 말은 망태기처럼 사람의 마음을 끌어 담는 말이었다. 우산을 받쳐 들고 마중을 나갔고, 흰 눈이 소복하게 내리는 가운데 마중을 나갔고, 작은 어깨

너머로 별똥 떨어지는 것을 보며 마중을 나갔다.

설날을 목전에 두고 보니 나는 이렇게 누군가를 마중 나가던 일이 제일로 먼저 떠오른다. 터미널이나 역으로 마중 나가는 일도 좋지만, 버스에서 내려 집으로 걸어 돌아오는 식구를 길 중간에 만나는 일도 각별하기 때문이다. 그 예전처럼 "안 춥나? 그러게 누가 이렇게 얇게 입고 다니라더나? 밥은?" 이렇게 물으면서 사람을 껴안듯 맞을 것이기 때문이다.

나는 귀향 채비를 하면서 포도밭 머리까지 늘 마중 나오던 어머니 생각을 했다. 반색하며 잘 익은 석류 같이 얼굴이 화사하게 툭 터지던 어머니. 서정주 시인이 노래했듯이 "벼락 속에 들어앉아 꿈을 꿀 때에도/ 네 꿈의 마지막 한 겹 홑이불"이 되어 주는 분이 우리의 어머니 아닌지.

내 시골 마을 어머니들은 돌아오는 자식들을 마중 나갈 생각에 어젯밤 틀림없이 잠을 설쳤을 것이고, 군불을 통 크게 넣어 놓아 아랫목 윗목 없이 방바닥은 미리 후끈 달아올라 있을 것이다. 흩어져 살던 식구들이 마중을 받으며 모두 돌아오면 시골집은 시끌시끌해질 것이다. 오글자글 찌개 끓듯 댓돌에는 벗어 놓은 신발이 수북하고, 식구들은 밤새 모과빛 눈을 맞추며 손을 맞잡고 못다 한 속말을 풀어 놓을 것이다. 주고받는 고단한 사연을 덮어 주듯 흰 눈은 사각사각 내려앉을 것이다. 그러면 혹한과도 같은 살림살이를 잠시 잊기도 할 것이다.

마중은 챙겨 주는 마음이요, 당신의 애씀을 충분히 이해한다는 마음의 표현이다. 사람을 마중 나가는 일은 사랑을 알게 된 마음만이 시킬 줄 안다. 사람을 마중 나가는 일의 귀함에 대해 새삼 생각해 본다.

뭉클한 순간

●
●
●

감정이 북받치어 가슴이 꽉 차는 듯한 느낌이 들 때가 종
종 있다. 고요한 때 찌르르찌르르 우는 여치의 소리를 들을
때도 그렇고, 추석을 앞두고 차오르는 달을 바라볼 때도 그
렇다. 기대 없이 있다 누군가로부터 마음이 근중하게 실린
선물을 받을 때도 그렇다. 감나무 아래에서 혼자 쪼그려 울
고 있을 때 슬며시 다가와 들썩이는 내 어깨에 올려놓던 누
나의 작은 손으로부터도 나는 뭉클한 것을 느꼈었다.

살고 아파하고 이동하고 있으므로 우리는 이 뭉클한 순간
을 더러 만난다. 그저께 내게 뭉클한 순간이 있었다. 그것은
아버지의 손으로부터였다. 내 아버지는 올해로 연세가 일흔
둘. 평생을 농사짓는 일을 해 온 분이다. 한마을에서 사셨
고, 당신의 낮과 밤은 논과 밭과 산을 떠나신 적이 없었다.

(평생을 한곳에서만 살아온 분들이 또 얼마나 많은가!) 젊었을 적엔 나뭇동을 팔러 지게에 지고 김천 장터까지 20리를 걸어 다녔던 분. 셀 수 없을 정도로 상여를 메고 묘혈을 팠던 분. 아주 여럿의 송아지를 받아 냈던 분.

근년에 아버지는 시력을 많이 잃고 말았다. 당신에게 이제 세상은 흐릿하고 좁아진 시야 속에 있을 뿐이다. 그저께도 병원엘 다녀가시느라 시골에서 서울로 오셨는데 여름 포도 농사를 짓느라 얼굴이 옻처럼 검게 탔고 흰 머리카락은 부쩍 늘었다. 낯선 공간에서는 어머니가 늘 손을 잡고 다니는데 그날은 내가 아버지의 손을 잡고 병원 여기저기를 다니고 있었다. 주춤주춤하는 아버지를 손으로 슬쩍슬쩍 끌어당기면서 다니는데 순간 뭉클한 것이 가슴에 꽉 차올랐다. 아버지에게 누군가의 도움이 필요한 때가 닥칠 것이라는 생각을 지금껏 한 번도 해 보지 못했던 것이다. 삽질과 곡괭이질과 낫질이 일품이었던, 일꾼 중에서도 한몫 단단히 하는 상일꾼이었던 분이 아버지였기 때문이다. 아버지는 건장했고, 계속 건장할 것이라는 생각을 해 왔다. 그러나 내가 목격한 것은 허물어지는, 허술하기 짝이 없는 몸이었다. 끝도 모르고 흘러가고 흘러가는 삶의 시간을 나는 보았다.

어떤 부름에 뭉클해지기도 한다. 나는 "밥 먹자" 부르는 소리에 더러 뭉클해진다. 그리고 이 부름을 잃고 싶지 않다. 늙은 어머니가 마루에 서서 "밥 먹자"며 부르는 그런 원뢰遠雷 같은 목소리 말이다.

미당 서정주 시인의 산문을 보면, 미당도 마음속에서의 뭉클한 공명에 대해 적고 있다. 미당은 "니야까리어카 뒤에다 붙어 가는 국민학교도 못 가는 아이의 찢어진 고무신 사이 흙탕물이 스며드는 것을 보고 뒤따라가는 때"에 딱한 마음에서 뭉클함이 있었다고 썼고, "극도로 가난한 사십 총각인 어떤 내 시의 후배가 꼭 한 개의 사과를 반질반질하게 그의 손바닥으로 닦은 듯 닦아 가지고 와서 머뭇머뭇 내 책상 머리에 얹어 놓고 있을 때" 뭉클한 공명이 있었다고 썼다. 뭉클함이 있다는 것은 우리에게 눈물과 배려와 연민이 남아 있다는 얘기이다. 가슴 안쪽이 딱딱하게 굳지 않아서 누군가 들고 가는 한 양동이의 물처럼 출렁출렁한다는 얘기이다. 지핀 불처럼 가슴이 따뜻하다는 얘기이다. 이 가을 우리는 또 무엇을 만나서 또 어느 때에 뭉클해져 속울음을 울게 될 것인가.

움직이고 흘러가는
수레와 배와 물고기

•
•
•

인도 콜카타 거리에서 릭샤인력거가 사라질 것이라고 한다. 주 의회가 비인간적인 교통수단이라며 금지 법안을 통과시켰기 때문이라고 한다. "우리는 사람이 다른 사람을 끌기 위해 땀 흘리고 혹사한다는 것은 상상할 수 없다." 콜카타 시장은 이런 멋진 말을 했다고 한다. 릭샤 운전자들이 온몸이 젖고 맨발바닥이 닳도록 이 릭샤를 끌고 다녀 버는 일당은 고작 2달러 25센트. 나는 이 기사가 난 신문을 들고 종일 서성거린다. 그리곤 릭샤의 큰 바퀴를 그려 보았다.

수레와 배와 물고기는 움직이고 흘러가는 것이다. 나는 나의 일로 인해 당신에게 피로가 생겨나지 않기를 바란다. 나도 당신도 움직이고 흘러갈 뿐이다. 내가 당신을, 당신이 나를 부리는 일이 없기를 바란다. 돌은 돌의 일을, 바람은 바람의 일을, 구름은 구름의 일을, 꽃은 꽃의 일만을 하길 바란다. 그러나 결국 나의 일이 당신의 일이라는 것을 아시는가. 당신과 나 사이에 '보이지 않는 큰 바퀴'가 굴러가기 때문이다.

나는 아주 작은 들꽃이었으면 한다. 나는 세상에서 가장 작은 물고기처럼 움직이며 살았으면 한다. 나는 아주 작은 물살을 거느리고 살았으면 한다. 뱁새는 넓은 숲속에 집을 짓고 살지만 한 개의 나뭇가지를 필요로 할 뿐이다.

입때껏 나는 원하는 것이 얼마나 많았는가. 굵은 기둥이 받치는 집과, 내 몸보다 더 큰 옷과, 큰 그릇에 담긴 음식과, 참을 수 없는 말들과, 끝나지 않을 가뭄 같은 갈애와, 궁궐 같은 무덤. 오, 이런 것이 나의 재산이라고 생각했다.

그러나 무슨 일인지 오늘은 나의 이 소원들이 무너지고 어딘가로 사라지는 것을 본다. 이슬과 서리가 햇살에 마르듯이 말끔하게 사라지는 것을 본다. 나는 당신이 나를 데리고 하루를 사느라 발바닥이 부르트고, 고운 입술이 얼룩지고, 마음이 마른 언덕처럼 되는 일이 없었으면 한다. 그것은 당신이 나를 릭샤에 태우고 종일 낯선 거리의 골목을 헤매고 다니는 일이 될 것이다.

나는 빈 그릇에 담긴 물이었으면 한다. 물이 빈 그릇에 담기더라도 빈 그릇을 상처 내지 않는 것처럼. 그것은 고통이 생겨나지 않는 일이라는 것을 오늘 알게 되었다. 그것이 마음이 하는 '둥근' 일이라는 것을 알았다. 당신과 나는 한 몸으로 오직 움직이고 흘러갈 뿐.

자유로운 영혼의 소유자,
새여

•
•
•

시인들이 가장 많이 노래한 대상 가운데 하나가 새일 것이다. 새는 자유로운 영혼을 지녔다. 새는 늘 신선하다. 장석주 시인의 새에 대한 정의는 특이하고 재미가 있다. 그는 새를 "어떤 규율도 따르지 않는 무리, 허공의 영재英材, 깃털붙인 질항아리, 작고 가벼운 혈액보관함, 고양이와 바람 사이의 사생아, 공중을 오가는 범선, 지구의 중력장을 망가뜨린 난봉꾼, 떠돌이 풍각쟁이, 살찐 자들을 부끄럽게 만드는 가벼운 육체, 뼛속까지 비운 유목민, 똥오줌 아무 데나 싸갈기는 후레자식, 국민건강의료보험 미불입자"라고 이름 지었다. 사물과 대상에 대한 고정관념을 벗어난 비유들이다. 사물들의 편에 섰던 프랑스 시인 프란시스 퐁쥬는 새를 "하늘의 쥐, 고깃덩이 번개, 수뢰, 깃털로 된 배, 식물의 이"라고 표현했다. 수뢰는 바닷속을 무섭게 날아가는 어뢰나 기뢰를 일컫는 말이다. 나는 풍쥬의 새에 대한 정의 가운데 이 '수뢰'라는 표현에 공감한다. 나는 지금까지 살아오면서 여러 차례에 걸쳐 새의 정면을 보았다. 그것은 위협적인 면面이었다. 돌진해 오는 그 속도도 속도이지만 돌진해 오는 형상이 마치 누군가 힘 있게 내던진 돌멩이 같았다. 새의 형상은 그처럼 뚜렷하게 보였다. 묵직하면서도 매서운 눈매였다.

그러나 나는 새를 대지와 천상을 오가는, 비천하는 선인仙人 정도로 생각한다. 그들은 지상과 천상, 이 두 세계의 연락자들 같은 것이다. 그들은 지상과 천상 사이에 살며, 그 어느 한쪽에도 편입되거나 소속되어 있지 않으며, 가령 우편, 전신, 전화 따위를 배달한다. 그들은 그러므로 지상의 곤란과 천상의 환희를 두루 다 구경한 존재들이다. 그들은 상방上方과 하방下方을 균등하게 지향한다. 그들은 평평한 곳에 거주하지 않는다. 시야가 열린 곳에 살며, 바람과 비와 눈보라에 굴복하지 않는다. 그것이 그들의 위엄이요, 자존이다. 그들은 풍향과 구름의 이동에 민감하지만, 그렇다고 그것들에 거리끼거나 얽매이지도 않는다. 그들은 혼자 혹은 대열을 이루어 하늘에 즉각적으로 끼어들어 가 하늘을 장악하고 그의 영토로 만든다.

오규원 시인은 '하늘과 두께'라는 시에서 "새 한 마리 햇살에 찔리며 붉나무에 앉아 있더니/ 허공을 힘차게 위로 위로 솟구치더니/ 하늘을 열고 들어가/ 뚫고 들어가/ 그곳에서/ 파랗게 하늘이 되었습니다/ 오늘 생긴/ 하늘의 또 다른 두께가 되었습니다"라고 썼다. 이처럼 새는 하늘을 열고 들어가는 방문에 어느 금수보다 능하다. 그들은 하늘의 한 층 한 층을 자유자재로 오간다.

새의 하강을 노래하는 시인도 있다. 이때의 하강은 죽음의 영역과 닿아 있다. 가까이에서 지저귀는 새소리를 "이 세상에선 들을 수 없는/ 고운 소리가/ 천체에 반짝이곤 한다"라고 시를 지었던 김종삼은 자신의 시 '한 마리의 새'에서 한 나무에만 와서 지저귀는 새에 대해 다음과 같이 썼다.

새 한 마린 날마다 그맘때
한 나무에서만 지저귀고 있었다

어제처럼
세 개의 가시덤불이 찬연하다

하나는

어머니의 무덤

하나는

아우의 무덤

새 한 마린 날마다 그맘때

한 나무에서만 지저귀고 있었다

　이때의 새의 하강은 죽은 영혼과의 접신을 생각하게 한다. 저 너머의 세계로 간, 영면한 영혼의 세속으로의 돌아옴을 생각하게 한다. 그러므로 새는 죽은 영혼이 빌린 육체가 되는 셈이다.

　나는 지금까지 산에 접해서 살았다. 대개 산세가 작았으나 부드러운 능선을 갖춘 산 곁에서 살았다. 그리하여 나는 늘 골짜기에서 내 집까지 내려온 새소리를 들으며 살았다. 작은 새들의 깨알 같고, 유리알 같은 청명하고 청량한 소리를 들으며 아침을 맞았다. 그 웃는 새소리는 내 행복의 원천이었으며, 샘물이었으며, 광휘였으며, 풋기운이었으며, 이동하는 자연이 준 선물이었다. 그것은 신의 언어였다. 새는 덤불과 감나무 위에 내려앉았다. 젖은 자리와 마른 가지에 앉았다. 혼자 집에 있는 조용한 때에도, 식구가 돌아오는 때에도 나와 함께 있었다. 파릇파릇 새순이 올라오는 봄볕에도 내려앉았으며, 고엽이 다 진 추운 날에도 내려앉았다. 작은 날개를 세차게 치는 소리는 또한 살아 움직이는 생기를 보여 주기에 충분했다.

늦가을과 초겨울 사이 산수유 열매가 빨갛게 익었으되, 열매를 둘러싸고 있는 살에서 물기가 다 빠져나가 주글주글해진 산수유 열매를 먹으러 온 새를 본 적이 있는데 나는 그즈음 그 나뭇가지와 그 새를 바라보는 오전의 시간을 즐겼다. 마르고 있는 열매를 쪼아 먹으러 온 새의 정갈한 식탁을 보면서 나는 궁기에 대해 생각했음에 분명했다. 적빈은 아닐지라도 새의 간소한 식탁을 바라보면서 내 정신의 소박함과 생활의 단출함을 떠올렸음에 분명했다. 너무 크거나 무겁거나 해서 내가 다루기가 거북하고 주체스럽지 않았으면 하고 바랐다. 그 마음을 담아 나는 '새'라는 시를 지었다.

새는 날아오네
산수유 열매 붉은 둘레에

새는 오늘도 날아와 앉네

덩그러니

붉은 밥 한 그릇만 있는 추운 식탁에

고두밥을 먹느냐

목을 자주 뒤쪽으로 젖히는 새는

　종류를 가릴 필요도 없이 모든 새는 다 뛰어나고 경이롭
다. 산지의 바위틈에 서식하는 매도 좋고, 친절한 아저씨
같은 까치나 까마귀도 좋고, 동백 숲에 사는 동박새도 좋
고, 먼 북쪽을 사랑하는 기러기도 좋고, 우렁찬 목청의 거위
도 좋고, 까만 신사복을 입은 제비도 좋고, 물가 개흙 땅에
내려앉는 나그네새 도요새도 좋고, 털색이 고운 어치도 좋
다. 새는 우리의 정신이 단단해지고 한곳에 갇히지 말기를
당부한다. 산 너머 멀리까지 단숨에 달려가는 새는 저 먼 곳
에 내일의 희망이 산다고 알려 준다. 가녀린 발로 가지를 꽉
움켜쥐고서도, 몸은 바동바동하지 않고 근사하게 고요를 유
지하며 시야는 트여 있다. 그러나 높고 먼 이상을 좇기만 하

는 것이 아니어서 민가의 마당과 풀숲, 장독대에도 내려앉을 정도로 사귀어 지내기에 편한 털털한 심성을 지녔다.

아주 어릴 때 죽은 새의 몸을 산에 묻어 준 적이 있다. 세월은 흘러 그 무덤 위에 풀이 돋고 나무가 자라났다. 그 크게 자란 나무에 새가 날아와 지저귀는 것을 볼 때면 죽은 새의 영혼이 다시 새의 몸을 받아 그 나무 위에서 울고 있는 것이 아닌가 생각이 들곤 한다. 몸이 태어나고, 성장하고, 늙어 죽게 되고, 또 다시 몸을 받는 이 순환이 피할 수 없는 것이라면 새의 윤회처럼 거듭거듭 새의 몸과 영혼을 받아도 좋을 것이다. 곡기를 줄여서 조금만 먹고, 멀리 날아가 공중을 선회할 것이다. 빙글빙글 허공을 도는 그 영혼의 둘레를 조금씩 넓혀 갈 것이다. 뽀얀 알도 가장 부드러운 가슴 털로 품을 것이다. 전생의 인연이었던 나의 사람이 이 세계에 다시 태어나 산다면 그의 집 가까이 내려앉아 아침을 함께할 것이다.

영묘하다는 인간의 눈길로 보아도 새는 아무래도 전문직 종사자이다. 그는 영혼을 치유하는 기술을 가졌다. 근심과 잡스러운 생각이 많은 나로서는 의원醫員인 새에게 가서 치료를 받아야 할 판이다. 그는 잠깐의 상담만으로도 나의 병과 상처가 낫도록 해 주겠지.

내 아버지의
천만당부

●
●
●

　바람에 코스모스가 흔들린다. 고개를 까닥까닥하는 아이 같다. 그것을 지긋이 보는 내 마음이 경쾌하다. 덩달아 바람도 허공도 경쾌하다. 기억에도 경쾌함이 있다. 이런 가을날이면 수많은 기억이 떠오른다. 개중에 나는 낡은 자전거의 짐칸에 다리를 벌리고 타던 기억이 유난히 경쾌하다. 아마도 그때 아버지의 나이는 지금의 내 나이쯤 되었을 서른 후반. 아버지는 나를 뒤에 태우고 자전거 페달을 밟아 가며 읍내 이발관까지 시오리의 추풍령 고갯길을 올라가고 있다.

　어떤 기억은 이렇게 종말이 없이 현재에도 진행형이다. 아버지가 그때 그 고갯길을 넘어가면서 어린 나에게 무슨 말씀을 했는지는 기억이 없다. 귓가를 스치는 바람 소리에다 잊혔다. 그러나 그 젖은 등과 가쁜 숨소리는 아직 잊히지 않았다.

이제 아버지는 양쪽 눈에 녹내장이 와 좌우 풍경을 잃었다. 그러나 나의 아버지는 아직도 지게꾼. 아버지는 평생 지게질을 해 왔다. 나뭇짐을 지거나 풀짐을 지고 저녁이면 들길을 걸어 집으로 돌아오신다. 나뭇짐은 아궁이 앞에 부려놓고 풀짐은 외양간 앞에 부려 놓으신다. 당신의 일을 하고, 일을 해서 얻은 것은 제자리를 찾아 내려놓으신다.

아버지는 아직도 내가 불안한지 이따금씩 천만당부千萬當付, 간곡한 당부를 아끼지 않으신다. 그 일성이 다른 사람의 흉을 보지 말라는 말씀이다. 남 말을 하지 말라는 말씀이다. 우수마발牛搜馬勃이라 했던가. 소의 오줌과 말의 똥처럼 흔하고 쓸모없는 말이 세상에는 널려 있지만, 나는 아버지의 이 말씀만은 귀하게 새겨듣는다. 왜냐면 평생을 논과 밭에서 씨앗을 심고, 줄기를 성장시키고, 열매를 거두어 온 농사꾼의 말씀이기 때문이다. 열매를 맺고, 열매가 익는 것을 줄곧 지켜본 이가 하는, 젖은 몸의 말씀이기 때문이다.

이 말씀을 가슴속에 품고 살던 어느 날, 나는 불교경전을 보다 '상불경'이라는 보살을 알게 되었다. 그는 많은 사람들이 몽둥이로 때리거나 돌을 던지거나 해도 잠시 멀리 달아

나면서 되돌아서서 크게 부르짖기를 "나는 당신들을 가벼이 보지 않습니다. 나는 당신들을 몹시 존경합니다"라고 외쳤다고 한다. 이런 사람이 요즘에도 있다면 그를 부처로 사모하여 경앙하고 싶다. 다른 사람의 호오好惡와 장단長短을 말하지 말고, 나쁜 말惡口과 이간하는 말兩舌을 하지 말라는 게 아버지의 첫 번째 당부이다.

아버지는 또 일에는 다 때가 있다고 하신다. 밭에 난 잡초를 제거하는 데에도 시기가 있듯이. 들에 나가 일을 해 보면 알게 된다. 잡초가 한 무릎씩 쑥쑥 올라오는 여름철에 잡초 뽑는 일에 게으름을 피우면, 그래서 시기를 놓치면 잡초 뽑기가 여간 어려워지는 게 아니다.

그러므로 아버지는 늘 논과 밭에 나가 있는 사람이다. 미리미리 준비하고 제때에 손보는 사람이다. 게으름을 피우지 말기를 마치 물을 아끼는 집에서 둑을 잘 쌓아 놓은 것과 같이 하라는 옛 가르침 또한 있지 않던가. 좀 지나친 과장이지만, 아무리 큰 바다도 부지런한 사람이 말로 헤아려斗量 퍼내기를 그치지 않는다면 그 밑바닥을 보게 된다고 하지 않았던가.

"때가 있다"는 말씀에는 노동의 시기를 놓치지 말라는 말씀 외에도 세상에 나아감을 잘 살피라는 당부도 함께 담겨 있다. 나서고 물러나는 데 시기가 있다는 뜻이다. 삼지삼청三止三請의 미덕이 있다는 말을 요즘은 들어보기 어렵게 되었다. 세 번 거절하고 세 번 청하는 그 애씀이 사라져 버렸다. 나 외에 이 일을 할 사람이 없는지 되묻지 않는다. 분수도 모르고 성큼성큼 큰 걸음으로 불쑥 나서는 사람들이 많다. 때를 가리지 않고 나선 이들의 최후를 보면 참으로 딱하다. 이름을 얻으러 나섰으나 그 일을 아니함만 못하게 되는 경우가 있으니 그러하다.

요즘 세상은 머리 위에 머리를 얹는 두상안두頭上安頭의 시절인 것만 같다. 연야달다라는 사람이 있었다고 한다. 그는 어느 날 거울을 보다가 "거울 속에 있는 사람에게는 머리가 있는데 나의 머리는 어디로 갔지?"라고 스스로 물으면서 본인의 머리를 찾아다녔다고 한다. 그는 여러 사람들에게 "나의 머리를 못 보았는가?"라고 근심하며 물었다고 한다.

본인의 머리를 두고 그 위에 머리를 또 얹었으니 두상안두 아니겠는가. 본인의 본심을 못 찾는, 환幻을 찾아다니는 사람들이 많은 시절이다. 이들에게 농사꾼인, 못 배운 내 아버지의 이 두 가지 간곡한 당부를 전해 주고 싶다.

가을바람

●
●
●

"저리도록 쓸쓸한 가을바람/ 밤 깊어가도 잠은 안 와/ 저 벌레는 어이 그리 슬피 울어/ 나의 베갯머리를 적시게 하나." 한국 근대 불교의 고승 경허 스님이 쓴 '슬픔'이라는 시이다. 요즘 나는 풀벌레 울음소리를 들으며 이 시를 들여다보고 있다. 처서 지나고 바람이 바뀌었다. 뭉툭하고 늘펀하고 게으르던 바람이 다소는 끝에 각이 생기고 늘씬해지고 동작은 재고 빨라졌다. 속초에 사는 한 선배 시인은 "여긴 완전히 가을 날씨야. 서늘하네, 모든 기운이!"라는 문자를 보내왔다. 모든 기운이 서늘하다는 그 시적인 문자를 받고서 나는 잠깐 벙싯거렸다. 가을이 오긴 왔나 보다. 무더위와 폭우와 벼락 치는 여름날을 무사히 지나온 우리는 이제 가을 문턱마저 넘어섰나 보다. 과수원을 지나다 보니 배는 제법 굵어졌고, 벼는 이삭이 패기 시작했다. 손꼽아 보니 추석도 한 달 남짓밖에 남지 않았다.

최근에 나는 당나라 때 문인 한유의 글을 읽을 기회가 있었다. 잘 알려져 있듯이 한유는 당나라 시인 가도가 쓴 "새는 연못가 나무에 자고 스님은 달 아래 문을 민다"라는 즉흥시를 듣고서 민다는 뜻의 퇴推보다는 두드린다는 뜻의 고敲가 좋겠다며 시를 고쳐 준 인물이다. '퇴고'라는 말 또한 이 고사로 인해 생겨났다.

한유의 '불평즉명不平則鳴'이 특히 눈에 들어왔다. 한유는 극진한 문장의 요건을 이 '불평즉명'으로 요약했다. "풀과 나무의 소리 없음도 바람이 이를 흔들면 운다. 물의 소리 없음도 바람이 이를 움직이면 운다"라고 했다. 울음鳴은 평평한 균형을 잃은 상태에서 비롯되는데, 가령 맺힌 것이 가슴속에 고여 있다가 터져 나올 때 울음이 된다고 보았다. 그리고 그것을 우주적인 차원으로 넓혀 해석했다.

"하늘의 때라는 것도 잘 우는 것을 가려 뽑아 그것을 빌려 울게 하는 것이다. 새로 하여금 봄날에 울게 하고, 우레로 하여금 여름날에 울게 하고, 벌레로 하여금 가을날에 울게 하고, 바람으로 하여금 겨울날에 울게 한다"라고 했다. 가을

날의 풀벌레 소리가 유독 사람의 애를 끊어 놓는 이유를 알 것도 같았다.

또 한유는 사람이 내는 소리의 가장 깨끗하고 묘한 것이 말이라고 보았다. 이 견해는 나의 마음을 적잖이 불편하게 했다. 한유의 생각을 따라 읽다가 문득 평소에 내가 쏟아 내는 속악한 말들의 울음을 되돌아보게 되었기 때문이었다. 어느 때에 나는 평담平淡한 마음을 지닐 수 있으며, 또 어느 때에 정묘한 울음을 내놓을 수 있을까를 묻지 않을 수 없었다. 불쑥불쑥 내놓는 말이 두려워졌다.

'낙출허樂出虛', 즐거움은 마음을 비우는 데서 비롯된다는 뜻도 최근에 새롭게 익혔다. 마음을 고요하고 한가하게 지니고, 분수에 넘치게 바라는 마음을 반절 접어 둘 때 삶의 즐거움이 생겨난다는 뜻이었다. 나는 이 글귀에 묶여서 하루 이틀을 보냈고 이 글귀를 올가을 나의 화두로 삼겠다는 생각을 했다.

풀밭 풀잎에 함초롬하게 내려앉아 있는 이슬을 보게 된다. 가을바람에 아침 이슬은 곧 마르겠지만 당대 문인 위응물의 '연잎 이슬'이라는 시를 떠올려 이 가을이 온 소식을 들어 보면 어떨까 싶다.

가을 연잎 속 이슬 한 방울

맑은 밤 저 깊은 하늘에서 떨어져 내린 것

옥쟁반에 살며시 옮겨 부으면

없던 모양 도르르 구슬이어라.

유별난 생각

•
•
•

    나는 귀가 얇다. 쏠리기 일쑤이다. 남의 말에 솔깃이 귀를 잘 기울인다. 병病이라 할 정도는 아니래도 나의 이런 성향은 나이가 들어도 바로잡기가 쉽지 않다. 귀가 얇으면 눈과 입과 손발과 마음이 바빠진다. 초반의 의욕은 넘치지만 결국 헛일로 끝나는 경우가 많다. 손을 털며 제 가슴 쪽을 향해 내쉬는 한숨이 깊지 않을 수 없다.

    요즘 내가 그나마 이용휴의 산문에 솔깃해진 것은 다행 아닌가 싶다. 그는 18세기의 문인이다. 이용휴는 평생을 재야 문사로 지냈다. 그는 남이 하자는 대로 따라 하는 행동의 병폐를 신랄하게 혹은 우의적으로 지적했다. 제 삶을 주도하지 못하는 사람은 결국 "정신과 사고, 땀구멍과 뼈마디 하나도 나에게 속한 게 없어질 것"이라고 경계했다. 그런데 그의 벗 가운데 이처사李處士로 불린 이가 있었던 모양이다. 그는 남에게 청탁하는 일 없이 농사를 지으며 살았다. 제 주견主見을 내세우지도 않고 겉치레도 요란하지 않았다. 손수 심어 기른 나무가 수백에서 일천 그루에 이르렀다. 꽃과 그늘과 열매를 얻으며 계절을 살았다. 그게 그의 본업이었다. 세상의 영화나 세력과 이익을 얻으려 안달하지 않았다. 어느 날은 초가 한 채를 지었는데 그 편액을 '아암我菴'이라고 써 달았다. '내 집'이란 뜻이었다. 이용휴는 이런 이처사의 일을 소개하며 그 편액의 뜻이 "사람이 날마다 하는 행위가 모두 자신으로 말미암는다는 생각을 드러내 보인 것"이라고 평했다.

이용휴의 제자 가운데 정사현이라는 이가 또 있었다. 그는 당시 세상에 유행하던 5언시나 7언시를 쓰지 않고 아주 드물게도 6언시를 지었다. 격식을 뛰어넘었던 것이다. 6언시를 짓고 그것을 시집 한 권으로 묶으며 그 시집에 〈우정雨庭〉이라는 제목을 붙였다. '비 내리는 뜰'이라는 뜻 정도가 되겠다. 대개의 사람들은 뜰에 비가 내려 어두워지고 습해지는 것을 좋아하지 않지만 그이의 기호는 보통 사람의 그것과 달랐고, 또 자신의 기호에 대해 남에게 이해를 구할 필요까지도 느끼지 않았다. 그냥 그만의 유별난 생각을 한 것이다. 비가 내리니 꽃이 더욱 청초해지고 풀빛은 푸른 기운이 더해지니 더욱 좋지 않으냐는 것이었다.

이처사와 정사현의 행동은 여러 생각을 하게 한다. 요즘처럼 그 수량은 말할 것도 없거니와 들려오는 말의 내용과 시종始終과 진위를 판단하기 어렵고, 또 피할 수 없이 참혹한 것을 많이 보게 되는 경우에는 더더욱 그러하다. 그렇다고 귀를 콱 막고 눈을 닫고 살 수도 없다.

물론 이런 바깥의 소란에 상관하지 않고 고집불통 아집으로 사는 사람을 만나기도 한다. 그러나 그이들은 뒷목이 뻣뻣하고 주견이 너무 강해 자신의 말만을 속사포처럼 쏟아붓고선 할 일이 바쁘다며 그만 자리에서 일어나자고 말한다.

주견이 아주 없지는 않되 안배하면서 큰물에 쓸려 가지 않으며 이처사와 정사현처럼 삶을 꾸려 갈 수는 없을까. 좀 유별날 필요가 있다. 독특하게, 개성적으로, 지키는 것이 있으면서, 빌려 준 나를 돌려받아서 말이다. 요즘 나는 이처사와 정사현에게 솔깃해 있지만 이참에 삶의 궁리를 더해 가는 것도 나쁘지는 않을 것이다.

오늘 종일 하늘이 하는
이 무일푼의 일

•
•
•

　주먹눈이 온다. 눈이 오는 것은 하늘의 일이다. 오늘 하늘
은 눈을 아래로 흘려보내는 일만을 한다. 눈들은 지붕에도
나무에도 마당에도 장독에도 담장에도 가서 잠시 멈춰 선
다. 눈이 한곳으로만 내리지 않는다고 말씀하신 분은 누구
인가. 눈은 공평하다. 애써 가리고 피하며 내리지 않는다.
싫은 곳이 없기 때문이다.

　눈은 나의 심장에도 와서 멈춰 선다. 내 곁에서 잠시 멈
춰 서 있었던 사람들을 생각했다. 지금 그 사람도 역시 창
호문을 열고 이 큰 눈이 오는 것을 바라보고 있을 것이다.
우리는 떨어져 있어도 떨어져 있는 것이 아니다. 마음은 먼
거리에 있지 않는 까닭이다. 관심과 배려가 이 거리를 좁혀
준다. 두터운 옷을 입고, 모자를 얹고, 눈길을 나선다. 고요

하다. 나도 침묵한다. 발자국 소리를 귀로 주워 담는다. 발자국 소리는 웅얼웅얼한다. 나의 호흡을 살피듯이 나의 몸이 나아가는 것을 발자국 소리로 듣는다.

하늘의 주민인 새가 나보다 높은 곳에서 이 눈 속을 지나가고 있다. 목덜미에 목도리를 둘러 주고 싶은 마음이 생겼다. 나는 낮은 무덤을 보고, 너른 들판을 보고, 건너가는 다리를 보고, 내가 낮에 한 일을 보고 있다.

그러다 문득 뒤를 돌아보았다. 하얀 눈이 내 발자국을 지우고 있다. 나의 뒤는 발자국이 뒤따라왔다. 내 발자국의 뒤는 눈이 뒤따라왔다. 뒤따라와서 하얀 백지 같은 것으로 덮고 있다. 시간을, 그 시간 속에서 내 마음이 넝쿨처럼 움직여 온 것을 지우고 있다. 발자국은 몸의 일이 아니라 마음의 움직임이라는 생각이 들었다. 조금 전에 머물던 마음을 눈은 내려 덮었다. 손바닥으로 살며시 사랑하는 사람의 눈을 감겨 주듯이.

아, 처음이다. 마음이 쉬었으면 좋겠다. 하늘의 일은 이처럼 유연한 것이다. 당신도 이 눈길을 걸어가 보지 않겠는가. 나도 당신에게 하늘의 이 일을 해 주고 싶다. 대가가 없는, 이 무일푼의 일을.

진흙 덩어리 속
진흙게

‘파착把捉’이라는 말을 생각한다. 파착은 꽉 쥔다는 뜻이다. 파착은 참 불편하고 큰 소용이 없다. 파착이라는 말 대신 당신의 마음 한쪽에 ‘손을 털다’라는 문장을 놓아두길 바란다. 손아귀에 움켜쥐고 놓아주지 않는 것과 손을 탁, 탁, 털어 버리는 일에는 바다와 같은 큰 차이가 있기 때문이다.

우리의 감각은 모래산과 같다. 예를 들어 우리는 후일에 시력을 크게 잃을 것이다. 보름, 혹은 한 달 동안 당신은 이 일을 크게 슬퍼할지도 모른다. 시력을 잃은 다음에 당신은 귀를 감각의 전부로 사용할 것이다. 그러나 귀의 감각 또한 영원하거나 당신이 소원하는 만큼 원만할 리 없다.

하나의 감각이 온전하다고 믿는 것은 착각이다. 그것은 우리의 머리 위로 날아가는 새의 그림자에 흠칫 놀라는 일과 같다. 감각의 내용은 실로 근거가 없는 것이다. 감각이 이처럼 불확실한 것인데, 감각은 또 불러들이는 세계가 있으니 얼마나 두려운 것인가. 마치 악취가 풍기는 시궁창이 수많은 파리와 모기를 불러들이듯이 말이다.

우리의 말은 어떠한가. 우리는 우리의 말이 온전하지 못하다는 사실을 알아야 한다. 말은 당신과 나 사이를 오가는 한 척의 배舟에 불과하다. 말은 '오해의 인큐베이터'임을 잘 알아야 한다.

바닷물이 빠져나간 갯벌에 가서 보았다. 갯벌은 여인의 늙은 몸 같았다. 수많은 구멍들이 숭숭 뚫려 있었다. 구멍을 파고 들어가자 그 구멍이 끝나는 곳에 진흙을 뒤집어쓴 게들이 살고 있었다. 우리의 감각이 말하자면 이 진흙 덩어리 속 한 마리 게에 지나지 않은 것이다. 게는 작은 구멍을 외계와 접하는 유일한 통로로 사용할 것이다.

게는 진흙 집을 감각 세계의 전부라 여길 것이다. 이러하니 '감각은 꿈이요, 환幻이요, 헛꽃'이라고 하지 않을 수 없다. 감각은 오류가 많은 중개자이다. 감각을 파착하지 않아야 하는 이유가 여기에 있다. 손을 탁, 탁, 털듯 감각을 사용하길 바란다.

깊은 강은
소리를 내지 않는다

●
●
●

식당에서 점심을 먹고 나오니 길이 어느새 젖어 있다. 소낙비가 한차례 지나간 것이다. 찌개가 끓고 한 공기의 밥이 비워지는 동안 바깥에는 구름이 비를 몰고 와 부려 놓고 갔다. 길가 풀잎에는 작은 물방울이 맺혀 있다. 나의 감각이 인식하지 못하는 동안에도 이 생명의 세계는 큰 바퀴처럼 굴러가는 것이다.

나는 사무실로 돌아오며 작은 상점 앞을 지난다. 상점에는 사람들이 들락거린다. 어떤 이는 담배를 왼손에 쥐고 나오고, 어떤 이는 음료수 한 병을 들고 나오며 잠깐 웃는다. 행복한 얼굴이다.

바로 옆은 생선을 구워 파는 생선구이 백반집이다. 이 가게 아저씨는 흰 장갑을 끼고 종일 생선을 굽는다. 연탄불에 생선의 등을 굽고, 연탄불에 생선의 가른 배를 굽는다. 생선이 익는 동안 아저씨는 잠깐잠깐 바깥을 바라본다. 손님이 많은 이 백반집은 늘 분주하다.

한 상점과 한 음식점을 지나서 나는 사무실로 돌아온다. 사람들 속에 한 명의 사람이 되어 말을 주고받고, 표정을 주고받으며 오후의 사무실로 돌아온다. 돌아오면서 나는 '들락거림'에 대해 생각한다. 모든 것에는 안과 바깥이 있다. 모든 것에는 안에서 바깥으로, 바깥에서 안으로 오가는 작용이 있다. 마치 우리가 마주 앉은 사람과 이야기와 그보다 더 세밀한 마음의 속사정을 주고받듯이. 이 세상은 이처럼 작은 호응을 일으킨다. 작은 호응들이 모여 더 큰 호응들을 만들어 내는 것이다.

그런데 가만히 보면 우리의 마음이 꼭 하나의 상점 같다. 우리의 마음은 상점 가운데서도 아주 장사를 잘하는 축에 든다. 막 화를 내면서 문을 쾅, 닫고 나가는 손님도 우리의 마음은 받는다. 팔뚝으로 눈물을 닦으며 들어선 손님도 우리의 마음은 받는다. 웃고 울고 화내는 손님들을 우리의 마음은 다 받는다. 마치 작고, 허름하고, 값싼 여인숙이 고단한 손님을 받아들여 잠을 재우듯이.

그러나 우리의 마음이 경영하는 상점은 손님이 너무 많지 않은 것이 좋다. 어쩌면 우리의 마음이 경영하는 상점은 손님 예약제를 하는 것이 제격일지도 모른다. 너무 많은 손님들이 드나들면 우리의 마음이 경영하는 상점은 감당할 수 없기 때문이다. 감당을 못할 때 손님도 상점도 불평을 만들어 낸다.

걱정도 우리의 마음이 경영하는 상점의 주요 고객이다. 어느 때는 걱정들이 떼로 몰려와 우리의 마음이 경영하는 상점을 온통 차지하기도 한다. 우리의 둘레를 걱정이 독차지하는 것이다. 이것은 참 딱하고 우울한 일이다. 우리는 우리가 감당할 수 없는 걱정은 손사래를 치며 내보내야 한다. 그렇지 않으면 병이 생길 것이다.

쓸데없는 생각을 많이 하는 것도 좋지 않다. 벌어진 일은 이미 벌어진 일이다. 오지 않은 일은 아직 오지 않은 일일 뿐이다. 우리는 '이것 또한 지나가리라'라는 마음으로 쓸데없는 걱정을 내보내야 한다. 우리가 쓸데없는 걱정까지 안고 산다면 우리의 마음은 거대한 풍선처럼 되어 버려 어느 순간 펑, 터지고 말 것이다. 그것은 우리가 바라는 결말이 아니다.

나는 가끔 큰 강을 보러 여행을 나선다. 새벽 강은 얼마나 좋은가. 부드럽고 가녀린 음성의 물안개가 강의 수면 위로 피어오르는 장면은 얼마나 멋있는가. 물안개가 강의 수면을 쓰다듬는 장면은 어머니의 고운 손길 같다. 나는 큰 강의 말 없는 침묵을 사랑한다.

깊은 강은 흐르되 소리가 없다. '심강무성深江無聲'이라 했다. 나는 이 말을 대학의 스승으로부터 들었다. 그분은 보리스 파스테르나크의 시 '유명해진다 함은'을 인용했다.

> 헛된 명망 없이 살아야 하느니
> 미래의 부름에 귀 기울이고
> 우주 공간의 사랑과 하나가 되기 위해, 끝내 그렇게 살아야 한다
> (중략)
> 하찮은 것이라도
> 외면하지 말라

나는 깊은 강의 흐름을 보며 상자와도 같은, 상점과도 같은 나의 마음을 무엇으로 채울 것인가를 생각하곤 한다. 나

는 되도록이면 상자의 한구석을 비워 둔다. 다 채우지 않는다. 덜 채운 그 공간을 '적적한 곳'이라고 불러도 좋다.

적적해서 때로는 눈물을 혼자 흘리기도 한다. 적적해서 어느 때는 멍하니 일없이 앉아 있기도 한다. 그렇게 우리의 마음 한구석은 비워 두어야 한다. 그럴 때에만 우리의 마음도 숨을 쉴 수 있다.

살아가면서 우는 사람을 만나는 게 더 어려워졌다. 어깨를 들썩이며 우는 사람을 만나고 싶다. 우리의 마음에서 눈물이 사라지는 것은 아닌지 걱정스럽다. 멍하니 앉아 있는 것도 가끔은 해야 한다. 툇마루에서, 사무실 의자에 앉아 단 몇 초의 시간이라도 우리는 멍하니 마음을 쉬게 해야 한다.

나는 나의 아버지가 지게를 지고 들녘에서 집으로 돌아오시며, 길가에서 잠깐잠깐씩 가쁜 숨을 내려놓던 모습을 떠올린다. 한 짐 가득 지게를 진 아버지는 굴을 빠져나오거나 길가 비석 앞에서 쉬곤 했다. 지게를 진 채 한쪽 무릎을 세워 앉은 자세로 숨을 고르곤 했다. 그렇게 나의 아버지가 길가에서 쉬듯 큰 짐을 지고 사는 우리의 마음도 쉴 참이 필요하다. 우리의 마음은 가끔 애써 아무것도 만들어 내지 않는 그런 시간에 살아야 한다.

'무사시귀인無事是貴人'이라는 말이 있다. 일을 벌이지 않고 사는 사람이 귀한 사람이라는 뜻이다. 일을 벌이지 않는다는 속뜻은 감당하지 못할 일에 나서지 않는다는 뜻이다. 내가 해야 할 일이 아니면 물러나 앉을 뿐, 잘난 체하며 나서지 않는다는 뜻이다. 나의 자리를 겸손한 곳에 둔다는 뜻이다. 겉치장을 요란스럽게 꾸미지 않는다는 뜻이다.

'석수화향 심강무성石壽花香 深江無聲.' 돌처럼 흔들림이 없고, 꽃처럼 향기로우며, 깊은 강처럼 한결같이 소리 없이 살아가는 이 경지에 이르려면 애쓰는 시간이 필요하다. 강은 곧바로 깊어지지 않는다. 물이 쌓이고 쌓일 때 깊이를 얻는다. 조금씩 나아지고 있다는 생각으로 우리는 우리를 격려하며 깊은 강의 상태로 나아가야 한다. 낙담할 필요는 없다. 그렇게 되어야 한다고 우리의 마음이 작심을 하면 일은 그렇게 될 것이다. 다만 우리에겐 조금조금씩의 작고 작은 노력이 필요하다.

에티오피아 속담에 "거미줄도 모으면 사자를 묶는다"고 했다. 지금 우리에게 필요한 것은 약하고 가늘은 거미줄을 먼저 모으는 일이다.

삶처럼 느리게
희망처럼 격렬하게

기욤 아폴리네르의 시 '미라보 다리'의 일부는 이렇게 되어 있다.

사랑이 가네 흐르는 강물처럼

사랑이 떠나가네

삶처럼 저리 느리게

희망처럼 저리 격렬하게

밤이 오고 종은 울리고

세월은 가고 나는 남아 있네

하루하루가 지나고 또 한 주일이 지나고

지나간 시간도

사랑도 돌아오지 않네

미라보 다리 아래 센 강이 흐르고

기욤 아폴리네르는 미라보 다리를 걸으며 다리 아래를 흐르는 센 강을 바라보면서 이 시를 썼다고 한다. 물론 이 시를 짓게 된 데에는 아폴리네르가 사랑했던 여인 마리 로랑생과의 이뤄지지 않은 사랑이 놓여 있다. 그러므로 이 시에서의 강은 사랑의 흔적이며, 시간의 지나감이며, 종결된 사랑의 서사인 셈이다.

반면 중국의 시인 두보에게 강은 유랑하는 인생의 은유였다. 두보는 일생을 유랑 생활로 떠돌았다. 그의 생활은 몹시 가난했고, 그의 삶은 전란과 기근의 한복판에 있었다. 59세의 나이에 두보는 한 척의 배 위에서 일생을 마감했다. 44세에 막내아들이 굶어 죽는 슬픔을 겪기도 했다. "눈이 쌓여 약에 쓸 황정초는 캐지 못하고/ 짧은 옷 자꾸 추켜올리나 정강이 가릴 수 없네./ 이때 너를 쥐고 빈손으로 돌아오니/ 사방에서 들려오는 아들딸의 허기에 지친 신음 소리"라고 쓴 대목에서도 두보의 삶이 얼마나 곤궁했는지를 짐작할 수 있다. 그러므로 두보에게 강은 미지의 기구한 운명이 기다리고 있는 곳으로 나아가는 행로였으며, 타관으로 떠도는 삶의 또 다른 상징이었던 것이다.

내게 강은 인생의 성장을 의미한다. 나의 성장은 좀 더 큰 물줄기의 강을 대면해 온 과정이었다고 할 수 있다. 김천에서 자란 나는 작은 내에서 헤엄을 익혔고, 물줄기에는 반드시 상류와 발원지가 있다는 것을 알게 되었고, 강은 물줄기가 분리되고 합쳐지면서 점점 더 큰 물줄기로 거듭난다는 것을 알게 되었다. 추풍령으로 소풍을 가거나 황간 월류봉으로 소풍을 가면서 큰 물줄기를 만났다. 바닥이 보이지 않는 물의 깊이를 본 일도 그런 곳에서였으며, 한 마리의 물고기가 성어가 되면 얼마만큼 큼직해질 수 있는지를 확인한 곳도 그런 곳에서였으며, 큰물 가까이에서 시를 짓고 읊었던 옛 선비들의 고아한 정취를 알게 된 것도 그런 곳에서였다.

고등학교를 졸업할 때까지 금강과 낙동강을 만난 나는 대학에 들어가 섬진강과 한탄강, 동강, 남한강, 북한강을 만났고 군대에 입영한 후로는 소양강을 만났다. 문학청년이었던 내게 강은 단순한 자연이 아니었다. 문학이 잉태되는 공간이기도 했기 때문이다. 조명희의 소설 속에서 낙동강은 새롭게 태어났고, 신동엽 시인의 시 속에서 금강은 새롭게 태어났고, 김용택 시인의 시 속에서 섬진강은 새롭게 태어나는 이런 식이었다. 문학작품 속의 강은 그러므로 사람들의 살림이 강마을을 이루면서 끈질긴 생명력으로 폭풍우 같은 세월을 뚫고 면면하게 이어져 내려온, 삶을 생생하게 증거하는 공간이었던 것이다.

　그리고 지금 나는 한강 가까이에서 낮의 시간을 살고 있다. 회사의 창문으로 밤섬을 바라보며 숨을 돌리고, 또 초겨울 한낮에는 뒤척이는 강의 물결을 바라보면서 허적虛寂함에 대해 생각하게 되는 것이다. 그리고 시간이 날 때마다 한강변을 따라 걷고 있다. 마포대교 아래 강변을 따라 걷기 시작해 한강대교 아래까지 갔다가 돌아오곤 하는 것이다. 이러한 나의 한강변 산책은 올해 초부터 시작되었다. 털모자를 눌러쓰고 장갑을 끼고 마스크와 목도리를 하고 걷기 시작했다. 물론 한파와 눈보라가 몰아쳤지만 나는 개의치 않고 걸었다. 하루도 쉬지 않고 나의 이 산책은 계속되었다. 비가 오면 우산을 받쳐 들고 걸었으며 폭염 아래에서는 물통을 쥐고 걸었다. 날씨가 좋은 날은 동행이 있어 좋았고,

날씨가 궂은 날은 행인들이 적어 고요하고 슬프고 애처로워 좋았다. 어느 때든 강변 산책은 내 기분을 홀가분하게 아늑하게 정답게 만들어 주었다. 강의 표정이 바뀌는 것을 보았고, 강의 물결의 거침과 부드러움을 보았고, 강의 결빙과 유빙과 해빙을 보았고, 강으로 내려앉는 철새 무리들의 바뀜을 보았다. 걸으며 강이 인생과 별반 다르지 않다는 생각을 했다. 우리의 일생이 기다란 강을 따라갔다 되돌아오는 일이라는 생각을. 삶의 흐름도 강줄기처럼 구부러지고 갈라진다는 것을 이해하게 되었다. 우리의 인생도 유량과 흐름을 지닌 강이라는 것을 이해하게 되었다.

다시 눈발이 날리고 강물의 표면에 살얼음이 얼면서 겨울은 본격적으로 깊어질 것이다. 나는 한동안 또 강변을 산책하면서 강물의 결빙과 유빙을 보게 될 것이다. 그러나 나의 산책은 내년 봄에 있을 강물의 해빙을 기다리며 계속 이어질 것이다. 대양을 향해 가는 강물처럼 나의 산책도 먼 미래를 향해 가고 있는 것이다. 나와 함께 강은 삶처럼 느리게 희망처럼 격렬하게 내일도 흘러갈 것이다.

아침에는
운명 같은 건 없다

·
·
·

　새해 달력을 내건 지 벌써 열흘이 되었다. 흐르는 물처럼 매번 시간은 오고 가고, 오늘 아침은 벽두의 마음을 돌아보게 된다. 하루 동안의 마음을 지키는 수의守意나 새롭게 마음을 먹는 작심作心이나 주먹을 꼭 쥔 마음이기는 마찬가지이다. 나는 새해 벽두에 어떻게 마음을 버리었나. 맨 처음의 마음으로부터 멀어져 하늘과 땅처럼 벌어지지는 않았나. 오늘 아침은 문득 열흘 전의 마음을 돌아보게 된다.

　결심은 언제나 매서운 데가 있다. 눈보라를 몰아오는 찬 겨울바람처럼. 그러나 크게 마음을 먹는 일도 있지만 대체로 새해 벽두에 하는 나의 결심은 작고 조용한 변화를 위한 결심에 있다. 예를 들면 작은 화분에 물을 주는 일을 빠트리지 않는다는 것이 내 결심의 내용이었던 적도 있었다. 약속

106

과 관련해서 마음을 먹은 적도 있었는데, 지키지 못할 약속은 아예 하지를 말고 이미 한 약속에는 늦지 않는다는 결심도 있었다. 말과 관련해서 마음을 먹은 적도 있었다. 남이 말하는 중간에 끼어들어 말을 가로채지 않으며 남의 말을 하지도 않는다는 결심이었다.

특히 남의 말을 하지 않는다는 것은 아버지가 나에게 당부하신 것이었다. 이러쿵저러쿵 남에 대해 뒷말 시비를 하지 말라는 당부였다. 내게 앞의 두 개는 비교적 잘 지켜졌고 마지막 것은 아직 모자람이 있다.

올해 벽두에는 적은 종류의 반찬으로 적게 먹기로 마음을 먹었다. 살이 자꾸 붙어 등과 배가 불룩해지는 일도 걱정스러웠지만 식탐에 매이고 싶지 않은 까닭이었다. 불교의 수행자들 가운데는 아침, 저녁을 굶고 점심 한 끼만 먹는 일중식日中食을 몸소 실천하는 분이 많지만 내가 꼭 그런 수준으로 하겠다는 것은 아니었다.

고기나 생선을 입에 대지 않는 소찬素饌도 내 결심의 내용은 아니었다. 몸을 살리고 마음을 궁구한다는 큰 뜻도 없었다. 나는 다만 식탐으로부터 자재自在한 자리에 있고 싶어졌다.

그런 작정 이후 열흘째가 되었는데 잘된 날도 있고 잘되지 못한 날도 있었다. 해서 오늘 아침에도 나는 이 결심을 떠올려 결심에 결심을 얹는다. 그러나 나는 결심을 추구하되 물불 안 가리고 결심을 추구하는 축에는 끼지 못한다. 급하면 어그러지게 마련이고, 결심의 미덕은 결심의 이행을 좀 떨어진 자리에서 되돌아보는 데 있기 때문이다.

요즘 나의 아이들은 방학을 보내고 있다. 밤에는 일기를 쓰기도 하고 일일 생활 계획표를 다시 그리기도 한다. 둥근 시계 모양으로 하루의 시간을 분할해 해야 할 일을 적어 두는 것이다.

내 아이들도 나를 닮아 좀 무른 구석이 있는지 일일 생활 계획표를 잘 그린다. 잘 그린다는 것은 자주 고쳐 그린다는 뜻이다. 일일 생활 계획표를 수정한 아이들은 한껏 의기양양해서 "저, 마음먹었어요"라고 말한다. 귀엽다. 새로 돋은 푸른 잎사귀 같다. 아이들은 그렇게 일일 생활 계획표를 고쳐 그리는 일로 헌옷 같은 마음을 처분한다. 너절한 가구를 내치는 어른처럼.

마음은 늘 마음을 배반하고 등진다. 다른 데로 잘도 간다. 그리고 우리는 오늘 새해 벽두로부터 열 번째 아침을 맞고

있다. 요즘 서울 광화문을 지나면서 교보생명 빌딩 글판에
내걸린 시를 보게 되는데, 거기 인용된 구절은 본래 정현종
시인의 시집 〈광휘의 속삭임〉에 실린 '아침'에서 일부를 따
온 것이다. '아침'의 전문은 이렇게 되어 있다.

아침에는
운명 같은 건 없다
있는 건 오로지
새날
풋기운!

운명은 혹시
저녁이나 밤에
무거운 걸음으로
다가오는지 모르겠으나,
아침에는
운명 같은 건 없다.

아침이라는 시간의 매장량을 알 수 없는 잠재력과 호기심과 창의력과 자발성. 새해의 결심으로부터 열흘을 살아온 이 아침, 매번 결심하는 우리에게 필요한 것은 아침의 감각일지 모른다. 결심도 아침처럼 새롭게 살피고 일신日新할 때 궁극에는 지켜지는 까닭이다.

느린
열애

쓰다듬는다는 것은 '내 마음이 좀 그렇다'는 뜻이다.
말로 다할 수 없어 그냥 쓰다듬을 뿐이다.
말을 해도 고작 입속말로 웅얼웅얼하는 것이다.
밥상 둘레에 앉은 아이들의 머리를 쓰다듬어 주는
가난한 아버지의 손길 같은 것,
으리으리하지는 않지만 조그맣고 작은 넓이로
둘러싸는 것, 차마 잘라 말할 수 없는 것.
그런 일을 쓰다듬는 일이라고 부르고 싶다.

봄비처럼
통통한 호기심

•
•
•

아이들의 성장은 눈에 띌 정도로 빠르다. 봄비에 보리 싹이 올라오는 속도보다 한 뼘은 더 신속하게 아이들은 푸르게 자란다. 아이들은 낮에도 자라고, 잠을 자는 밤에도 자란다. 몸도 마음도 함께 쌍으로 겹으로 자란다.

먹는 것도 예외는 아니다. 아이들은 금방 배가 고프다. 지칠 줄 모르게 뛰어다니기도 하지만, 하루가 다르게 그릇의 크기가 달라진다. 초등학교 상급반인 첫째나 이제 2학년이 되는 둘째도 이제는 나와 비슷한 양의 식사량을 과시한다. 물론 야채나 매운 고추, 맛이 고약한 파 같은 것은 숟가락으로 걷어 내 밥상 구석에다 몰래 감춘다. 그 또한 식사를 마치고 밥상을 물리는 순간 발각되지만.

아이들은 밥상에 둘러앉아 누군가의 식습관을 따라 하는

것을 좋아한다. 얼마 전부터는 둘째가 나의 식습관을 따라 했다. 내 젓가락이 김치에 가면 아이도 따라 김치를 먹는다. 숟가락을 들면 숟가락을 들고, 물컵을 들면 물컵을 따라 든다. 그러다 내가 숟가락을 들고 잠깐 멈칫하고 아이를 바라보면, 아이는 자기가 따라 하던 행동이 들켰다는 것을 알고 방긋 웃는다. 나는 못 이기는 척하고 국그릇에 숟가락을 가져간다. 아이는 또 금방 나를 따라 한다.

내가 어릴 때 아버지나 누이의 밥 먹는 순서를 따라 했듯이 아이는 얼마 전부터 내가 밥을 먹는 순서에 따라 밥을 먹는다. 그러면서 아이는 김치도 먹게 되고 김치보다 더 고약한 음식에도 입맛을 들이게 된다. 해서 아이가 먹을 수 있는 음식의 종류가 늘어나고, 아이는 나의 식사량을 점점 능가하게 된다.

그러나 어른에게나 아이에게나 약은 고약하다. 쓴맛 때문이다. 아이는 얼굴을 잔뜩 찡그리며 물약을 먹는다. 그 표정을 바라보고 있으면 내 얼굴에 해바라기만 한 미소가 빚어진다. 아이는 코를 잡고 마시기도 한다. 어느 때에는 반을 내뱉고 목을 빼, 거위처럼 소리를 낸다. 나는 또 웃는다.

그런데 오늘 낮에 아이에게서 전화가 걸려 왔다. 어딘가를 막 다녀온 길인지 숨소리가 가쁘게 들리고 있었다. 아이의 숨소리가 바람개비처럼 바쁠 때에는 두 가지의 경우이다. 첫째는 뭔가 크게 성토할 일이 있을 경우이다. 대개는 누나로부터 괴롭힘을 받았을 때 곧바로 전화를 한다. 괴롭힘의 내용은 아주 사소한 사건인 경우가 많다. 누나의 방에 노크도 없이 무단출입했다가 퇴거 명령을 받을 경우가 대표적이다. 둘째는 뭔가 크게 자랑할 일이 생겼을 경우이다. 오늘의 전화는 두 번째 용건 때문이었다.

아이는 화급하게 말했다. "아빠, 나 이제 알아 먹는다!" 나는 그렇게 듣고 "그게 무슨 말이니?"라고 되물었다. 그랬더니 아이가 다시 또박또박 말을 한다. "아빠, 나 오늘 소아과 가서 알약 먹는다!" 오늘부터 자기도 알약을 먹는다는 말이었다. 그것도 세 알씩이나 되는 약을 한꺼번에 먹게 되었다고 아이는 자랑을 늘어놓았다.

퇴근 후 집에 갔더니 아이는 나를 맞으며 다짜고짜 약 봉투를 보여 주었다. 자신이 먹는 약에 대해 낮에 전화로 말하지 않았느냐는 투였다. 나는 아이의 엉덩이를 가볍게 두들겨 주었다. 저녁 밥상에 둘러앉아 밥을 먹는데, 아이의 밥을 먹는 속도가 유난히 빨랐다. 식사를 끝낸 아이는 식구들의 식사가 끝나기를 기다렸다. 누가 더 늦게 먹는지를 감시해서 혼쭐을 내 주겠다는 기세로 아이는 식구들의 식사하는 모습을 지켜보았다. 그리곤 식사가 끝나자마자 아이는 큰 물통과 컵을 가져왔다. 물론 알약이 든 약 봉투와 함께.

아이는 알약 하나를 꺼내 왼손에 얹어 놓고, 오른손으론 물컵을 들어 올려 반쯤을 마셔 입안에 가두어 두고, 왼손에 있던 알약을 입안 가운데에 넣었다. 자신이 알약을 먹는 모습을 자랑하고 싶었던 것이다.

그런데 아이는 너무 서두른 탓인지 물은 다 마셨지만 알약은 혓바닥 위에 남아 잔뜩 찡그린 표정이었다. 이런 낭패가 없다는 표정이었다. 다시 물컵에 물을 반쯤 부어 알약 삼키기를 시도하길 몇 차례. 아이는 두 컵의 맹물을 마시고 나서야 하나의 알약을 목으로 넘겼다. 식구들은 아이에게 큰 박수를 보내 주었다. 처음으로 아이가 알약을 삼키는 날이었다.

아이들은 무엇에든 신기해 하고, 무슨 일에든 도전장을 내밀고, 부모로부터는 끝없이 관심을 받으려 한다. 아이는 이불을 뒤집어쓰고 또 밤새 하나의 궁리를 끝내, 내일이면 새로운 실험을 할 것이다. 물론 그 일들은 어른 따라잡기의 일환일 것이다. 아이의 행동을 보면서 나는 그동안 내가 잊고 살았던 '호기심'이라는 에너지에 대해 생각해 본다. 보리싹을 자라게 하는 봄비처럼 통통한, 생生에 관한 호기심을.

참깨꽃 가게

●
●
●

요즘은 아침 산책을 하고 있다. 한 시간 남짓 걷고 있다. 함께 걷는 동네 사람들은 대개 나보다 연세가 많다. 늙은 부부도 있고, 모녀도 있고, 걸음걸이가 불편해 보이는 분도 있다. 아침 산책의 맛은 조용함에 있다. 아침 산책길에 나선 사람들은 천천히, 묵묵히 걷는다. 이슬은 풀잎 위에 수정처럼 반짝이고 풀벌레가 이따금씩 운다. 자고 난 뻣뻣한 몸이 새날에 맞춰 부드럽게 적응하는 것을 느낄 수 있다.

길둥근 능선을 따라 걷다 산 아래로 내려오면 여기저기 텃밭이 있다. 텃밭 양편에는 해바라기가 피었고, 보라색 가지꽃이 피었고, 코스모스가 피었고, 호박꽃이 피었고, 하얀 참깨꽃이 피었다. 언제 봐도 삶에 활력을 주는 게 꽃이다. 청나라 후기 문인 주석수는 "나비를 빼어나게 하고, 벌을 우아하게 만들며, 이슬을 요염하게 하고, 달을 따스하게 해 주니 꽃은 조화를 알선해 준다"라고 쓰기도 했다.

산책길에는 내 가족이 '참깨꽃 가게'라고 부르는 집이 있다. 보름 전에는 그 집을 '오이꽃 가게'라고 불렀다. 허름한 비닐하우스 집인데, 노부부가 산다. 노부부가 직접 물 주고 거름 줘서 기르고 가꾼 채소들을 내놓고 팔고 있다. 보름 전에는 오이를 주로 내놓고 팔았기 때문에 내 가족은 그 집을 오이꽃 가게라고 불렀다. 그러나 요즘은 오이가 끝물이고 꽃도 거의 지고 말았다. 대신 하얀 참깨꽃이 피는 때여서 그 집을 참깨꽃 가게라고 바꿔 부르고 있다. 호박과 호박잎, 고추, 부추, 가지, 깻잎, 고구마 순 등속을 내놓고 팔고 있다. 작게 묶거나 무더기로 쌓아 놓았는데 대개 값은 천원 이쪽저쪽이다.

할머니가 돈을 받으려고 앉아 있을 때도 있지만 없을 때가 더 많다. 할머니가 없으면 사람들은 값을 쳐 대바구니에 넣고 간다. 하루에 파는 양이 많지도 않다. 그것은 그 부부가 짓는 농사가 크지 않기 때문이다. 그리고 그날 수확한 만큼만 팔고, 팔 물건이 떨어지면 그만 판다. 안 팔리면 시들시들해져 버릴 수밖에 없기 때문일 것이다. 작은 밭에 여러 종류의 채소를 나눠 가꾸고 있다. 할아버지의 기력은 썩 좋아 보이지 않는다. 할아버지는 낮에나 가끔 보게 되는데 낮술을 한잔하시거나 부채질을 하면서 평상 겸 좌판에 앉아 계시거나 장기를 두신다.

이 참깨꽃 가게는 두어 철 전에 거둬들인 것도 판다. 오이 장아찌, 담근 깻잎, 무말랭이 무친 것 등을 판다. 내 가족에게 인기가 있는 것은 무말랭이를 양념에 무친 것인데 시골 어머니가 해 주신 음식 맛이 나기 때문이다. 주름진 손으로 무치다가 손가락으로 집어 올려 맛을 보며 간을 맞췄을 그 풍경이 자연스레 떠오른다. 아무튼 참깨꽃 가게를 방문할 때마다 행복하다. 우선 사고파는 일이 즐겁다. 사는 이도 파는 이도 욕심 없이 마음이 느슨해서 좋다. 오늘 먹을 만큼만 사고판다. 게다가 거저 얹어 주는 덤도 많다.

그런데 엊그제 참깨꽃 가게가 문을 닫았다. 비닐하우스 집으로 들어가는 곳에 그물을 쳐 놓았다. 여름휴가를 가신 것 같았다. 그 대신 새로운 가게가 하나 생겼다. 못 보던 분이 참깨꽃 가게 옆에 자리를 턱 잡았다. 참깨꽃 가게 노부부가 돌아오기 전까지만 장사를 하겠노라며 수줍게 웃었다. 속태俗態 없이 웃는 그 모습을 보면서 마음 한쪽이 또 행복해졌다.

앵두

•
•
•

시골집에 내려갔더니 때마침 어린 조카들이 와 있었다. 아이들은 마당에서 막대기로 그림을 그리거나 손바닥만 한 돌인 비석을 치며 놀고 있었다. 도시에서 살고 있는 아이들이었으나 아이들은 금방 흙과 친해져 있었다. 아이가 밖에서 만난 흙과 돌은 아이의 일부가 되어 있었다. 이날의 일부, 잠깐의 시간은 더 오랜 세월 동안 아이의 일부가 될 것이다. 아이들이 노는 것을 보는 순간 휘트먼의 시가 떠올랐다. "아이는 밖으로 나갔네/ …// 이른 봄의 라일락꽃이 이 아이의 일부가 되었고,/ 풀과 하얗고 붉은 나팔꽃과 희고 붉은 클로버 꽃과 딱새의 노래,/ 그리고 3월의 새끼 양과 연분홍 새끼 돼지와 암말의 새끼와 송아지/ …/ 이 모두가 그의 일부가 되었네."

그런데 내가 마루에 앉자 아이들이 작은 사기그릇을 들고 나에게 뛰어왔다. 아이들은 수줍어하며 그릇을 내 쪽으로 내밀었다. 아주 빨갛게 익은 앵두였다. 마당 한 귀퉁이에 있는 앵두나무에서 막 땄다고 했다. 아이들은 말 이전의 말로 사물 혹은 세계와 응답한다더니 앵두는 벌써 아이들의 일부가 된 듯이 보였다. 아이들은 붉게 잘 익은 앵두가 마냥 신기하고 또 그것을 자신들의 손으로 직접 땄다는 것에 설레어 얼굴빛이 붉게 상기되어 있었다. 어서 먹어 보라는 듯 입 안에 앵두를 넣고 우물거리며 웃었다. 나는 아이들의 머리를 쓰다듬어 주었다.

그러고 보니 어느덧 앵두가 익는 계절이 되었다. 앙증맞게 동글동글한 앵두. 앵두가 익는 때는 날이 후텁지근해지는 때이기도 하다. 아버지가 들에서 돌아와 흙더버기 맨발을 찬물로 씻고 또 장화를 씻는 그런 유월의 저녁 곁에는 앵두나무가 서 있었다. 첫사랑의 느낌으로 홍조를 띠던 소녀의 뺨 곁에는 앵두나무가 서 있었다. 별서別墅의 마당 한쪽에는 키 작은 앵두나무가 서 있었다. 낮이 가장 긴 때에, 아주 한가한 낮에, 낮이 아주 느리게 지나고 있다고 느낄 때에 앵두를 땄던 기억이 새롭다. 붉게 익어 새콤한 맛을 뽐내며

생生의 입맛을 다시 돌게 하던 게 이 앵두였다. 그러니 앵두는 단순히 작은 열매가 아니라 심드렁한 삶에 생기를 불어 넣어 주는 어떤 것이었다. 앵두는 데면데면하거나 게으른 기색이 없다.

고영민 시인의 '앵두'라는 시가 있다.

> 그녀가 스쿠터를 타고 왔네
> 빨간 화이바를 쓰고 왔네
>
> 그녀의 스쿠터 소리는 부릉부릉 조르는 것 같고, 투정을 부리는 것 같고
> 흙먼지를 일구는 저 길을 쒱, 하고 가로질러 왔네
> (중략)
> 그녀가 풀 많은 내 마당에 스쿠터를 타고 왔네
> 둥글고 빨간 화이바를 쓰고 왔네.

이 시에서처럼 앵두는 홀리듯 애교 많고, 예쁘지만 새치름한 아가씨의 용모와 성격을 닮았다. 그리고 무엇보다 앵두는 낙담 속에서도 미소 짓는 얼굴이요, 생애 단 한번의 환

희 같다.

산에는 푸른빛이 울연하고, 제비는 날고, 오디는 까맣게 익고, 산길에는 산딸기가 붉다. 시골에 가서 본, 밖에서 본 나무와 새와 열매들이 나의 일부가 되는 것에 행복했다. 앵두는 와서 나의 일부가 되었고, 피톨이 되었고, 그리하여 나는 이 여름에 앵두처럼 붉게 익을 수 있을 것만 같다.

밥상을 차리는 일

•
•
•

오늘 낮에 우연찮게 파랑새의 작은 둥지를 보았다. 새를 오래 연구한 분이 몇 해 전 촬영한 것이라며 영상물을 보여 주었다. 둥지에는 네 마리의 파랑새 새끼가 있었다. 알에서 깬 지 얼마 되지 않았는지 몸에 털이 적고 붉었다. 어미는 어디로 갔는지 새끼들만이 둥지를 지키고 있었다. 아마도 어미는 밥을 구하러 갔을 것이다.

나는 네 마리의 새끼들을 보다가 눈물이 울컥울컥 솟았다. 입을 몸의 반 정도나 될 성싶게 크게 벌려 울고 있었던 것이다. 배가 고파 밥을 달라는 것일 테다. 한참을 그렇게 울고 있었다. 어머니가 일 나간 통에 집에 홀로 남겨진, 나이 어린 아이를 보는 듯했다. 어미는 한참 후에야 돌아왔다. 길고 뾰족한 부리로 물고 온 작은 벌레를 조금조금씩 차례

차례 새끼들의 입안에 넣어 주고 있었다. 어미가 밥을 먹여 주는 동안에도 새끼들은 계속 울었다. 배가 부르기에는 아직 한참 미흡해 성에 차지 않는다는 뜻인 듯했다.

오늘은 일찍 귀가를 했다. 손수 밥상을 차려야겠다는 생각이 들었기 때문이다. 작은 밥상에 둘러앉을 아이들 생각이 났기 때문이다. 머잖아 아이들은 땀에 젖은 몸으로 돌아올 것이다. 나는 찬을 꺼내 놓고, 수저를 올려놓고 잠시 기다렸다. 말간 국을 따뜻하게 덥히고 밥그릇을 꺼내 두었다. 가장 따뜻한 밥을 고봉으로 담아 주어야겠다고 생각했다.

아이들은 내가 차려 주는 밥상이 익숙하지 않기 때문에 내가 밥상을 차린 줄 알면 아마도 고개를 갸웃갸웃할 것이다. 나는 가만히 아이들의 머리를 쓰다듬어 줄 것이다. 한 시인은 "모든 국은 어쩐지/ 괜히 슬프다"라고 썼다만, 오늘 나는 밥상을 차리는 일 자체가 슬프기만 하다.

내 옛집의 캄캄한 부엌 생각도 났다. 흙부뚜막엔 큰 솥이 걸려 있었고, 키 낮은 나무 찬장이 있었고, 찬장 속에는 겉이 꼬들꼬들해진 찬밥 한 그릇이 있었고, 간장 종지가 하나 있었다. 아버지는 들에서 돌아오지 않으셨고, 어머니는 돈 벌러 가서 돌아오지 않아 부엌은 늦도록 캄캄했다. 그랬다.

식은 부엌.

밥집을 지날 때마다 나는 행복하다. 백반집이면 더욱 그렇다. 김이 무럭무럭 오르는 흰 쌀밥을 꾹꾹 눌러 담아 주는 백반집. 고봉으로 담은 뜨거운 밥그릇을 왼손으로 받쳐 들고, 오른손으론 고봉밥 둘레를 다독여 주는 밥집 아주머니를 당신도 얼마쯤 만나 봤을 것이다. 밥상 한가운데에 한 그릇의 밥을 더 놓아 주며 많이들 하시라던 그 인심 넉넉한 말씀은 얼마나 아름다운 모국어인가. 푸지게 먹고 난 후, 밥그릇에 찬물을 둘러 마시고선 쓰윽, 손등으로 입을 훔치던 행복한 밥집.

밥을 달라는 울음에는 밥상을 차려 주어야 한다. 그 일을 마다하는 사람을 우리는 본 적이 없다. 그러나 당신도 어느 날에는 밥상을 차려 주다 나처럼 눈물이 울컥울컥 솟을지 모른다. 예전에 누군가가 허기로 우는 당신에게 차려 주던 따뜻한 밥상이 새삼스레 떠오를지 모른다.

울음이 그칠 때까지
울음을 들어라

•
•
•

　귀뚜라미가 운다. 위아래 돌 틈에 있으면서, 머리에 이고 있는 돌을 깰 듯이 운다. 매화도 한철 국화도 한철이라고 했던가. 귀뚜라미도 한철 운다. 그러나 귀뚜라미의 울음이 각별한 것은 점차 그 소리가 극도로 처량해지기 때문이다. 그런 다음 귀뚜라미는 울음을 뚝 멈추고 사람의 눈과 귀 앞에서 아주 사라져 버린다.

　두보는 풀숲에서 애절하게, 불안한 듯 우는 귀뚜라미 소리를 들으면서 그 애상을 이렇게 읊었다.

　　오래 길을 떠도는 나그네는 눈물 없이 들을 수 없고
　　사랑을 잃은 여인은 그 소리를 새벽까지는 차마 듣지 못하리

가을이 깊어 갈수록 귀뚜라미는 절명할 듯이 운다. 그 소리를 혼자 듣고 있으면 심한 통증이 있다. 내 몸 어딘가에 깊이 박힌 것을 장도리로 뽑아내는 것만 같다. 다만 귀로 듣는 소리일 뿐인데 이처럼 간곡한 것은 무슨 까닭일까. 사람의 몸과 마음이 그 소리와 주고받는 것이 있고, 그리하여 사람에게 안쪽이라 할 수 있는 곳과 외양이라고 할 수 있는 곳에 두루 걸쳐 균열이 일어나기 때문이다. 이것은 마른 갈댓잎이 서걱대는 소리를 들을 때에도 만 가지 생각이 늘어서는 것과 흡사하지만, 귀뚜라미 소리는 보다 지독하여 고약하다.

그러나 귀뚜라미 소리를 지속적으로 듣고 지켜보아 그 소리가 점차 격렬해짐을 알아채기란 그리 쉬운 일이 못 된다. 너무나 변화가 미묘하기 때문이다. 그 낌새를 알아채기는 바람을 묶어 두는 일처럼 어렵기 때문이다. 누군가는 귀뚜라미 소리가 날로 달라지는 것을 무엇 때문에 애써 들으려 해야 하느냐고 되물을지 모르겠다. 그러나 오래 울고 있는 사람을 곁에서 끝까지 지켜 준 사람이라면 그런 질문은 적어도 하지 않을 것이다.

울음을 끝까지 지켜보는 일은 마음을 지켜보는 일과 다를 게 없다. 적어도 누군가를 열렬히 사랑해 본 사람은 우는 사람을 한 번쯤 끝까지 지켜 준 아름다운 사람이다. 위아래 입술을 꾹 다물고 함께 있었던 사람이다. 나는 길거리를 울며 걸어가는 사람을 더러 보았다. 대개 그 경우에는 그이의 울음을 들어줄 만큼 그이를 깊이 사랑하는 사람이 곁에 없다는 뜻도 된다. 물론 벌떡 일어나 울면서 뛰쳐나가는 사람을 울던 자리에 곧바로 앉힐 순 없겠지만.

오래 울고 난 사람은 손등으로 눈물을 꾹꾹 눌러 닦으며, 한숨을 내쉬며, 혹은 수줍은 듯 입술을 힘없이 터뜨려 피식 웃으며 울던 자리에서 일어난다. 아마 귀뚜라미도 머잖아 그렇게 자리를 털고 일어나 어디론가 사라질 것이다. 귀뚜라미의 울음소리가 쇳소리에 가깝게 절대 슬픔에 이르는 것을 우리가 지켜볼 수 있는 시간은 이제 얼마 남지 않았다. 서리가 되게 내리면 귀뚜라미의 울음도 멎을 것이다. 귀뚜라미는 푸른 영혼의 반딧불이와 함께 사라질 것이다.

그러고 보면 지금으로부터 1,200년 전에 살았던 두보는 깊어 가는 가을 이즈음에 귀뚜라미와 반딧불이의 사라짐을 동시에 통각痛覺했던 모양이다. "시월 되어 찬 서리 되게 친다면/ 초라한 몸 어디로 가려 하느냐?"며 반딧불이가 가게 될 행로를 동생 돌보듯 걱정한 것을 보면 말이다.

햇배 파는 집

·
·
·

어딘지는 모르지만 자꾸 가고 싶은 곳이 여러 군데 있게
마련이다. 가을이 되면 내게도 그렇게 마음이 자꾸 끌리는
곳이 네댓 군데 있다. 억새가 핀 제주도 오름이 첫 번째 그
곳이요, 해가 뉘엿뉘엿 넘어갈 때 물고기 비늘처럼 햇살이
부서지는 가을 강을 따라 느리게 걷는 일도 좋다. 토란을 베
고 있는 시골 밭가에 앉아도 좋고, 도토리가 떨어지는 떡갈
나무 아래에 가만히 서서 불어오는 가을바람의 살결을 만져
보아도 좋다.

그러나 대개 이런 곳은 마음속으로 벼르다 들를 수 있는,
일상으로부터 좀 떨어진 곳이어서 누군가의 소매를 끌어가
며 금방 가 닿을 만한 곳은 못 된다. 그래서 가을이 오면 내
가 자주 찾는 곳은 '햇배 파는 집'이다.

햇배 파는 집은 나의 집으로부터 걸어서 가더라도 15분이면 족한 거리에 있다. 소나무가 많은 작은 산책로를 따라 낮은 언덕을 넘어 들길을 조금 걷다 보면 햇배 파는 집이 나온다. 중간에는 막걸리집이 하나 있다. 물론 막걸리집은 막걸리를 팔지만, 박을 따서 팔기도 하고, 오이를 따서 한 동이씩 팔기도 한다. 막걸리집도 나에게 가을을 팔지만, 햇배 파는 집에서 파는 가을만큼은 못한다.

햇배 파는 집은 아주 낡아서 곧 무너질 기세로 앉아 있다. 묵은 살림살이 따위의 잡동사니들이 여기저기 쌓여 있다. 오늘 낮에 갔더니 마당가에는 국화가 피었다. 장독대에는 고양이가 졸음에 겨운 듯 반쯤 감긴 눈을 하고 나를 맞아 주었다. 하얀 배꽃이 한창일 때 세 마리의 새끼 고양이가 그이를 따라다녔는데 오늘은 온데간데없었다.

햇배 파는 집은 꽤 큰 배밭을 소유하고 있다. 노부부가 짓기에는 힘에 부치지 않을까 염려가 될 정도로 큰 농사이다. 앞마당과 뒤란 할 것 없이 가을 풀벌레 소리가 빼곡했다.

널어 둔 빨래를 걷으며 할머니가 먼저 나에게 눈인사를 건넸고, 이내 할아버지가 주섬주섬 헌 옷가지를 걸쳐 입고 나왔다. 창고에는 따 놓은 배가 수북했다. 다섯 개를 1만 원에 판다고 삐뚤삐뚤한 글씨로 써 놓았지만, 할아버지는 거저로 조금 더 얹어 주었다.

예나 지금이나 할아버지의 인심에는 변함이 없다. 오늘은 2만 원어치를 사서 네 개의 배를 덤으로 더 얻었다. 올 햇배는 단맛이 예년에 비해 더 돈다며 할아버지는 금세 배를 깎아 한 쪽을 나에게 건넸다. 햇배를 한가슴 안고 그 집을 돌아 나올 때 나는 햇배 파는 집을 가을이 꼬옥 껴안는 것을 보았다.

이번 가을에도 나는 햇배 파는 집의 단골손님이 될 것이다. 햇배를 사서 이 집 저 집 나눠 줄 것이다. 이 집 저 집 햇배를 나눠 주면 사람들은 마치 보석을 선물 받은 것처럼 좋아한다. 그이들 입안에 괼 달디단 햇배 맛을 생각하면 나의 오후도 행복해진다. 당신이 사는 집 가까운 곳에 과수원이 있다면 가을에는 그곳에 꼭 가 보라고 권하고 싶다. 가을을 파는 집, 자연을 파는 집. 그곳에 가면 당신도 나도 너그럽고 큰 자연이 될 것이다.

파르스름한
맨밥 냄새

●
●
●

밥맛이 싹 가셨다

나도 모르는 결에 내 생각의 밥그릇에 이상한 밥 냄새를 퍼담

아 온 것이었다

다솔사 공양간을 돌아나올 때 그 서늘한 밥 냄새

겨울밤 만해卍海도 동리東里도 언 잎에 싸락눈 치는 소리 듣

다 한지처럼 정신이 맑아진 새벽녘 찬 마루로 나섰다 비로소 한

공기씩 받아 허기를 달랬을 밥 냄새

다 걸러낸 오롯한 맨밥 냄새

다솔사 다녀온 후 모자처럼 내 생각에 얹어 다니는,

오래 그 속에 쪼그려 앉아 얼이 생겼으면 싶은, 아! 이 새벽에

도 안 잊히는 밥 냄새!

밥 냄새 때문에 세 끼 밥맛이 싹 가셨다

이 시는 내가 다솔사를 다녀온 후 쓴 '그리운 밥 냄새'라는 시이다. 아마도 초겨울 어느 날이었던 것 같다. 진주에 사는 유홍준 시인이 나를 데리고 간 곳이 다솔사였다. 투명하고 차갑고 가늘은 빛이 내리고 있었다. 절을 찾은 이는 거의 없었다. 우리는 천천히 절 마당을 거닐었다. 공양간을 지나갈 때였다. 저녁 공양을 준비하고 있었다. 그리고 맨밥 냄새가 긴 줄처럼 흘러나와 나를 묶어 버렸다. 나의 잡스런 몸을. 탐심과 식욕의 자루였던 나의 몸을 단단하게 포박했다. 나는 그 냄새로부터 빠져나오지 못해 한동안 서 있었다. 시골에서 어릴 적에 늘 맡아 온 밥 냄새 아니었던가, 라고 나는 나에게 질문했다. 그러나 절 공양간으로부터 대기 속으로 퍼져 나가는 그 단일한 냄새는 내게 돌연한 충격을 안겨 주었다. 저 맨밥에 소찬을 곁들여 스님들은 공양을 하셨을 것이었기에 분명 그 공양은 나의 상스러운 식탁과는 아주 다른 것이었다. 이것저것 마구 먹는 나의 공양과는 아주 다른 것이었다. 그 다솔사 공양간의 밥 냄새를 맡은 후 정말이지 나의 식욕은 뚝 떨어졌다. 먹는 것에 탐착하는 것이 부끄러웠다. 반찬의 숫자를 줄여 먹기 시작했다. 정신과 몸이 간소해졌다.

그 후로 내가 한 번 더 매번 끼니를 꼬박꼬박 챙겨 먹는 일에 대해, 밥을 받아먹는 마음에 대해, 소박하고 정갈한 식사에 대해 새롭게 생각하게 된 계기는 지묵 스님께서 직접 써서 주신 글 때문이었다. 그 종이에는 이런 문장이 있었다.

이 음식이 어디서 왔는고. 내 덕행으로 받기가 부끄럽네. 마음의 온갖 허물을 모두 버리고 육신을 지탱하는 약으로 삼아 도업을 이루고자 이 공양을 받습니다.

공양게였다. 내 성품의 본래면목을 깨닫고 전법을 위해 공양을 받는다는 뜻이었다. 내가 지금까지 성취한 수행은 보잘것없는 것이지만 하나의 음식이 나에게 오기까지의 그 모든 우주적 수고를 감사해 하면서 먹겠다는 의지가 실려 있는 문장이었다. 나는 끼니때마다 이 말씀을 묵상하듯 마음속에 펼쳐 놓고 크게 읽었다. 도업을 이루지 못한 것을 비통해 하며 천둥과 번개가 치는 깊은 골짜기로 들어가 통곡하는 수행자가 있었다는 일화를 나는 떠올렸다. 밥값을 해야 할 것 아니냐고 스스로에게 물었다. 망망茫茫했다. 이 음식을 두 손으로 받는 일에 대해 감사해 하되 그 양을 줄이기 시작했다.

　많은 절을 다녔고, 많은 절의 공양간을 들여다보았다. 보성 대원사 공양간에 붙어 있던 "천천히 씹어 공손히 먹어라. 봄에서 한여름, 가을까지 그 여러 날 비바람 땡볕으로 익어온 쌀 아닌가"라는 글귀를 만났을 때에도 내 영혼이 둔중한 물체에 충돌하는 느낌을 받았다. 한 알의 대추가 익는데에도 햇빛과 우레와 바람과 흙과 노동의 협력이 필요하듯이 음식은 이처럼 많은 존재들이 손을 보태서 만든 것이다. 그러니 어찌 겸손하게 먹지 않을 수 있겠는가.

　가족과 함께 찾아간 월정사에서의 아침 공양도 잊을 수 없다. 몇 해 전 초겨울 무렵 내 가족은 간만에 함께 여행을 떠나기로 했다. 아이들을 돌보느라 심신이 나른하고 피로해진 아내는 한적한 절에 가서 하룻밤을 자고 왔으면 하는 뜻을 내비쳤다. 그래서 나는 이리저리 수소문을 해 한 칸의 방을 겨우 얻어 월정사로 가게 되었다. 방은 그 어떤 살림도 들여놓지 않았다. 텅 빈 방이었다. 저녁을 먹고 나니 사방의 둘레가 캄캄했다. 바깥은 옻칠을 한 것 같은 두꺼운 어둠에 빠져들었다. 그리고 극도의 조용함이 대기 속에 팽팽했다. 간단한 담소를 나누고 일찍 잠에 빠져들었다. 새벽에 일어났을 때 정신이 흐릿하고 고달픈 것이 전혀 없었다. 아주 오랜만에 잠이 달콤했다. 나는 도량석 소리에 잠에서 벗어났다. 옷을 주섬주섬 입고 절 마당으로 나갔다. 차가운 공기가 엄습했으나 정신이 맑게 깨어나는 느낌이 들었다. 법당에 가서 스님들과 함께 예불을 올렸다. 예불을 올리는 내내 법당 안은 삼가고 엄숙한 분위기가 이어졌다. 나는 예불을 마치고 절 마당 주위를 더 걸었다. 어둑어둑하던 것이 빛살이 약간 비쳐서 조금 훤해지고 있었다. 날이 막 밝아졌을 때 가족과 함께 공양간에 갔다. 월정사에서 하룻밤을 묵고 아침 공양을 하러 온 사람들은 그다지 많지 않았다. 국과 간단한 반찬이 준비되어 있었다. 그리고 또 그곳에도 맨밥 냄새가 있었다. 그 맨밥 냄새는 도솔사에서 맡았던 그것과 별로 다르지 않았다. 마찬가지로 치장이 없는, 조금은 건조한, 뜨거우면서도 차가운 데가 있는, 깨끗한, 시원한 냄새였다. 이 소찬의 음식으로 월정사의 스님들도 허기를 채우고 또 수행을 할 것이었다. 나도 허기만 때울 정도로 먹고 공양간을 나섰다.

밥의 양을 줄이고, 반찬의 가짓수를 줄이고, 밥때와 밥때 사이에 다른 것을 섭취하지 않고, 조금 모자라게 덜어서 잔

반을 남기지 않고 깨끗하게 비우고, 내게 온 음식에 감사해하고, 그리하여 나를 돌아보게 된 것은 절 공양간에서 맡은 몇 차례의 맨밥 냄새 때문에 생긴 변화였다. 그러니 내게 최고의 절밥은 맨밥인 셈이다. 맨밥은 나를 엄하고 철저하게 한다. 그 맨밥 냄새는 빛깔로 치자면 파르스름하다고나 할 수 있을까.

한 생각 청정한 마음이
곧 도량

요즘 나에게 몇 가지 새로운 습관이 생겼다. 예를 들면, 양동이에 찬물을 가득 길어다 화분에 천천히 물 주기, 물때 낀 관상용 거북의 등 씻어 주기, 수시로 아이의 머리 쓰다듬기, 일을 시작할 때에는 작은 목탁 두드리기, 풀밭 한가운데 앉아 가을 풀벌레 소리 듣기 등등. 크게 표시나지 않는 이 작은 일을 하는 재미가 제법 쏠쏠하다.

나는 언제라도 나의 마음이 외곽의 선이 고운 제주 오름의 능선 같았으면 좋겠다고 소원할 때가 많았다. 마음이 언제라도 새벽녘 물안개 피어오르는 연못처럼 고요했으면 좋겠다고 바랄 때가 많았다. 그러나 마음은 셋을 헤아리는 동안을 참지 못하고 불쑥 뿔 같은 화를 내거나 입으로 험한 말을 쏟아 내곤 했다. 그러던 어느 날 나는 화난 코뿔소처럼 숨을 식식거리고 있는 나를 우연히 발견하게 되었다. 해서 내 나름의 궁리 끝에 이 몇 가지 일을 평소에 해보기로 작심했던 것이다.

성철 스님께서 수행하는 스님들께 당부했다는 다섯 가지 생활 항목이 내 책상에 붙어 있다. "손에는 일을 줄여라. 몸에는 소유를 줄여라. 입에는 말을 줄여라. 대화에는 시비를 줄여라. 위에는 밥을 줄여라." 고개만 들면 곧바로 눈에 띄는 곳에 이 다섯 가지 항목을 적어 두고서 틈이 나는 대로 점검하며 살고 있다. 그러나 사실은 돌아서면 언제 그랬느냐는 듯 또 금방 잊어버리기를 잘한다.

우리는 눈이 바쁘고, 코가 바쁘고, 귀가 바쁘다. 우리의 마음에는 왜 빈방이 없는 것일까. 우리는 눈과 코와 귀를 저만치 떨어진 곳에 세워 놓고 바깥에 무슨 일이 벌어지려고 하는지, 바깥에 무슨 기변이 생겼는지 살피길 좋아한다. 바깥이 시끄럽지 않으면 살맛이 영 덜하다는 사람들도 부지기수이다. 다른 사람의 입맛에 맞춰 살 수는 있어도 정작 내 마음의 궁핍은 관심의 대상이 아닌 듯해 보이기까지 한다.

말하자면, 다른 사람의 생활에서 벌어지는 드라마는 즐겨 보되 내 몸과 마음에서 일어나는 드라마에는 별반 관심이 없는 듯하다. 우리는 거실에 켜 둔 드라마를 언제쯤 꺼 조용한 거실에서 살게 될까. 마음은 언제쯤 청정한 도량이 될 수 있을까.

명성에 집착하며 사는 일도 문제이기는 마찬가지이다. 릴케는 "명성이란 새로운 이름의 주위로 몰려드는 온갖 오해의 총칭"이라고 했다. 자신을 수식하는 보다 화려한 평판을 얻는 일에 너무 골몰하지 말라는 얘기이다. 대개 평판 얻기에 골몰하는 사람들은 나서지 않아야 할 일에 무턱대고 나서는 무모함을 보일 때가 많다. 그들은 일 없이 사는 법을 왜 모를까. "한 생각, 청정한 마음이 곧 도량이다." 보조 스님이 세속 나이로 33세 때, 팔공산 거조사에서 썼다는 결사문에 이 구절이 있다.

바깥에서 찾지 말고 신속히 내 마음에게로 돌아갈 일이다. 깨끗하게 비질된 도량 마당에 가을의 소슬한 바람이 불어오는 것을 상상해 보면 어떨까. 도량 가득 만월滿月의 빛이 내리는 모습을 상상해 보면 어떨까. 그곳에 홀로 서 있는 자신을 상상해 보라. 우리의 마음을 그곳에 살게끔 하면 어떨까.

새벽에
홀로 앉아

•
•
•

내가 하루 가운데 가장 아끼는 시간은 새벽이다. 새벽에 나는 홀로 앉아 있다. 새벽에 일어나 홀로 이렇게 앉아 있는 것은 무엇을 딱히 하려는 이유가 아니다. 가족들은 모두 잠들었다. 세상도 돌처럼 조용하다.

오늘처럼 바깥에 비가 내리고 있으면 비 내리는 소리를 묵연히 듣고만 있다. 그러다 마음이 고요해졌을 때에는 빗속에 서 있을 한 그루 수양버들을 생각하기도 한다. 낮에 보았던 담쟁이덩굴을 생각하기도 한다. 벽을 사랑하는 담쟁이덩굴. 심장과도 같이 생긴 그 푸른 잎의 외사랑을 생각한다.

그러다 마음이 더 고요해졌을 때에는 내가 낮에 세상에 나가 얻어듣고 배운 여러 말씀들을 생각한다. "남을 원망하거나 탓하지 말고 전화위복으로 바꿔버려라. 인연을 따라

행하라. 구하는 바 없이 행하라. 여법如法하게 행하라." 달마 스님의 선어록인 〈이입사행론〉의 말씀이다.

나는 이 새벽에 조목조목을 다 외울 듯 가만히 떠올려 보는 것이다. 한 귀로 흘린 것을 다시 마음 바탕에 베껴 적는 것이다. 그 뜻을 곱새기는 것이다. 체로 가루를 치듯이. 이렇게 하지 않고서는 들어도 들은 것이 무엇인지를 결국 모르게 되기 때문이다. 낮을 사는 동안에는, 남들과 어울려 있을 때에는 말과 행동이 경망하기 때문이다.

구태여 우리 모두가 새벽에 홀로 앉아 있어야 할 까닭은 없다. 나는 다만 '홀로 앉아 있음'의 시간으로 새벽을 선택한 것이다. 우리에게 필요한 것은 비껴 있는 시간이다. 비껴 있는다 함은 한 발짝 물러선다는 뜻이다. 물러선다 함은 뒤를 만들어 뒤를 본다는 뜻이다. 말과 생각과 행동의 뒤를 살핀다는 뜻이다.

뒤가 있는 줄을 모르는 사람이 적잖이 있다. 그이는 이마를 앞세운다. 그러나 우리는 그런 자세로만 이 세상을 살 수 없다. 세상에는 수없이 많은 옹벽이 있다. 옹벽을 만나 옹벽을 종일 고집스레 이마로 밀고 있는 사람을 본다면 우리는 실소를 금할 수 없을 것이다.

나는 이 새벽에 홀로 앉아 다음의 글로 마음을 한 번 더 씻는다. 이 문장은 자비와 배려에 관한 문장이다. 나는 이 문장을 공책에 옮겨 적으며, 새벽에 홀로 앉아 있는 이 시간의 유익함을 마지막으로 즐기려 한다. 어느새 비는 그치고 날이 밝아오고 있다.

산은 모든 짐승을 가족으로 안아 들이고,
물은 모든 물고기와 게를 어루만져 준다.

붙잡아 둘 수 없으니
절망하기 시작하라

마지막으로 살았던 붉은 금붕어를 건져 내고 어항을 비울 때, 혹은 철새들이 떼를 지어 빈 들판 위를 날고 있는 것을 바라보고 있을 때 전화벨이 울렸다. 올해도 거의 다 지나갔으니 간만에 술잔을 나눌 겸 송년 모임을 갖자는 전화였다. 아, 벌써 그리 되었는가 싶었다. 시간은 이처럼 콸콸 흘러가니 급류라 아니할 수 없다.

흘러가는 시간에 대해 이런저런 생각에 사로잡혀 있었고, 문득 그저께 뵈었던 두 분의 시인이 그 상념의 갈피를 헤집고 머릿속에 떠올랐다. 시 낭송 녹음을 위해 스튜디오에서 우연히 뵈었다. 한 분은 초등학교 교장을 지냈고, 한 분은 대학교수를 지냈는데 두 분 모두 시단의 어른이셨다. 초등학교 교장을 마지막으로 정년퇴직한 시인이 가방을 열고 카메라를 꺼내 사진을 찍기 시작했다. 언제 또 만날 수 있겠느냐고 했다. 사진을 찍는 솜씨가 예사롭지 않았다. 낭송을 마치고 함께 저녁을 먹기 위해 식당을 찾으며 거리를 걷고 있을 때 대학교수를 정년퇴임한 시인이 불쑥 말을 꺼냈다. 그는 요즘 마른 풀을 보는 게 제일로 행복하다고 말했다. 나이가 들수록 이상하게 마른 들풀이 바람에 쓸리는 모습이 좋다고 했다. 이름도 없이 나서 이름도 없이 마르고 사라지는 들풀이 좋다니. 그 말씀의 맥락이 전혀 짐작되지 않는 것은 아니지만 그렇다고 흔쾌히 동의하기는 어려웠다.

그러자 다른 한 분은 이 겨울 한 철은 그나마 카메라에 찍어 둔 사진들 덕분에 살 만하다고 했다. 지난봄부터 가을까지 이곳저곳서 찍은 꽃 사진을 다시 보고 꽃을 그리면서 겨울을 난다고 했다. 한 분은 생명의 불꽃이 다 사그라진 듯한 이름 없는 마른 들풀이 좋다고 하셨고, 한 분은 카메라에 저장해 둔 꽃이 좋다고 했으니, 두 분은 시간의 흘러감에 대해 느끼는 실감이 달랐던 것이다. 카메라에 보관해 둔 꽃 사진 덕택에 겨울을 난다는 그분은 근년에 큰 병을 앓고 지금은 회복기에 있는 분이었다. 그러면서 그분은 말씀을 덧붙였다.

"마음에는 여러 기억들이 뿌리를 내리고 있어요. 그런데 아주 옛날의 일들이 더 깊이 뿌리를 내린 것 같아요. 어릴 때의 일들은 뿌리가 깊잖아요. 캐낼 수가 없어요. 그런데 요새 것은 뿌리가 시원찮아요. 얕아요. 겉으로만 왔다 가요. 요새 것을 우리는 금방 잊잖아요. 기억할 만한 것도 없고."

그 말씀을 듣는 순간 나는 그 어른이 봄의 평원에서 가을의 평원까지를 다 걸어온 이유를 알 것 같았다.

두 분과 헤어져 돌아온 이후로 나는 나의 시간에 대해 생각해 보았다. "연연세세 꽃은 같아도/ 세세연년 사람은 같지 않아라年年歲歲相似/ 歲歲年年人不同"라는 문장은 널리 알려져 있다. 이 문장은 당나라 여주汝州 사람이었던 유정지劉廷芝가 쓴 '흰머리를 슬퍼하는 늙은이를 대신하여'라는 시의 한 대목이다. 나는 이 시를 읽을 때면 앞서 인용한 문장도 좋아하지만 다른 문장에 더 큰 감흥을 받는다. 예를 들면 "낙양성 동쪽의 복숭아꽃 자두꽃/ 날아오고 날아가 누구 집에 떨어지나"라는 구절이나 "금년 꽃이 지면 얼굴빛 시들고/ 명년 꽃이 피면 또 누가 있으랴"라는 구절이 그러하다. 꽃은 피었다 지기 마련인데 이 순리는 모든 사람의 집 마당에서 똑같이 일어난다는 뜻이요, 꽃이 지는 것은 시간의 흐름이니 오늘 만난 사람에게 내년이 또 있음을 기약할 수 없다는 안타까움이 이런 구절에는 담겨 있다. 더 절창은 아래와 같은 대목이다. "아리따운 눈썹은 얼마나 가리/ 잠깐 사이 흰머리는 실처럼 흩어질 것을."

시간의 흘러감은 그 누구도 막을 수 없다. 얼굴빛이 시들고 주름이 늘고 병이 오고 그리하여 죽음 쪽으로 기울어지는 것을 누가 막을 수 있을까. 말하자면 이것은 회피할 수 없는 사실의 세계인 셈이다. 그러면 우리는 시간의 지나감을 슬퍼하고만 있을 것인가. 술잔을 들고 송년의 시간을 보내면서도 우리는 슬픔을 지속시킬 것인가. 시간의 무상함을 오히려 먼저 받아들이는 것은 어떨까. 일찍 절망하는 것이 낫지 않을까. 이런 생각을 하고 있을 때 영시집에서 나는 한 편의 시를 만났다. 그리고 그 시에서 어떤 빛줄기가 벽돌같이 쌓인 언어들의 틈을 비집고 새어 나오는 것을 목격했다. G. M. 홉킨즈가 쓴 'The Leaden Echo'라는 시였다. 이 제목을 김종길 시인은 '납메아리'라는 제목으로 번역했다. 송년의 시간이 다가온다. 시간을 붙잡아 둘 수 없으니 나는 어서 빨리 절망하기 시작하리라.

어떻게, 붙잡는 수가―미$_美$―를, 붙잡으라, 美를, 美를, 美를…… 사라져 버리지 못하도록 붙잡아 두는 매듭이나 브로우치나 땋은 것이나 죄는 것이나 끈, 빗장이나 걸쇠나 열쇠 같은

어떤, 어떤 것이 있는가, 그런 건 아무 것도 무슨 알려져 있는 것은 아무데도 없는가?

오 이 주름살, 줄줄이 패인 깊은 주름살을 나무랄 길은 없는가? 이 가장 서러운 使者$_사자$, 조용한 使者, 슬프고 살그머니 다가오는 백발의 使者를 쫓을 길을 없는가?

그렇다, 없다, 없다, 오 없고 말고,

또한 지금처럼 그대 오래 아리땁다 불릴 수도 없다.

그대 할 수 있는 대론 해보렴, 글쎄, 할 수 있는 대로는,

그러면 지혜란 일찍 절망하는 법.

시작하라, 늙음과 늙음의 재앙, 흰 머리,

구김살과 주름살, 꾸부러지는 것과 죽는 것,

죽음의 가장 망측한 것, 屍身$_시신$을 감는 천, 무덤과 구더기와 쓰러져 썩는 것을 막을 도리는 전혀 없으니,

그러니 시작하라, 절망하기 시작하라.

따뜻한 화로 같은
고향

푸른 대숲과 서리가 내린 아침, 산 밑까지 이어진 들길, 평온한 물벽의 저수지, 길게 우는 황소의 울음소리, 늙은 감나무와 너른 흙마당, 뒤란에 오종종하게 앉은 장독들, 조리로 쓰륵쓰륵 쌀을 이는 소리와 밥 익는 냄새. 고향에 가 이들을 만난다.

고향은 큰 화로와 같다. 생일이 있는 사람이라면 누구든 이 큰 화로를 갖고 있다. 고향에 가면 은연중에 입은 내상이 치유된다. 눈매도 서글서글해진다. 마치 뜨거운 화로에 넣은 한 점의 눈과 같이 근심 걱정은 사르르 녹는다. 두고두고 보아도 이 일은 참으로 신통하고 묘하다. 그러니 고향은 의사 가운데서도 제일의 명의名醫이다.

섣달그믐에 목욕하던 일이 생각난다. 아버지는 쇠죽을 끓이던 큰 가마솥을 마른 볏짚으로 씻어내 맑고 찬 산골 물을 붓고, 장작불을 넣어 목욕물을 준비하셨다. 그 물로 자식들의 몸을 차례대로 씻겼다. 몸의 물기를 닦아내기 위해 알몸으로 잠깐 부엌에 서 있을 때 몸통을 스윽, 한 번 둘러 감던 그 찬바람의 감촉. 뜨거운 것과 찬 것으로 씻은 그 알몸. 설날을 앞두고 다섯 자식들의 몸을 일일이 씻긴 그 노고의 뜻을 어떻게 헤아릴 수 있을까. 설날을 맞는 일은 겨울 개울을 건너듯 삼가 조심하는 것이 있었다.

설날은 아무래도 아이들이 신이 나는 날이다. 고향의 아이들은 고목 가지에 내려앉는 때까치처럼 몰려다닌다. 동산 위 하늘로 연을 띄우고 얼음판에 팽이를 얹어 닥나무 껍질로 치며 논다. 마음이 꽃봉오리이다.

새 옷을 얻어 입고, 새 호주머니에는 빳빳한 세뱃돈이 들어온다. 밥상 둘레에 앉아 식구들이 떡국을 나눠 먹을 때, 혹은 절을 올릴 때, 겨우 예닐곱 살이 된 아이들에게마저 어른들은 으레 "이제 어른이 다 되었구나!"라고 말씀하시는데 아이들은 그 뜻을 알 리가 없다. 얼굴에 장난기가 자글자글해 고개를 연신 까딱까딱한다. 나이 먹는 일이 마냥 좋은 것이다.

철없는 아이들이 부러우니 어찌 된 영문일까. 나이 먹는 일이 그리 반색할 일이 아니라는 것을 알게 되었기 때문일까. 한 시인은 "한 살 나이를 더한 만큼 좀 더 착하고 슬기로울 것을 생각하라"고 했다. 누구든 나이를 더할 때에는 개심改心이 없을 수 없다는 것을 알게 되었기 때문일까.

고향에는 아름다운 설날 풍경이 몇몇 남아 있다. 개중에 하나는 설 전날 큰집으로 음식을 보내는 일이다. 탁주와 돼지고기 두어 근을 사서 큰집으로 보내고, 그러면 또 큰집에서 정성이 담긴 정갈한 음식이 왔다. 조촐하게나마 애써 마음을 쓰니 푼푼하다. 명절은 이처럼 각박함을 넘어선다.

또 하나는 합동 세배를 올리는 일이다. 설날 오후에 이장님은 마이크를 잡아 "에, 에"하고 목소리를 가다듬어 마을 회관에서 곧 합동 세배가 있다고 알린다. 회관 마당에는 금세 올멍줄멍 동네 사람들이 모여든다. 대처大處로 살림 나간 사람들도 모처럼 모인다. 열을 지어 죽 늘어서 마을 어른들께 절을 올리고, 어둑어둑해질 때까지 술과 음식을 나눠 먹으며, 와자하니 웃으며 보낸다. 이 합동 세배는 아직도 계속되고 있다.

설날은 서로 안부를 묻고 덕담을 주고받는 날이다. 먼 데서 온 손님을 종일 맞는 날이다. 격려를 아끼지 않는 날이다. 무심한 돌에게도 칭찬을 하는 날이 바로 이 설날이다.

올해는 내 어릴 적 뛰어놀던 고향의 작은 동산으로 아이를 데려가야겠다. 뒷산의 부드러운 능선을 보여 주어야겠다. 무엇보다 시골의 너그러운, 마음에 구김살이 없는 어른들을 뵙게 하고 싶다. 따뜻한 화롯가에 함께 앉아야겠다.

쓰다듬는 것이
열애입니다

•
•
•

　혼자서 무릎을 안고 앉아 있다. 봄이 와서 봄산에 봄새가 우는 소리를 듣는다. 늦은 밤부터 새벽까지 봄새가 운다. 가늘은 피리 소리를 낸다. 간격을 두고 운다. 이름을 알 수가 없다. 가지에 앉아 있을 것이다. 봄이 오는 소리를 홀로 다 연주하고 있다. 솜씨가 좋다. 공중을 저 가늘은 천수千手의 소리로 쓰다듬으면서. 나는 내 방에 앉아 그이의 우는 소리를 다 쓰다듬는다.

　봄이 오니 새가 많아졌다. 못 보던 새들이 부쩍 늘었다. 몸이 아주 작은 봄들이 가지마다 앉아 공중을 쓰다듬는다. 아지랑이처럼. 저마다 생기가 있고 곱다.

　서로가 쓰다듬지 않으면 살 수 없는 것이다. 한 움큼씩 소량으로 봄비가 올 적에도 그렇다. 봄비는 풀잎을 적실 정도로 온다. 땅이 촉촉해질 정도로 온다. 엷은 안개가 끼는 일도 그렇다. 박무薄霧는 빗으로 공중을 한 번 빗겨 주는 정도이다. 거미가 구석에 거미줄을 내는 일도 그렇다. 나를 걱정하는 당신의 목소리도 그렇다. 모두 알뜰히 쓰다듬는 일이다.

쓰다듬는다는 것은 '내 마음이 좀 그렇다'는 뜻이다. 말로 다할 수 없어 그냥 쓰다듬을 뿐이다. 말을 해도 고작 입속말로 웅얼웅얼하는 것이다. 밥상 둘레에 앉은 아이들의 머리를 쓰다듬어 주는 가난한 아버지의 손길 같은 것, 강보에 아이를 받은 어머니의 반갑고 촉촉한 눈길 같은 것, 동생의 손을 꼬옥 잡고 데려가는 예닐곱 살 누이의 마음 같은 것, 으리으리하지는 않지만 조그맣고 작은 넓이로 둘러싸는 것, 차마 잘라 말할 수 없는 것. 그런 일을 쓰다듬는 일이라고 부르고 싶다.

오늘 낮에는 박씨를 선물 받았다. 나는 하얀 종이에 박씨를 쏟아 놓고 한참을 바라보았다. 뜨거운 심장 같았다. 고요한 껴안음이 있다. 지금 당장은 이 씨앗으로부터 싹과 푸른 줄기와 하얀 박꽃과 둥근 박을 꺼내고 싶지 않다. 그냥 두고 볼 뿐이다. 하나의 박씨가 어떤 쓰다듬음을 이 세상에 내어 놓을지 잘 알지만 기다릴 뿐이다. 기다리는 것도 쓰다듬는 일임을 아는 까닭에.

이렇게 봄이 옴은 파랑주의보를 받는 일 같다. 잔물결이 곧 일겠다, 라고 생명들이 막 세상을 쓰다듬을 것이라는 전보를 전해 받는 일, 푸른 넌출들이 출렁출렁할 것이라는, 나아가서 내가 당신을 등 뒤에서 감싸듯이 작은 둘레가 될 것이라는, 그렇게 쓰다듬겠다는, 아무리 생각해도 이 봄에는 쓰다듬는 것이 열애熱愛이다.

주례사

•
•
•

결혼식에 다녀왔다. 잠깐 짬이 나서 범어사엘 들렀다. 성
보 박물관에서는 동산 스님의 친필이 눈에 띄었다. '참고 기
다려라'라는 짧은 문구였다. 동산 스님은 의대생 시절 "마
음의 병은 누가 고치는가?"라는 뜻밖의 질문을 받고 출가
를 결행했다. 백용성 스님의 제자였고, 성철 스님의 스승으
로 고승이었다. 스님은 바람에 댓잎이 서로 부딪히는 소리
에 깨달음을 얻었다. 나는 대나무 숲을 우러러 보았지만, 혜
안이 없는 까닭에 사철 창해蒼海 같은 대나무 숲 곁에 우두
망찰 서 있다 그 근처 이제 막 붉은 꽃망울을 터뜨리는 동백
나무로 시선을 옮기고 말았다. 큰물 덩어리인 바다와 바다
표면에 일어나는 잔물결에 대해 생각했다. 말하자면 계절은
잔물결 같은 것 아니겠는가. 혹은 우리의 소소한 감정이란

입춘을 맞아 한 해만에 터트리는 동백 꽃망울 같은 것 아니겠는가.

이런저런 생각을 하다 결혼식장에 들어섰다. 결혼식장에 들어설 때마다 나는 어떤 설렘에 휩싸인다. 신부와 신랑이 막 내딛는 첫걸음도 나를 설레게 하지만, 주례사를 들으면서 상념에 달떠서 있게 되기도 하는 것이다. 좋은 주례사는 일가—家를 이룰 신혼부부와 하객들에게 경건함과 아울러 폭소를 유발하는 것이라면 더 좋겠다는 생각을 나는 평소 갖고 있다. 내가 결혼할 때 주례 선생님은 이렇게 말씀하셨다. "이 두 젊은이의 결혼에 동의할 수 없는 분은 지금 당장 저 이 층 창문 바깥으로 뛰어 내리십시오." 박수가 터져 나왔다.

이번에 들른 결혼식의 주례사는 인상적이었다. 신랑의 대학교 은사인 주례는 지도 교수라는 인연을 맺은 만큼 평생 신랑에 대해 애프터서비스를 해 드리겠노라고 했다. "신랑에게 하자가 발생하면 밤 12시라도 당장 나에게 전화를 하세요." 박수가 터져 나왔다. 이런 말씀들이 이어졌다. "사랑은 발생시키는 것입니다. 큰소리를 지르지 마세요. 경어체로 햇살처럼 말하세요. 미주알고주알 따따부따 하지 말고

문을 닫고 나와서 숨을 크게 내쉬세요. 한순간이라도 울지 마세요. 휴일 오후에 '뭘 드시겠어요?'라고 아내가 물을 때 '아무거나'라며 우유부단하고도 퉁명스럽게 말하지 마세요. 단둘이 있을 때는 보는 사람 없으니 유치하게 노세요." 우레 같은 박수가 터져 나왔다.

누구에게나 결혼 이후에는 주머니 속에 송곳이 들어 있는 것만 같을 때가 있었을 것이다. 바다에 일어나는 잔물결은 얼마나 잦은가. 그러나 한 시인은 눈을 감기 전 평생 병이 잦았던 본인을 돌보면서도 싫어하는 기색 없이 지척에서 있어준 아내에게 바치는 눈물의 시를 마지막으로 남기기도 했다.

결혼식에 하객으로 참석하고 돌아오는 사람들의 마음은 제각각일 터이다. 그러나 나는 금번 결혼식에 다녀오면서 좀 다른 맥락이 있지만 한용운 시인의 말씀이 떠올랐다. "잘라 말하면, 보고 보지 않는 것을 자유자재로 하는 것을 밝음이라 하고, 이기고 이기지 않음을 마음대로 하는 것을 용기라고 한다." 오늘이 입춘이고, 새봄에는 신혼부부들이 축복속에 탄생할 것이고, 우리는 하객이 되어 그들을 격려할 것이다. 더 멋진, 유머를 폭죽처럼 터뜨리는 주례사를 기대하면서. 나만의 결혼식 때를 겹쳐 떠올리면서.

가슴에
언덕과 골짜기가 있다

●
●
●

  늦은 저녁에 끼니를 때우러 식당에 갔다. 때를 놓쳐 혼자 밥 먹으러 갈 때 찾게 되는 식당이 한두 곳 있다. 오늘은 왕순댓집에 갔다. 5,000원 하는 순댓국 한 그릇을 먹기 위해서였다.

  나는 주방 일을 하는 아주머니의 말씀을 좋아한다. 내게 순댓국을 내줄 때 그녀는 "자 하나 갑시다!"라고 주방에서 외친다. 그러면 밥을 나르는 아주머니가 그걸 받아서 내 앞에 놓아 준다. 여느 때처럼 식당은 붐볐다. 두서너 사람씩 와서 소주를 곁들여 저녁을 먹는 사람들이 많지만, 나처럼 혼자 와서 밥을 먹는 사람들도 있다. 혼자 온 사람들끼리는 한 식탁에 합석을 하는 경우도 더러 있다. 물론 서너 가지의 반찬을 따로 내 주지만 아무래도 초면의 합석이 낭패스러운

지 사람들은 헛기침을 한 번 하고선 앉는다. 오늘 나는 그런 합석을 했다. 눈인사를 잠깐 주고받았지만 그 후로는 서로 말이 없었다.

오늘 식당은 유난히 왁자글했다. 노동일을 마치고 온 한 무리의 사람들의 목소리는 식당 안에 넘실넘실 넘쳐났고, 성량이 유난히 컸다. 제법 술자리가 무르익었다. 이따금씩 그 무리로부터 내게로 말이 스치듯 건너왔다. 젓가락으로 깍두기를 집어들 때 "마음은 그게 아닌데……"라는 말이 건너오는 것을 나는 붙잡듯 들었다. 전번에 못 도와줘서 미안하다는 말이었다. 전주 순댓국집에 갔을 때에도 그보다 더 이전에 대구 순댓국집에 갔을 때에도 나는 이 말을 듣곤 했다.

순댓국집에 온 사람들은 주변 사람들에 대한 비난도 거침없이 한다.

"단돈 20만 원이 아까워서 낯을 못 내민다니 말이 돼? 가진 돈이 몇십 억이라고 떵떵대던 사람이!"

그네들이 잘 아는 사람 가운데는 돈을 내놓을 때마다 벌벌 떠는, 간 작고 인색한 부자가 한 명 있는 모양이었다. 저편의 다른 식탁에서는 묵은 김치를 더 내달라고 주인을 소리쳐 불렀다. 저편에선 그네들끼리 서로의 나이에 대해 옥

신각신 얘기를 나누고 있었다. 내년이 환갑이라는 한 사내
는 일행이 믿지 못하겠다고 하자 자신의 주민등록은 아주
잘못되었다고 했다. 자신의 형은 주민등록상에 자신보다 두
해나 늦게 태어난 것으로 기록되어 있다고. 그러다 급기야
"내 첫째가 나하고 열여섯 살밖에 차이가 안 나도록 되어 있
어. 이 사람들아!"라며 제 급한 숨을 참지 못해 시근벌떡했
고 인상을 잔뜩 구겼다. 나는 국물을 마저 마시고, 그 모든
말씀들을 아마득하게 뒤에 두고 순댓국집을 나왔다.

　스물네 시간 동안 계속해서 손님을 받는 왕순댓집에는 부
풀려서 하는 말도 있고, 왕년의 시절을 자랑하는 말도 있다.
그만 뺑짜가 되고만 일에 대해서 얘기할 때에도 으레 반 정
도만 믿고 말기도 한다. 그러나 아버지와 어머니가 아들을
데리고 와서 한 그릇의 순댓국을 먹이는 모습이나, 젊은 연
인들이 술국을 앞에 두고 거듭거듭 싸울 듯 말을 주고받는
모습은 인심人心의 본색으로서 그지없이 따뜻하다. 그리고
"마음은 그게 아닌데……"라며 말하는 순간 벌써 말꼬리가
눈물에 촉촉이 젖는 대화를 옆자리서 귀동냥으로 듣고 있을
때에 그 말씀은 한 그릇의 순댓국만큼 배가 부르고 뜨겁다.
혼자 독작을 하려다 밥만 먹고 나온 50년 전통의 왕순댓국

집. 수더분하게, 때로는 몸을 꼿꼿하게 해서 앉은 이 왕순 댓국집은 동네 어디에나 있는 명소이다. 이 명소엘 가면 우리 사람들 가슴에도 언덕과 골짜기가 두루 있음을 알게 된다.

이별에게

•
•
•

막 이별을 한 사람을 만났다. 그의 말은 쓴 약을 먹은 혀 같았다. 그의 마음은 검게 탄 숯덩이 같았다. 그는 편편하고 넓게 켠 널빤지를 진 사람처럼 곁을 두려 하지 않았다. 그는 이별하는 그 순간까지 그가 했던 모든 말들을 기억하고 있다고 했다. 상점과, 마로니에 아래 벤치와, 달콤한 말들이 오갔던 찻집과, 여행의 먼 길과, 해사한 아침을 모두 기억한다고 했다. 그는 그 모든 것을 절대 잊을 수 없다고 했다. 그는 사랑이 진행되던 동안의 시간과 공간을 하나의 부수어지지 않는 창고에 넣어 두려고 했다.

나는 그것이 고통의 원인이요, 거푸집과도 같은 고통의 모습이라고 말했다. 구름이 아주 빠르게 지나가는 언덕에 그를 데려갔다. 물이 밀려가는 강둑에 그를 데려갔다. 고깃

배가 들어오는 포구에서 그물에 갇혀 말라 가는 물고기들을 보여 주었다.

그러나 그의 마음은 철산鐵山처럼 조금도 움직이지 않았다. 나는 그를 보면서 사람에게 유독 이별이 독사보다 무섭고 두려운 이유를 알 것 같았다. 어떤 사람은 이별을 하고서도 이별을 의심한다. 이별이 아니었기를 바란다. 어떤 사람은 이별을 하고서도 이별을 했다는 사실을 거듭 더 확인하려한다. 영영 이별이었기를 바란다. 그러나 그런 것은 심산深山의 산울림과 같은 것이다.

우리는 순간순간마다 상대방을 만난다. 사랑이 생겨나기도 하고 미움이 생겨나기도 한다. 물론 사랑하는 사람과 헤어지는 것이 큰 괴로움이요, 미워하는 사람과 만나는 것 또한 큰 괴로움이라 했다. 그러나 우리는 사랑도 미움도 다함이 있다는 것을 인정해야 한다. 나가려 하면 나갈 수 있도록하고, 내보내고자 하면 내보낼 수 있어야 한다.

그러하지 않을 때 거대한 고통이 개입한다. 한없이 지속되는 사랑도, 한없이 지속되는 미움도 없다. 우리는 사랑에게 배우고 미움에게 배운다. 우리에게 가르침의 보답을 주지 않는 상대방이란 없다.

W. 휘트먼은 생전에 '이따금 사랑하는 이와'라는 시에서 이렇게 노래했다.

이따금 사랑하는 이와 함께 있으면 보답 없는 사랑에 열을 내고 있는 것이 아닌가 울화가 치밀곤 한다.
그러나 이제 보답 없는 사랑이란 없는 법이고 무슨 수든 보답이 있게 마련이라고 난 생각한다.
(일찍이 한 사람을 열렬히 사랑했고 그것은 짝사랑으로 끝났지만 그로 인해 나는 이 노래를 쓰게 되었다.)

이 가을날, 사랑과 이별에 대해 생각한다. 사랑과 이별에 관한 한 우리는 '생각하고 생각해 생각이 끊어진 곳念到念窮無念處'에 언제쯤 이를 수 있겠는가.

한난을 바라보는 시간

●
●
●

한 해의 마음을 다 살고, 이제 다시 한 해의 마음을 얻었다. 시간은 매양 다시 오는 것이지만, 사람의 마음이 괴롭고 버거운 것은 과거의 시간을 다 씻어내지 못한 이유이다. 과거의 시간은 자갈밭 같다. 과거는 버린 덫처럼 해야 하지만, 돌아가고 돌아가는 마음은 아직 그 둥근 구속을 떠나지 못한 이유이다.

한난寒蘭 한 분을 얻어 온 날부터 한난이 자라는 것을 가까이서 바라본다. 한난은 몇 촉의 가녀린 뜻을 지니고 있다. 수줍고 수줍어 어깨를 왼쪽으로 살짝 돌린 여인의 몸 같다만, 한난의 앉은 자태는 말끔하고 꼿꼿하다.

내가 하는 일이란 볕이 가리비처럼 들어오는 곳에 한난을 놓아두고, 가끔 소량의 물을 뿌려 주어 한난의 마른 목을 겨우 죽여 주거나, 한난 잎이 나아가려는데 공중이 부족하지 않도록 한난의 바깥 사방을 열어 놓는 것이다.

한난 잎은 나아가되 곧장 나아가지 않고 구부러지며 나아 간다. 한난 잎은 등이 휜 사람 같고, 하늘로 나아가는 언덕 같고, 발등 같고, 살짝 오므린 손 같고, 서글서글한 눈빛 같 고, 기울어진 외벽 같고, 먼 바다로 날아갔다 돌아오는 갈매 기의 선회 같고, 바다가 들어오는 해변 같고, 초승달 같다. 한난 잎은 둥글게 휜다. 배척이 없다. 그 부드럽고 완만한 곡 선이 한난 잎의 모습이다. 부드럽고 완만한 곡선은 은애恩愛 의 모습이다.

한난 잎은 공손하고 고요하고 깨끗하다. 무턱대고 나서지 않아 요사스럽지도 않다. '곡曲'이 한난 잎의 본성이지만 그 렇다고 구부러지기만 하는 것은 아니다. 어지러워지지 않고 흔들리지도 않는다. 한난 잎은 살처럼 물렁하지만 뼈처럼 단단하다. 휘되 부러지지 않는다. 무고집의 고집이 한난 잎 의 심성이다. 그 심성으로 한난 잎은 '직直'을 완성한다.

한난은 감각을 통제하는 모습을 보여 준다. 한난은 세계 를 수용하되 휩쓸리거나 끌려다니지 않는다. 들어도 들은 바가 없고, 보아도 본 바가 없다. 귀를 막을 때 가장 잘 들을 수 있고, 눈을 가릴 때 가장 잘 볼 수 있다는 뜻을 한난은 알고 있는 듯하다. 한난을 보고 있으면 "누에의 알은 얼음 속에서도 살아남고, 불도마뱀은 불 속에서도 살아갈 수 있다"는 말의 깊은 뜻을 헤아릴 수 있을 것 같다. 한난은 담담하게 미혹을 떠난 모습이어서 자기의 수명을 지킨다.

또 한 해의 시간을 받아 한 해를 살아갈 것을 생각한다. 한난도 다가올 미래를 바라보고 있다. 내가 한난 같기를, 내가 살아갈 시간이 한난을 바라보는 이 시간만큼은 허락하기를 바라는 아침이다.

이제 오느냐

●
●
●

이즈음에 들찔레를 본다. 여리고 푸른 새순이 막 돋고 있다. 자세히 보면 뱀눈 같은 푸른 가시가 있다. 찔레 새순을 꺾어 입안에 넣었던 때가 있었다. 달짝지근했다. 향기는 은은했다. 라일락처럼 큰 향낭香囊을 갖고 있지는 않다. 가족이라는 인연 공동체가 꼭 이 찔레 덤불 같다. 푸른 가시를 가진 가슴들이 모인 덤불 공동체.

나는 가족이라는 말보다 식구라는 말을 즐겨 쓴다. 밥상에 함께 둘러앉는 사이라는 말이 더 좋다. 이른 아침이나 늦은 저녁에 낮은 밥상 앞에 함께 둘러앉는 일. 밥숟가락이 밥그릇 둘레를 스치는 소리를 듣거나 국을 들이켜는 소리를 아주 가까이서 듣는 일. 그러니 밥상은 얼마나 뜨거운 것인가.

내가 아이였을 때 식구들이 서로 건네던 말 가운데 "이제 오느냐"라는 말이 있었다. 땡볕에서 들일을 마친 아버지가 들길을 걸어 돌아오실 때 나는 큰 소를 건네받기 위해 마중을 나가곤 했다. 아버지는 "소 받아라!" 하셨고, 나는 아버지에게 나직하게 여쭈었으니 그 말이 "이제 오세요"였다. 내가 학교를 파하고 사립문을 밀며 안마당으로 들어설 때, 삶은 국수를 찬물로 건져 올리며 어머니가 하시던 말씀도 "이제 오느냐"였다.

지금도 "이제 오느냐"라는 말을 입안에 넣고 굴리면, 첫맛은 쓰고 나중에는 단맛이 입안에 돈다. 왜 더 일찍 오지 않았느냐는 아쉬움과 책망의 맛도 있지만, 이제라도 와서 고맙다는 안심의 뜻이 이 말에는 담겨 있다.

아버지는 늘 논과 밭에 나가 계셨고 장마가 져 골물이 큰물로 마을을 빠져나갈 때엔 밤새 들에 나가 물꼬를 열고 닫으셨다. 전답은 금맥을 숨겨둔 광산 같은 것이 못 되어서 해를 거듭할수록 더 큰 가난에 바쳐지던 농사였다. 그러나 나의 아버지는 하루도 논과 밭에 나가는 일을 멈춘 적이 없었다.

어느 저녁엔가 아버지가 크게 화를 내신 일이 있었다. 내가 초등학교 상급반쯤 되었을 무렵의 일이었다. 누이들과 오글오글 모여 텔레비전에 코를 박고 앉아 있다 소를 받으러 가는 일을 잊고 있었다. 정신이 팔렸다. 지게를 지고 소를 몰고 마당으로 들어선 아버지가 지게 작대기를 들어 마룻바닥을 크게 한 번 내리치셨다. 나와 누이들이 무슨 잘못을 저질렀던 것일까. "이제 오세요"라는 말을 우리는 그날 까맣게 잊고 있었던 것이다. 호주머니에 넣어 둔 물건을 잊고 지내듯이.

요사이 나는 나의 아이들에게 "이제 와"라고 자주 묻는다. 물총새 같은 아이들은 그게 무슨 깊이가 있는지 전혀 모르고 밥술 들 듯 "네"하고 짧게 단속한다. 후일에는 이 말이 얼마나 쓸쓸하면서 따뜻한 말인지를 그이들은 알 수 있을까.

언젠가 사람이 붐비는 곳에서 일곱 살배기 아이의 손을 잠깐 놓친 적이 있었다. 아이는 나를 찾아 저쪽까지 내달렸다, 두리번거렸다, 다시 나의 손을 놓친 곳으로 달려와 또 두리번거렸다. 그리곤 막 눈에 눈물이 글썽글썽해졌다. 뒤를 봐주는 사람이 없다는 것을 느꼈을 때 아이는 얼마나 당혹했을까. 나도 지금의 내 아이처럼 아버지 앞에서 아버지를 잃었다고 두리번거렸을 것이다. 그 두리번거림을 보면 눈물겹고 안쓰럽다. 푸른 가시를 가슴에 지닌 들찔레를 보는 일처럼.

〈법구경〉에 이런 말이 있다.

저 아이는 내 아들이다. 이것은 내 재산이다. 어리석은 사람
은 그런 생각을 한다. 그런데 당신조차도 당신의 것이 아닐진대
도대체 누구의 아들이며 누구의 재산이란 말인가.

그도 그럴 것이다. 다만 우리는 자기 몫의 격랑의 바다
를 한 척의 배처럼 건너갈 것이지만, 가족은 그 건너가는
한 척의 배를 그이보다 더 격렬한 고통으로 바라보는 이들
이다. 그런 가족 곁에서 이따금은 쓸쓸하면서도 따뜻한 말,
"이제 오느냐"라고 물어 줄 일이다. 이 말이 푸른 우물처럼
얼마나 속이 깊은 말인지 우리의 아이들은 당장 알지 못하
겠지만.

편지

:

두보의 시 '춘망春望'가운데 가족의 편지, 즉 가서家書가 만금萬金에 해당한다는 구절을 읽다 한참 생각에 잠겼다. 만금을 줘도 사지 못할 정도로 가족의 편지를 받아보기 어려웠던 상황을 두보는 그리 적었을 것이다. 당시 두보의 가족은 부주에 있었고, 두보는 장안에 있었다. 난리통에 가족과 부득불 떨어져 지내야 했던 한스러운 마음을 그렇게 담았다.

원대 말기와 명대 초기를 살았던 문신 원개의 경우에도 크게 다르지 않았는데 가족의 편지를 받은 소회를 다음과 같은 시로 남겼다.

저 강물은 삼천 리
가족 편지는 열다섯 줄

줄마다 다른 말 따로 없고

어서 돌아오라는 그 한마디뿐.

"강물이 삼천 리"라고 한 연유는 가족과 내가 떨어져 사는 심정적 거리가 그러하다는 뜻이고, 그렇게 길디 길게 오래 흘러가서 닿는 강물처럼, 나 또한 강물이 되어 필경에는 가족에게 이르고 싶다는 바람을 적은 것이겠다.

고향을 다녀온 지 얼마 되지 않아서인지 가족 편지에 대한 생각에 며칠 묶여 지내고 있다. 결혼 전에는 주로 어머니로부터 받곤 했는데 돌이켜보니 어머니로부터 마지막 편지를 받은 지도 십수 년이 훌쩍 지나 버렸다. 자취하던 나에게 햅쌀이나 찬을 보내실 적에 몇 자 적곤 하셨다. 결혼한 후로는 짧은 편지를 써서 아내나 아이의 머리맡에 두곤 했지만 잦게 한 일은 못 되었다. 아내와 아이에게 보낸 편지도 언제적이 마지막이었던가를 생각하니 생각이 나지 않고 다만 까마득하기만 하다.

편지는 서운한 것을 드러내거나 오해를 풀기 위해 오가는 것이기도 하지만 더 많은 경우에는 감사의 마음을 전하는 데 요긴하다. 대개는 간단한 선물과 함께 짧은 서신을 주고

받았다.

최치원은 차를 받고 감사드리는 글을 썼다. 편지에 쓰기를 "고요한 선승禪僧이나 유유자적한 신선술을 닦는 우객羽客에게나 어울릴 것이거늘 뜻밖에도 귀한 선물이 외람되이 평범한 선비에게 미치니, 매림梅林을 말하지 않아도 갈증이 풀리고, 원추리가 없더라도 근심을 잊게 됩니다"라고 써 겸손한 문장으로 고마움을 전달했다. 매림은 조조가 목이 말라 하는 군사들에게 "이 산 너머에 매화나무숲이 있다"고 말하자 군사들이 매실을 생각해 입에 침이 고이고 목마름을 견딜 수 있었다는 옛일을 말함이요, 원추리는 근심을 잊게 하는 풀로 불린 탓에 그리 적은 것이었다. 조선 중기 문인 장유 역시 석류를 선물 받고 감사의 시를 적어 보내기도 했다. "화려한 석류꽃하며/ 붉게 익은 껍질이 어여쁘다오./ 먼 곳에서 편지를 따라온 진귀한 선물/ 한 알 깨물자 갈증 모두 풀려 버렸소"라고 썼다.

임진왜란의 시기를 살았던 신흠은 유배의 명을 기다리며 노량진 강가에 임시로 몸을 붙이고 살았는데 그처럼 난처한 일을 당했을 때에도 이항복과 편지를 주고받았을 정도로 각별한 사이였다. 그 편지를 400년이 지난 지금 보아도 돌에

글씨를 새겨 놓은 듯 뜻이 또렷하고 가슴을 움켜쥐게 하는 감동 또한 있다.

　요즘에는 전자메일을 주고받지만 간단히 볼일만을 밝히는 경우가 많다. 손글씨로 주고받던 편지에 비해 고상하고 우아한 멋도 적다. 한로가 지나고, 하늘이 더욱 높고 높아져 삼천 리를 가는 듯하니 편지 생각이 절로 난다. 여태 답신을 미루고 있는 것도 여럿이다. 정성 들여 편지 쓸 일을 생각하는 가을이다.

바닷가 해변과
모래집과 물울타리와

•
•
•

물주름을 펼쳐 보이는 바닷가 해변에 나갔다. 내 정강이까지 닿는 이 바닷물을 뒤에서 오는 물이 한 번 더 밀어준다. 물이 무릎까지 올라온다. 앞의 시간이 뒤의 시간에게 밀려나는 해변이다. 모래도 모래 속에 숨은 조개도 밀려나는 해변이다.

마치 조개가 모래를 뱉어내듯, 아이는 모래성을 쌓고 있다. 작은 손으로 모래알을 모아서 벽을 올린다. 파래로 지붕을 얹기도 한다. 원시의 시간이 살 법한 작은 모래의 굴도 만든다. 아이는 해변에 성을 쌓고 바닷물 소리가 마당까지 밀려들어오는 어부의 집을 짓기도 한다. 견고하지 못한 모래는 곧잘 무너진다. 아이는 무너진 집과 무너진 성을 다시 쌓는다. 바닷새가 날고 있는, 오늘은 물언덕이 높지 않은 해변에서 아이는 한나절을 잘 논다.

나는 고개를 들어 바다를 크게 바라본다. 바다는 하나의 큰 청색 보자기이다. 파래와 미역과 톳을 따다 가득 부려 놓은 듯하다. 눈이 시원하다. 수평선은 저 멀리 물울타리를 쳐 놓았다. 뒤로 물러나 더 멀리서 바라보면 수평선은 눈썹 같고, 긴 줄 같고, 나를 앉힌 평상의 모서리 같다. 그러나 수평선은 물렁물렁한 물울타리여서 내가 좀 더 다가가면 모래집을 허물듯 조금 전의 물울타리를 허물면서 새로운 물울타리를 세워 보인다.

우리가 감각하는 울타리라는 것도 마찬가지다. 변화한다. 우리가 감각하는 둘레라는 것과 외곽이라는 것은 자의적인 것이다. 내가 옮겨 가는 자리마다 둘레와 외곽은 생겨난다. 빛이 있는 동안 내 몸을 따라 몸그림자가 생겨나듯이. 어둠이 있는 동안 달을 달무리가 감싸듯이. 그리하여 우리가 감각하는 둘레와 외곽은 하나의 작은 어선이 바다 속에 내려 놓은 그물과 같은 것이다. 작은 배가 내린 그물은 모든 바닷속을 다 끌어모을 수 없다. 작은 배는 작은 둘레와 작은 외곽만을 단속할 뿐이다. 나는 내 몫의 감각과, 내 몫의 감각의 울타리와, 내 몫의 욕망을 생각한다.

오늘은 해변에 나가 조개를 캐면서 보냈다. 조개의 몸을 지나간 바닷물의 횟수를 짐작하며 보냈다. 그러나 그것은 짐작되지 않는 것이다. 산골의 납작집 지붕을 지나갔을 하늘과 바람과 별의 횟수를 짐작할 수 없듯이.

　나는 해변에 작은 모래집을 지어 놓고 돌아왔다. 모래집이 허물어지지 않고 남아 있는 동안 나는 그 집에서 잠을 자고, 물고기와 조개와 그물과 살고, 어느 날은 폭풍의 기미를 알아채 배를 묶어둘 것이다. 물울타리 안에서 살고 있을 것이다. 내가 다시 이 바닷가 해변에 돌아왔을 때 내가 지어 놓고 온 모래집은 그대로 남아 있을까. 지금 당장에라도 바람이 다시 거세지고 있을 그 해변에.

초동일 아침

•
•
•

공기가 차가워졌다. 며칠 사이에 이렇게 바뀌었다. 서리가 내린 들판은 은빛으로 빛난다. 아침을 걸어가면 발자국 소리는 돌멩이처럼 단단하다. 오늘 아침에는 빈 가지에 앉은 작은 새를 보았다. 새는 쪼그라든, 빠알간 열매를 쪼고 있었다. 그 열매가 고들고들한 고두밥 같은지 연신 목을 뒤로 젖히며 열매를 쪼고 있었다. 작은 새를 오래 올려다보았다. 잎사귀를 주워서 그 추운 풍경을 가려주고 싶었다.

이제 겨울로 들어서나 보다. 냉기가 돈다. 며칠 전 밤에 광화문 지하도를 지날 때 한 사람이 종이박스를 주워 와 바닥에 깔고, 벽을 만들고, 그 안에 들어가 종이박스로 위를 가리는 것을 보았다. 추운 바깥이다. 북쪽에는 벌써 살얼음이 언다고 한다.

시인 백석이 "흙담벽에 볕이 따사하니/ 아이들은 물코를 흘리며 무감자를 먹었다"고 적은 '초동일初冬日'이다. 이렇게 날이 차가워지면 짚단을 가득 쌓아 놓은 짚가리가 생각난다. 그곳이 왜 양지로 기억되는지 이유를 잘 모르겠다. 들판을 다 데리고 갈듯 바람이 거세지면 물코를 흘리는 친구들과 찾아가던 그곳. 짚가리 속에 들어앉아 고치 속 누에처럼 보내던 비좁은 시간들이었다.

방구들이 식어 몸을 오들오들 떨던 새벽도 있었다. 그러면 아버지는 새벽잠에서 깨 다시 아궁이에 불을 넣어 주었다. 고향이 시골인 사람들은 아마도 그런 아버지가 한 분씩 가슴속에 살아 계실 것이다. 아무튼 바깥이 추워지면 몸을 눕힐 만한 작은 온기를 소유하는 일의 행복에 대해 새삼 생각하게 된다.

가을은 여럿의 빛깔이어서 인심이 바깥을 좇게 되지만, 겨울은 추운 바람벽과 외롭고 야윈 흰빛이어서 안쪽을 돌아보게 된다. 늦가을부터 새벽에 홀로 고요히 앉아 있게 되지만, 홀로 앉아 자기 마음의 근기根機를 돌아보는 일의 맛은 추워지는 이 무렵부터가 제격이다.

초동일에 나는 두 가지를 생각한다. 하나는 현칙 스님이고, 하나는 화성化城이다. 현칙 스님에겐 생전 아름다운 일화가 있다. 노구의 현칙 스님은 얼음판에 미끄러지는 바람에 발목을 다쳤고 운신이 어려웠다. 겨우 다른 사람의 등에 업혀 요강에 오줌을 눌 수 있었는데, 스님이 정작 고민했던 것은 뒤를 해결하는 문제였다. 방 안에 냄새를 피울 일이 걱정되었던 것이다. 해서 스님은 그날로 곡기를 끊었다. 지팡이를 짚어 가며 바깥에서 뒤를 해결할 수 있을 때에야 다시 밥상을 받았다. 스스로를 단속해 마음의 그릇이 청정했다.

화성은 〈법화경〉에 등장하는 비유이다. 사람들이 보물을 찾으러 500유순由旬이나 되는 먼 길을 가고 있었다. 사람들은 몹시 피곤하고 공포심이 생겨 지금껏 온 길을 되돌아가려 했다. 이때 부처는 지친 일행을 위해 저곳에 쉴 곳이 있다며 가짜 도성을 만들어 냈다. 부처가 사람들의 근기에 맞춰 화성을 만들어 냈듯이 우리도 우리의 추운 바깥에게 화성을 만들어 주는 배려가 필요하다. 그것이 다른 생명의 고통을 연민하는 비심悲心이다. 우리는 멀고도 먼 길을 가는 동반자이기 때문이다. 나의 마음이 작은 새와, 노숙하는 마음과 더불어 동근同根이듯이.

나무는 단풍이 들기 시작할 때부터 다가올 겨울을 미리

준비한다고 한다. 해서 우리가 새로운 계절을 살 때 오늘 이 아침은 내일을 부르는 아침이요, 이 하루는 아슬아슬한 살얼음을 밟아 가듯 걸어가야 할 하루이다. 하늘은 눈을 준비하고 땅은 얼음을 준비하고 있다. 초동일 아침에 마음의 근기와 그 안팎의 온기에 대해 생각한다.

설날 생각

•
•
•

내게 설날은 아버지가 돌아오는 때였다. 어릴 적 나의 아버지는 겨울이면 다른 지방으로 일을 나가셨다. 어느 해에는 호남선 터널 보수공사를 하러 가셨다. 아버지는 대개 설 대목에야 돌아오셨다. 아버지를 기다리는 동안 싸락눈이 수차례 창호문을 치고 길디긴 고드름이 녹았다 얼었다 했다.

돌아오시던 날 아버지는 가만히 한 뭉치의 목돈을 내놓으셨다. 그러면 어머니는 찬바람이 맴돌던 빈 쌀독을 한 말의 쌀로 채우고, 옷가게에 가 누이들과 내 설빔을 장만해 주셨다.

어머니를 따라 종종걸음으로 나선 시장은 설 대목을 보느라 흥성흥성했다. 떡집에는 말랑말랑한 가래떡이 쏟아지고, 생선집에는 꽝꽝 언 동태들이 연신 팔려 나가 이내 동이 났다. 동네에는 튀밥장수가 들어와 손풍로를 돌리고, 공장으로 돈 벌러 간 누나도 돌아왔다. 어머니는 맏딸이 돌아오는 것을 기다려 아랫목에 공깃밥을 묻어 두었다.

큰 통에 절절 끓는 가마솥물을 받아 목욕을 하고, 새 내의로 갈아입고, 머리맡에 설빔을 개켜 두고 잠이 들면 조리장수가 마당까지 들어왔다 썰물 빠지듯 나가는 소리가 아득히 들렸다. 지금껏 그토록 행복했던 시간이 또 얼마나 있을까.

설날에는 객지로 나갔던 가족들이 모여들어 빈집 같던 집 안은 모처럼 붐볐다. 시인 백석의 시 '여우난 곬족族'은 설날의 집안 풍경을 아주 실감나게 표현했다. "그윽히들 할머니 할아버지가 있는 안간안방에들 모여서 방안에서는 새옷의 내음새가 나고/ 또 인절미 송구떡 콩가루차떡의 내음새도 나고", "밤이 깊어가는 집안엔 엄매는 엄매들끼리 아르간아랫간에서들 웃고 이야기하고 아이들은 아이들끼리 웃간 한 방을 잡고 조아질공기놀이하고", 그렇게 간만의 해후에 웃음이 쏟아지고 밤잠을 설쳐 다음 날 아침 "욱적하니 흥성거리는 부엌"에서 민물 새우에 무를 썰어 넣고 끓이는 '무이징게국' 냄새가 나도록 늦잠을 잔다고 썼다.

미우나 고우나 가족이 모이면 살림을 숨기지 않아서 좋다. 넉넉하면 넉넉한 대로 또 모자라면 모자라는 대로 그대로 족해서 좋다. 후끈 달아오른 아랫목에 둘러앉아 솜이불 밑으로 맨발을 넣고 흉금을 털어놓으니 좋다. 서로의 걱정을 덜어 주어 좋다. 큰 솥을 걸어 한솥밥을 먹으니 좋다. 식었던 아궁이마다 붉은 불이 지펴지고, 소매를 걷어 전을 부치고, 돼지고기에 탁주가 여러 순배 오가니 좋다.

맑은 술 한 병을 받아서 고향에 가면 차별이 없어 좋다. 고향은 사람을 가슴에 품을 줄은 알아도 내칠 줄은 모른다. 어서어서 오라는 손짓은 해도 싫은 내색은 없다. 고향은 관대하고 너그럽다. 시장처럼 잇속을 따지지 않는다. 김이 물씬물씬 오르는 떡시루 같은 게 고향이고 가족이다.

매병과 연못

•
•
•

　매병을 가만히 보고 있다. 매병은 구멍의 어귀가 좁고, 어깨는 넓으며, 밑은 홀쭉하게 생겼다. 매병은 사람의 모습이다. 다소 허리통이 큰 사람의 몸 같다. 수일 전부터 나에게는 매병을 즐겨 바라보는 버릇이 생겼다. 기지개를 켜고 하품을 하고, 졸음을 이기지 못할 때마다 매병을 바라본다. 매병은 마음의 성城을 잘 지킨다. 나는 매병을 볼 때마다 "차라리 스스로 뼈를 깨고 가슴을 깰지언정, 망령된 마음을 따라 악을 짓지 말아야 한다"는 말씀을 떠올린다.

　매병이 매혹적인 까닭은 어귀가 좁기 때문이다. 매병은 아주 입이 작다. 매병은 말수가 적다. 내보내는 일을 삼가는 게 있으므로 겸손하다. 매병은 계절로 치자면 겨울의 심성을 지녔다. 그것은 제 몸 안에 침묵을 쌓아 두고 있다.

매병처럼 목숨을 받으면 무료하지 않을까를 처음에는 걱정하기도 했다. 나는 매병의 구멍에다 입김을 불어넣기도 했다. 한 줌의 안개 같은 소리가 매병 속에서 흘러나왔다. 그리곤 다시 사라졌다. 우리가 두 손으로 안개를 붙잡을 수 없듯이. 저렇게 민첩하지 않아서 무슨 일을 할 수 있을까를 걱정도 했다.

그러나 어느 날부터 몹시 화가 나면 매병을 바라보게 되었다. 오, 나의 매병. 나는 이부자리에서 일어나면 매병을 먼저 찾기 시작했다. 오, 손이 너무 늦은 매병. 오, 늘 한자리에 있는 나의 매병.

연못 속에도 겨울이 있다. 지난 며칠 동안의 추위로 연못은 살얼음이 얼었다. 살짝 얼어서 엷은 천으로 얼굴을 가린 여인 같다. 물의 본성은 사물의 그림자를 잘 만들어 내는 데 있다. 물의 본성이 맑은 마음씨이기 때문이다. 물도 솥에 넣어 불을 넣고 끓이면 이 일을 못할 것이다. 지금 내가 바라보는 물은 산란散亂이 없다. 물고기의 그림자를 잘 만들어 낸다. 물고기가 지나가는 자리를 따라 그림자를 만들어 준다. 물고기가 돌 아래 숨거나 젖은 낙엽 아래로 들어가면 물은 더는 그림자를 만들어 낼 일이 없다며 손을 가만히 내려

놓고 쉰다.

릴케는 "적대감은 우리에게 가장 가까운 것"이라고 했다. 당신의 마음이 있는 곳으로부터 가장 가까운 곳에 적대감이 있으므로 당신은 가장 쉽게 적대감을 사용할 것이다. 물론 나도 적대감을 당신처럼 사용할 것이다. 그러나 나와 당신 사이에 매병을 놓아둔다면, 나와 당신 사이에 저 연못을 놓아둔다면 우리는 적대감을 사용하지 않아도 될 것이다.

가장 추운 이 계절에 매병과 연못을 유심히 바라보게 된 이 우연은 참으로 고마운 것이다. 매병과 연못을 만나러 다시 돌아가야 할 시간이다. 그곳과 그곳의 시간이 본래의 자리며 본래의 시간이기 때문이다.

온유

•
•
•

영화 '시'와 '하하하'를 보았다. 잔잔한 물결이 한없이 떠밀려 오는 '시'의 마지막 장면과 영화 속 할머니 '미자'의 하얀 모자가 생각난다. 알츠하이머 초기 증상을 앓고 있는, 간병인인 그녀는 갑자기 불쑥 시를 짓는 공부를 시작하고, 나무 그늘 아래서나 물가 바위에 앉아 시를 습작한다. 영화가 속죄와 구원에 대해 말하든, 염치를 모르고 뻔뻔한 인심에 대해 말하든 어쨌든 시 창작 노트에 듣는 첫 빗방울, 밭일 나가고 아무도 없는 빈집의 마루, 살구가 떨어져 있는 들길 등등의 한 장면 한 장면은 이 세상의 순수하고 아름답고 쓸쓸한 풍경들이었다.

통영의 여름을 무대로 하는 '하하하'에서도 시를 쓰는 인물이 나온다. 해병대 출신의 '정호'가 그렇다. '정호'의 연인이자 관광해설가인 '성옥'에게 마음이 끌리는 '문경'도 생전 처음 시를 짓는다. 그런데 거의 동시에 개봉한 이 두 영화가 새삼스레 시심詩心에 대해 말을 꺼내는 이유는 무엇일까.

두 편의 영화를 보고 이런저런 생각을 하던 차에 한 권의 시작詩作 에세이를 우편으로 받았다. 마종기 시인이 등단 50년을 맞아 펴낸 책이었다. 서울에서 의과대학을 졸업한 시인은 3년 동안의 군의관 생활을 마치고 수련의 자격으로 1966년 미국으로 건너갔다. 첫 1년 동안 그는 평균 12시간의 격무에 시달렸고, 하루 밤새도록 여덟 명의 아기를 받아 냈고, 그 한 해 200여 명의 사망진단을 내렸다고 털어놓았다. 그러면서 그는 모국어로 시를 썼고, 어느 날은 한 편의 시를 짓고 난 후 한적한 공원 나무의자에 앉아 한참을 홀로 울었다고 고백했다. 글들 가운데 이런 대목이 눈에 들어왔다. "시는 내게 사랑이었고 희망이었고 하느님이었고 무조건적인 이해심이자 베풂이었다." 이 시인이 마음에 품었을 여러 난경을 생각하니 내 눈시울이 붉어졌다. 그는 자신의 시가 무슨 큰일을 하는 것이 아니라 "이왕이면 고국의 어느 저녁 항구에서 노을을 보고 있던 한 소년의 찬란한 놀라움과 경외심에 찬 눈동자에 남았다가 그날 밤 소년의 꿈속에서 깨끗한 아름다움을 잠시 빛내고 사라져 주기를 바란다"라고 작은 희망을 보태기도 했다.

마종기 시인의 수굿한 글들을 읽고, '시'와 '하하하'를 보면서 나는 시의 정신 그 한 자락은 온유溫柔에 있지 않을까 생각했다. 마종기 시인은 온유야말로 "사랑과 섬김과 연민과 배려와 같은 인간의 마음"이요, "순수한 사랑의 단 하나의 질료"라고 했다. 가령 마종기 시인은 시 '강원도의 돌'에서 흐르는 물 아래 잠겨 있는 '돌 같은 눈'으로 세상을 보고 싶다고 썼는데, 시의 다음 대목은 온유를 생각하게 한다. "참 이쁘더군,/ 강원도의 돌./ 골짜기마다 안개 같은 물냄새/ 매일을 그 물소리로 귀를 닦는/ 강원도의 그 돌들,/ 참, 이쁘더군."

시는 나와 대상, 두 개의 주체 사이에 오가는 대화이다. 물결처럼 잔잔하고 오솔길처럼 고요한 대화는 온유에 의해 태어난다. 온유는 엇갈림과 메마름과 척진 것을 보살핀다. 우리가 이 시대에 시를 그리워하는 이유 또한 온유의 그 무른 마음을 바라기 때문일지 모르겠다.

마지막 말씀

•
•
•

살면서 어른들로부터 여러 말씀을 듣는다. 나는 어릴 때부터 "남에게 폐를 끼치지 말라"는 어른들의 말씀을 자주 들었다. 그러나 이 말씀은 나직한 목소리로 하시는 말씀이었기 때문에 흘려듣기 쉬운 말씀이기도 했다.

다른 사람의 집을 방문해 하루 이틀 묵었다 떠나올 때에도 어른들은 "그동안 여러 가지로 폐가 많았습니다"라는 말씀을 꼭 건넸다. 늘 입던 옷을 다시 걸친 느낌 정도의 것이어서 혹은 우리가 매일 호흡하는 공기와도 같이 편만한 것이어서 이 말씀에 대해 느끼는 각별함이 그동안은 크지 않았다. 말씀에 별다른 무늬가 없었다. 굳이 무늬가 있다면 삶 그대로의 무늬일 뿐이었다.

그런데 최근에 "남에게 폐를 끼치지 말라"는 이 말씀이 머

194

릿속에 맴돌았다. 아마도 김수환 추기경께서 선종한 그 무렵부터였을 것이다. 김수환 추기경께서 세상과 이별하면서 "고맙습니다. 서로 사랑하세요"라는 말씀을 마지막으로 남겼다는 것을 알게 된 그 무렵부터였다.

이 짧은 고별사를 접하고서 나는 한동안 정신이 나가 멍하게 앉아 있었다. 내 가슴속으로 갑자기 큰 강물 같은 것이 출렁출렁하며 들어서는 것만 같았다. 화려함이라고는 전혀 찾을 수 없는 이 수수한 차림의 문장. 그러나 매정한 사람에게도 저절로 정이 쏠리게끔 하는 문장. 이 세상의 가난과 고통을 다 쓰다듬고도 남을 문장.

나는 순간적으로 마치 내가 친척의 임종을 지켜보고 있었던 것 같은 착각에 빠져들었다. 나와 더불어 살갑게 살아온 친척이 내 손을 꼭 잡고 마지막으로 하신 당부처럼 느껴졌다. 한 사람의 임종을 지켜보면서 입술을 꼭 물고 눈물로 받아안은 마지막 말씀처럼 느껴졌다. 그리고 나는 나에게 묻기 시작했다. 내가 살아오는 동안 가장 자주 들었던 어른들의 말씀이 무엇이었는지를.

사실 가장 감동적인 말씀은 가장 단순하고 소박한 말씀인 경우가 많다. 가령 병석에 계신 친척에게 병문안 갔을 때에도 마찬가지다. 흰 종이처럼 병색이 완연한 얼굴로, 그러나 반색을 하며 병상의 어른들은 나에게 물으신다. "뭐 하러 와? 아직 바깥이 춥지?" 그리곤 잠시 염려하는 낯빛으로 "집안은 모두 편안하지?" 다시 잠시 별빛처럼 마음 모퉁이가 환해져서 "애가 몇 살이더라? 어이쿠, 벌써 그렇게 되었구나." 그리고 쾌차를 빌면서 나서려 할 때 "부모님 잘 모셔라." 이런 순하고 무던한 말씀들 앞에서는 머리를 깊숙이 조아리게 된다.

임종을 앞둔 부처의 모습도 극히 평범하고 인간적이었으며, 말씀 또한 그러했다. 병을 앓고 있던 부처는 제자 아난에게 말했다. "아난아, 이제 내 나이 여든이 되었구나. 이 몸도 늙을 대로 늙어 내 삶도 거의 끝나 가고 있다. 마치 낡은 수레를 가죽끈으로 얽어매어 지탱하고 있듯이 내 몸도 그와 같다."

아난이 깨달음을 얻지 못해 슬퍼하고 있다는 것을 알고서는 "아난아, 슬퍼하지 말고 울음을 그만 멈추어라. 사랑하는 사람도 언젠가는 반드시 헤어지게 마련이라고 전부터 말해 오지 않았느냐? 너도 네가 할 일을 잘해 왔다. 너도 이제 열심히 정진해라"라며 자상하게 위로를 하기도 했다.

그 후 부처는 세상이 덧없고 무상함을 거듭 설법했고, 석 달 뒤에 열반할 것을 선언했다. 부처는 임종하면서 "부디 게으르지 말고 스스로 노력해서 너희 자신을 구하도록 해라"라는 말씀을 남겼다. 〈유행경〉에서는 부처가 큰 가사를 네 단으로 접어 오른쪽 옆구리에 고이고, 마치 사자처럼 다리를 포개고 누웠으며, 얼굴은 서쪽을 향하고, 머리는 북쪽으로 두었다고 적고 있다.

천주교에서는 사순절을, 불교에서는 부처가 열반한 열반재일을 기념한다. 나는 이 세상을 살다 간 사람들의 마지막 말씀을 떠올려 본다. 땅을 촉촉하게 적시는 봄비 같은 말씀들을. 한 칸 집 같은 삶의 옹색함 속에서도 가만가만 들려주시던 봄볕 같은 말씀들. 내 몸 둘레에 가득 남은 말씀들의 매화꽃 향기를. 너무 평범해서 살아 있는 우리가 자꾸 잊게 되는 마지막 말씀들을.

느린
닿음

우리는 바깥을 향해 열려 있다.
몸이 그렇고 마음이 그렇다.
한 사람의 체구는 하루에도 수많은 공간과
시간을 만난다. 지금껏 그래 왔듯이
우리는 앞으로 살아갈 날들에 이 외부와의
접촉을 피할 수 없을 것이다.
이 세계의 누구도 고립된 공간에 감금된 채로
온전히 남겨질 수는 없다. 귀와 눈과
혀와 코로 이 우주를 만난다.
심장이 붉게 뛰는 한 우리는 마라토너처럼
수많은 우울의 파도와 기쁨으로
돌아오는 메아리를 지속적으로 만난다.

자연을 밥벌이시킨
타샤 튜터

•
•
•

　인간의 죽음에 관한 라디오 다큐멘터리를 제작하던 후배가 죽음 체험을 취재하면서 관 뚜껑에 못을 박는 소리를 들려줄 때에 그 소리에 무척이나 충격을 받았다. 그러나 나는 죽음이라는 것이 자연의 일부로 다시 돌아가는 장엄한 일이라고 생각한다. 타샤 튜더의 삶을 알게 되었을 때 나의 이런 확신은 좀 더 굳어졌다.

　타샤 튜더는 우리나라에도 많이 소개된 세계적인 동화작가였다. 칼데콧 상을 수상하면서 그녀는 유명세를 타기 시작했다. 인세 수익을 모아 쉰여섯 살에 버몬트 주 산골에 땅을 사서 정원을 가꾸기 시작했다. 이 정원은 미국에서 가장 유명한 정원 중에 하나가 되었다.

　30만 평이 넘는 땅을 일궈 꽃과 나무의 세상을 만들어 주고 그녀는 떠났다. 꽃에게 꽃의 일을 허락했고, 나무에게 나무의 일을 허락했다. 꽃은 꽃답게, 나무는 나무답게 살게 했다. 꽃과 나무에게 계절을 모두 허락했다. 꽃과 나무에게 돋고, 자라고, 지는 시간을 모두 돌려주었다. 18세기 풍의 농가에서 꽃을 가꾸는 92세 타샤 튜더의 모습을 동영상으로 보았을 때 나는 그녀에게 매료되었다.

그녀의 글 가운데 내가 특히 좋아하는 글은 예를 들면 이런 것들이다.

우리가 바라는 것은 온전히 마음에 달려 있다. 난 행복이란 마음에 달렸다고 생각한다. 이곳의 모든 것은 내게 만족감을 안겨준다. 내 가정, 내 정원, 내 동물들, 날씨, 버몬트 주 할 것 없이 모두.

자녀가 넓은 세상을 찾아 집을 떠나고 싶어 할 때 낙담하는 어머니들을 보면 딱하다. 상실감이 느껴지긴 하겠지만, 어떤 신나는 일들을 할 수 있는지 둘러보기를. 인생은 보람을 느낄 일을 다 할 수 없을 만큼 짧다.

그녀는 이미 세상과 작별했다.

박라연 시인의 시집 〈빛의 사서함〉에는 타샤 튜더에게 바치는 헌시가 한 편 실려 있다. 아주 명편이다. '안경이 없어서'라는 시이다. 자연을 밥벌이시키다 타샤 튜더는 소리 소문 없이 이곳서 저곳으로 건너갔다.

수십 년을 하루같이 수십만 평의

자연을

밥벌이시키며 구십이 저무는 타샤 튜더

그녀는 이 세상을 벌면서

저 세상도 벌고 있었다는 것

너무 늦게 알아봤어

이 세상과

다른 세상을 경계 없이 드나드는

심부름꾼인 양 그녀

저절로 조금씩 자연으로 바뀌어져서

장례도 필요 없다는 걸

우리는 생의 편이지만

생은

죽음의 편이라는 걸

물새의 깃털보다
부드러운 촉감

•
•
•

우리는 바깥을 향해 열려 있다. 몸이 그렇고 마음이 그렇다. 한 사람의 체구는 하루에도 수많은 공간과 시간을 만난다. 차가운 겨울의 허공을, 만원인 지하철을, 딱딱한 책상을, 약속을, 한 상의 밥상을, 한 줌의 아쉬움을, 과일 같은 기쁨을, 가을 낙엽 같은 이별을.

지금껏 그래 왔듯이 우리는 앞으로 살아갈 날들에 이 외부와의 접촉을 피할 수 없을 것이다. 이 세계의 누구도 고립된 공간에 감금된 채로 온전히 남겨질 수는 없다. 귀와 눈과 혀와 코로 이 우주를 만난다. 심장이 붉게 뛰는 한 우리는 마라토너처럼 수많은 우울의 파도와 기쁨으로 돌아오는 메아리를 지속적으로 만난다.

그러나 곰곰이 생각해 보면 우리가 가장 즐기는 것은 '닿음'의 감각이다. 우리는 다른 사람을 만나도 손을 잡고, 다른 사람과 헤어지는 작별의 완성에서도 손을 잡고, 다른 사람의 슬픔을 위로할 때에도 두 손을 꼬옥 잡는다. 언젠가 헝가리의 한 미술관에 걸려 있던 헝가리 최고의 화가 문카치의 그림에서도 슬퍼하는 한 여인을 다른 여인이 위무하며 주름진 손을 꼭 잡아 주는 것을 나는 보았다.

그리고 보면 우리의 몸 가운데 가장 바쁘고, 가장 배려 깊고, 가장 은유적인 것이 손이다. 손은 그래서 바쁘고, 손은 그래서 만능이다. 늙어도 손이 가장 일찍 늙는다. 이 현란한 디지털시대에도 손은 묵묵히 가장 큰 역할을 가장 고전적인 방식으로 한다. 손은 밀치기보다는 끌어들이는 데 더 씀씀이가 크다. 당신도 아마 밀어내는 일보다는 당겨서 받아안는 일에 당신의 손을 더 많이 사용했을 것이다. 마치 어머니가 포대기로 아이를 둘러업듯이. 해서 손은 가장 아름다운 몸이다.

나의 아버지도 이 손을 잘 사용하셨다. 1988년 겨울, 나는 대학교 입학시험을 보고 있었다. 시골서 아버지와 함께 올라와 시험을 치르는 날이었다. 시험 사흘 전부터 호되게 몸살감기를 앓고 있던 나는 염려했던 그대로 1교시와 2교시

시험을 아주 망쳐 버렸다. 점심시간이 되어 고사장 바깥으로 나왔더니 아버지가 도시락을 들고 서 계셨다. 나는 아버지를 보자 눈물이 왈칵 쏟아졌다. 볕에 검게 그을린 농사꾼 아버지가 나를 기다리고 있었다. 아버지는 별말씀 없이 그 거칠고 두툼한 손으로 내 손을 잡아 주셨다.

사실 아버지는 그때까지 나의 손을 잡아 주신 적이 거의 없었다. 아버지에게 모든 것은 전답이었다. 아버지는 전답을 위해 손을 사용하는 분이셨다. 전답이 우리 가족의 생계를 책임졌으므로 그러했지만 아버지는 당신의 마음을 잘 내색하지 않으셨다. 아마도 거의 최초로 아버지는 그 손을 나에게 사용하셨다. 아버지는 그날 손을 아주 잘 사용하셨다. 당신의 손으로 내 손을 잡아 주신 덕에 내가 낙방만큼은 면했으니까.

동물은 손 대신에 혀를 사용하는 게 아닌가 싶다. 적어도 나의 경험에서는 그러했다. 시골집에서 기르던 강아지가 나의 손을 만질 때에도 강아지는 손 대신 혀를 사용했다. 밥그릇에 밥을 담아 주는 나의 손등을 그네들은 혀로 만진다. 나는 좀 엉뚱하게도 짐승에게도 손이 있으면 좋겠다는 생각을 한 적이 있었다. 특히 내가 쇠죽을 퍼 외양간 소에게 줄 때도 소는 그 긴 혀로 내 이마를 핥았는데, 그때는 정말이지 소에게도 저 길고 끈적끈적한 혀 대신 큼직한 손이 하나 있어서 그 손으로 나의 이마를 짚어 주거나 나의 손을 덥석 잡아 주었으면 좋겠다고 생각할 정도였다. 그러나 어쩌겠는가. 그네들에겐 따뜻한 체온의 손이 없는 것을.

나는 어머니의 약손을 잊지 못한다. 지렁이가 기어가는지 뱃속이 꾸불텅꾸불텅 불편할 때면 어머니는 마루에 나를 길게 눕혔다. 가장 편한 자세로 눈을 지그시 감고 가만히 있게 한 다음, 어머니는 당신의 손으로 나의 배를 문질러 주셨다. 어머니의 손이 둥글게둥글게 나의 작은 배 위를 지나갈 때의 그 안도감은 아직도 생생하다. 아픈 배를 문질러 주던 어머니의 모습은 낡지 않는 한 컷의 사진으로 남았다.

여름날 개울가의 몽돌도 아주 따뜻한 '닿음'으로 기억된다. 예닐곱 명의 친구들과 개울에서 놀 때면 귀에 물이 들어가 세상의 소리가 저만큼 멀어지고 둔탁해졌다. 그럴 때면 아이들은 외다리를 하고 몸을 한쪽으로 기울여 콩콩콩 캥거루처럼 뛰었는데, 대개는 그렇게 제자리에서 뜀을 뛰면 귓속에 들어갔던 물이 쪼르륵 흘러나왔다. 하지만 때때로 귓속으로 멀리 들어간 물은 쉽게 빠져나오지 않았다. 그럴 때

땡볕에 따뜻해진 몽돌을 주워서 귀에 대고 머리를 비스듬히 기울여 얌전하게 있으면 물이 또 쪼르륵 흘러나왔다. 해서 귓바퀴에 닿던 따뜻한 돌의 촉감도 나는 잊을 수가 없다.

요즘은 아이의 볼에 내 볼을 부비는 일로 행복하다. 여덟 살 아이는 내가 볼을 부비려 하면 슬쩍 피하지만 나는 이 '닿음'이 아주 좋다. 볼에 볼을 부비면 내 마음에도 파초 같은 동심이 전염되어서 여간 기분이 좋은 게 아니다. 나는 틈만 나면 나의 볼을 아이에게 갖다 댄다. 아이가 더 자라면 나도 나의 아버지가 그러했듯이 말없이 묵묵하게 거친 손을 사용하게 되겠지만.

손과 혀와 볼의 닿음을 다시 생각한다. 손과 혀와 볼은 좋은 옷이다. 다른 사람에게 행복을 입혀 준다. 다른 사람이 행복해지면 나도 그 행복을 돌려받고 나눠 받는다. 해서 우리의 손과 혀와 볼은 물새의 깃털보다도 부드러운 힘을 갖고 있다. 몸은 마음을 운반하는 나룻배이다. 우리는 몸을 사용하지만 나의 몸을 받는 사람은 나의 마음을 받는다. 닿음의 감각을 자주 사용할 일이다. 우리의 마음에 버들잎이 돋고 따사로운 햇살이 내릴 것이다. 나는 나의 손과 혀와 볼로써 이 세계를 만진다. 하나의 꽃봉오리처럼 세계가 아름답다.

중국 시인 마딩

·
·
·

며칠 전 중국을 다녀왔다. 칭하이青海성에서 열린 한 - 중 작가회의 참석을 위해서였다. 칭하이성은 중국 서북부에 위치하고 있었고, 평균 해발 3,000미터 이상이며, 창장長江강과 황허黃河강의 발원지이기도 하다. 43개 민족이 살고, 소수민족의 비율이 무려 45.5퍼센트나 된다. 거기서 나는 큰 자연을 만났다. 언젠가 김남조 시인과 문학 행사에 다녀올 때 김 시인이 나에게 한 말씀 가운데 하나는 "큰 자연을 많이 만나세요"라는 당부였다. 해발 3,200미터에서 펼쳐지는 거대한 호수 칭하이호를 만났을 때, 막막하게 펼쳐지는 진인탄金銀灘초원과 그 지평선을 바라볼 때 김 시인의 말씀이 다시 생각났다. 큰 자연과 마주 서니 나는 일개의 작은 자연에 불과했다. 야생의 검은 야크 혹은 코를 댄 뒤 바로 입으로 풀을 가져가 먹어 버리는 양과 크게 다르지 않다는 생각이 들었다.

느린 시간도 그곳에 살고 있었다. 자두를 따는 노인, 자전거를 타고 가다 서로 만났는지 자전거를 세워 놓고 길에서 조근조근 얘기를 나누는 사람들, 양 떼를 풀어놓고 풀밭에 나란히 앉아 있는 은은한 두 소년, 걱정 없는 듯 잘 웃는 소녀들, 늙은 스님을 모시고 티베트 사원 타얼사를 찾아가는 나이 어린 스님, 오체투지를 하는 일상의 수행자들. 그들 모두 느리게 시간을 살고 있었다.

그리고 그곳에는 소수민족의 풍습이 남아 있었다. 이족彝族은 아이가 태어나면 어머니가 순결한 강물로 아이를 목욕시킨다고 했다. 또 이족 어머니가 죽으면 화장할 때 언제나 몸을 오른편으로 눕힌다고 했다. 물론 듣자 하니 그것은 신령 세계에서 실을 자을 때 왼손을 써야 하기 때문이라는 슬픈 사연이 담겨 있었지만.

그곳에서 중국 시인 마딩을 만났다. 사라족 출신으로 나보다 열한 살 위였다. 그의 시는 "아리마, 잎은 파아랗고 꽃은 하이얗고 과일은 빠알갛네"라는 가사의 사라족 민요를 되불러 오고 있었다. 문학지 '청해호' 부주간으로 일하고 있다고 했고, 월급은 중국 정부로부터 받고 있다고 했다. 그가 낭송한 자작시 '노래 한 곡을 잊는다는 것'은 이렇게 돼 있었다.

노래 한 곡을 잊는다는 것은
한 가지 지난 일을 잊는 것이다
지난 일과 관련된 사람들로 하여금
그대 자신을 잊어버리게 하는 것이다
(중략)
노래 한 곡을 잊는다는 것은
영혼더러 연옥을 지나가게 하는 것이다
연옥의 모든 과정을 경과하게 하는 것이다.

그의 시는 그가 태어난 땅의 향기와 3월의 강바닥과 7월의 곡식들을 노래하고 있었다. 술기운이 거나하게 돌 때는 사라족의 노래를 흥얼거렸다.

마딩이 들려준 얘기 가운데 하나는 원고료 계산법에 관한 것이었다. 산문의 원고료 계산법은 우리나라와 다르지 않았다. 200자 원고지 한 장당 원고료를 지불하고 있었다. 특이

한 것은 시에 대한 원고료 계산법이었다. 시의 경우는 한 행당 원고료를 지불한다고 했다. 우리나라는 시 한 편당 값을 쳐 주지만 그들은 아무리 짧은 한 행이더라도 1,000자를 쓴 것으로 값을 쳐준다고 했다. 시를 사랑하고 존중하는 그들의 마음을 읽을 수 있었다.

말을 잘 탄다는 마딩과 이별한 지 나흘이 지났다. 그러나 해발 3,000미터에서 그가 오늘도 시를 짓고 있다는 것을 생각하니 저 먼 땅이 바로 내 곁에 있는 것만 같다.

내와 강으로 나아가는
영험한 큰물

●
●
●

　물은 뼈가 없다. 물의 속살은 미끈하다. 물은 낮고 부드럽게 움직인다. 나는 물속까지 들어오는 여린 빛처럼 살고 싶다. 물은 물렁물렁한 바퀴를 굴리며 강으로 간다. 나는 큰물을 본 적이 많지 않다. 적어도 중학교를 입학하기 전까지 그러했다. 중학교에 입학한 후 어느 때인가 직행버스를 타고 왜관을 지나면서 낙동강을 처음 보았다. 그때 본 낙동강은 정말이지 물의 어마어마한 집결지였다. 병사의 수로 친다면 대군을 거느린 셈이었다. 강의 폭과 깊이에 나는 단숨에 압도되었다. 하얀 강모래 언덕에 매료되었다. 충북 영동이나 황간, 추풍령에 가서도 큰 내를 보긴 보았지만 낙동강의 본류를 본 순간 나는 마치 큰 세상을 처음 본 듯한 느낌이었다. 그 후로 나는 남강, 금강, 섬진강, 북한강, 압록강, 다뉴

브강 등등 수많은 강을 보게 되었다. 대개 여행을 통해 강을 가까이에서 만날 수 있었다.

봄철에는 강둑에 돋는 신록의 풀이 좋았고, 여름에는 엄청난 유량과 유속으로 신속하게 흘러 나가는 풍경이 좋았고, 가을에는 서늘하여 조금은 쓸쓸한 심사를 낳게 하는 석양이 좋았고, 겨울에는 강 어부가 얼음낚시를 하러 얼음에 뚫어 놓은 모란꽃만 한 얼음 구멍들과 몸이 투명한 빙어 떼가 좋았다. 그리고 나는 송나라의 명문장가 소동파가 "물은 이처럼 밤낮없이 흐르지만 한 번도 저 강이 가 버린 적이 없다"라고 썼듯이 밤낮없이 흐르는 강의 그 항상성과 위엄이 좋았다.

그러나 많은 강들을 만날수록 나는 강으로 흘러들어 온 물줄기들의 수원지와 그들이 이곳까지 온 행로 등에 대해 오히려 생각해 보게 되었다. 말하자면 원적과 근원에 대한 생각으로 나아가게 된 것이었다.

내가 자란 고향에는 작은 물줄기들이 많았다. 그곳에서 헤엄을 익히고, 물고기들을 낚을 그물을 던지고, 일광에 뜨거워진 자갈을 주워 귀에 갖다 대 귓구멍으로 들어간 물을 빼내고 그렇게 하교 후 오후를 보냈다. 수면을 이루는 물은 내게 대지의 바닥인 흙과 다르지 않았다.

내 고향에서는 작은 물줄기를 내와 강으로 내보낼 때 각별한 생각을 한다. 내 고향 어른들은 "큰물이 나가신다"라고 말씀하셨다. 내로 나아가는 물은 영험한 어떤 것이었다. 골짜기에서 바람이 내려오고 구름 덩어리들이 몰려들면 어머니는 마당을 정갈하게 쓸었다. 어머니의 비설거지는 비에 대한 존앙의 뜻이 담겨 있었다. 어머니는 당신을 자연의 일부라 생각하시는 분이셨고, 그리하여 비가 오는 일을 예삿일로 받아들이지 않았다. 아버지도 마찬가지였다. 평생 농사를 지으신 아버지는 비가 오는 날이면 물이 괴고 흐르는 것을 살피러 논과 밭으로 나가셨다. 동네에는 두 개의 저수지가 있었는데 저수지에 물을 쌓고 그 물을 아래로 흘려보내 논과 밭에 그득그득하게 하는 일은 마을 주민들이 모두 참여하는 동회를 열어 결정되었다. 골짜기에서 흘러들어 온 물은 저수지에 쌓였다가 흘러 내려가 윗논을 채우고 다시 아랫논으로 차례차례 내려갔다. 물을 관리하는 일에는 그러므로 윗논을 경작하는 동민과 아랫논을 경작하는 동민이 함께 참여했다. 큰비가 내려 많은 유량의 물이 마을을 빠져나갈 때 마을 동민들은 모두 나와 그 광경을 숙연하게 바라보

앉고 그 물을 바라보는 그들의 마음에는 큰물을 숭앙하는 잠재적인 인식 같은 것이 있었다. 말하자면 큰물에는 영혼이 있다고 생각하는 것이었다.

부모님과 마을 동민들의 이러한 생각과 더불어 자라 온 나는 내와 강 같은 큰물을 만나면 어떤 신비감과 섬김의 마음 같은 것이 자연스럽게 생겨난다. 모든 일에는 바탕과 근본과 기초가 있듯이 내와 강이 이뤄지는 데에는 많은 인연들이 한군데로 뜻을 모아야 가능한 것이다. 그냥 손쉽게 내와 강이 이뤄지는 것이 아니라는 얘기다. 빗방울이 골짜기의 계곡물을 이루고 그런 연후에 저수지를 둥글게 한 바퀴 돌아 나와 물은 점점 몸이 굵어지고 음성이 우렁차지게 되는 것이다. 그 과정에는 많은 자연물과 사람들의 협력이 개입되어 있다. 내가 자란 곳에서 큰물이 나가는 것을 그처럼 신성한 것으로 받아들인 데에는 이와 같은 생태적인 인식이 깔려 있다. 우리들 존재는 독립된 하나이면서 전체의 부분인 것이다. 아직도 나는 내와 강 같은 큰물을 만나면 황공히 조아리게 되는 습관이 있는데, 나는 이런 나의 태도가 제대로 배운 공부 덕택이라고 생각한다. 큰물은 신령스럽다.

차츰, 조용히,
차근차근하게 밝은 쪽으로

∙
∙
∙

　길은 오르막이거나 내리막이거나 휘거나 굽거나 먼지가 수북하거나 진창이거나 한다. 가을 태풍이 몰아쳐 길 위에 선 사람이 아무도 없는가 하면, 오일장에 나서느라 짐을 인 여인들로 시끌시끌하다. 어느 날은 돌길을 걷고, 어느 날은 물을 건너느라 바짓단이 젖기도 한다.

　길은 빛과 어둠을 이어 준다. 길의 몫은 나무다리 같은 것이다. 굴을 지나가면서 바라보라. 굴의 내부는 무섭고 어두워 악몽 같다. 굴에 들어서면 얼음물 속에 손목을 담그는 것처럼 차고 서늘한 촉감이 목덜미를 감싼다. 조금씩 굴의 안쪽으로, 어둠의 중심으로 들어가다 보면 어느 순간 넘어서는 지점이 있다. 마치 달이 차오르다 보름의 정점에서 다시 야윈 안색을 보여 주듯이. 어둠의 중심까지 들어가고서야 저쪽에서 가늘고 엷은 빛이 들어오기 시작한다. 어둠과 빛의 바뀜이 진행되는 것이다.

말하자면 전환이 길의 고유한 성품이다. 길은 밑 없는 항아리가 아니다. 물을 부으면 차고 물을 비우면 텅 비게 된다. 물을 붓고 물을 버리는 것은 항아리 주인에게 달려 있다. 전환이 있으니 패배만을 안겨 주는 것이 길의 인심은 아니다. 전환의 지점까지 가느냐 마느냐는 길을 가는 나그네에게 달려 있다.

길은 우리의 마음을 애청한다. 가는 곳마다 스스로 주인공이 되라는 말이 있지만, 우리의 마음이 길을 선택한다. 마음에 변란이 많으면 가는 길마다 도적이 우글우글할 것이다. 마음이 아이의 투명하고 밝은 표정이면 길은 무한한 가능성을 열어 줄 것이다.

회복실로 병실을 막 옮긴 환자가 여기 있다. 그이에게 삶은 샘물 같을 것이다. 세상이 예전보다 더 눈부시고 신기할 것이다. 그러나 눈이 흐리듯 마음이 흐린 이에게 하루는 불만스러울 수밖에 없다. 그런 우울한 마음에는 명일明日도 명년明年도 없다.

저녁이 되면 길은 돌아온다. 내가 어릴 때에도 그러했다.

가령, 아버지는 들에 나갔다 지게를 지고 굴을 지나 집으로 돌아오셨다. 산그림자도 사람의 길을 따라 마당까지 내려오고, 모든 계곡도 산 밑까지 내려왔다. 길이 다 내려온 다음에 크게 눈을 감는 듯 하루가 저물었다. 하늘에 별이 돌고, 명일에 다시 해가 뜨고, 계곡은 능선을 따라 산의 정상으로 올라가고, 아버지는 굴을 지나 볕 드는 들로 다시 길을 나섰다.

그리하여 밤은 길의 과묵이요, 길의 휴식이요, 길의 궁리였다. 밤은 길의 전환이었다. 돌아오고 다시 나가는, 말하자면 길의 정류장이 밤이라는 시공간이었다. 알고 보면 이 전환에 작심作心이 있다. 이 전환에 우리들 마음이 패배에 머물지 말아야 한다. 우리의 마음이 이 밤의 시간에는 담백하고 고요해야 한다. 그리하여 내일에 차츰, 조용히, 차근차근 나아갈 것을 생각해야 한다. 밤의 시간에 길은 우리의 마음을 듣는다. 우리의 마음이 작심하는 바 대로 길은 새로운 내일을 시작한다.

그리하여 내가 결정하지 않은 길이란 없다. 내일은 늘 새롭고 처음의 시간이다. 다만 길의 표정에 밝음과 어둠이 공존할 뿐이다. 그것을 두려워하지 말아야 제 길을 간다고 이를 것이다.

우리를 붙들고 있는
어떤 리듬을 생각하며

●
●
●

7세기에 쓴 아르킬로코스의 조각 글에는 다음과 같은 시가 기록되어 있다.

마음이여, 마음이여, 어찌할 수 없는 고통에 시달렸으나

일어서라! 적의에 차 달려드는 이들에 맞서 지켜내라

네 가슴을, 적들의 매복 가까이에 서서.

굳세게. 그리고 이겼다고 대놓고 자찬하지 말라.

패했다고 집안에 누워 한탄하지 말라

기쁜 일에 기뻐하고 나쁜 일에 슬퍼하되

지나치지 말라. 깨달아라, 어떤 리듬이 사람들을 붙들고 있는지를.

나는 이 시를 시간이 날 때마다 반복해서 읽는다. 이 시는 큰 울림과 가르침을 주기 때문이다. 우리가 매양 접하게 되는 마음의 굴곡과 변덕스러움을 극복하고 언제나 변함없는 마음을 갖추라는 권고가 담겨 있다. 어떻게 하면 변함없는 마음을 굳고 흔들림 없이 지닐 수 있을까. 모순되게도 이 시는 마음이란 적어도 본래부터 변화하는 것이라는 것을 인정한다. 장면과 사태와 모양 등이 한량없이 변화해 감을 인정하는 것이다. 우리의 마음은 자탄과 한탄 사이를 오가는데, 그런 마음의 오고 감, 마음의 볕듦과 그늘짐을 잘 관찰해서 한결같은 것을 추구하도록 하라는 권면이 있다.

내가 삶을 살면서 가장 의미를 두는 말은 '흐른다'와 '변화한다'라는 말이다. 매 순간은 흐르며, 순간순간은 장면과 사태와 모양 등이 동일하지 않다. '흐른다'와 '변화한다'라는 말을 가장 많이 실감하는 때는 내가 흐르는 강을 따라 하염없이 걷고 있을 때이다. 강은 그치지 않고 흐르며, 그리하여 이 세계가 그치지 않고 변화한다는 사실을 우리에게 보여 주는데 나는 이 강의 속성이 우리 인생에 일깨워 주는 의미가 각별하다고 생각한다. 그것은 강이 그러하듯이 시간의 흐름은 지속되고 변화 속에 놓여 있으며 이와 같은 속성이 항구적이라는 가르침이다. '한결같다'라는 말과 '변화한다'라는 말이 상반된 것처럼 보일지 모르지만 '변화가 한결같다'라는 가르침을 강은 우리에게 넌지시 일러 주고 있는 것이다.

강은 물이 거대하게 쌓인 것이다. 그렇다면 물의 특질은 무엇인가. 프란시스 퐁쥬는 물의 특질을 우리보다 낮은 곳에, 항상 낮은 곳에 있는 것이라고 보았다. 그는 땅의 일부, 땅의 변모인 물의 좌우명이 '향상向上에 반대'에 있다고 말했다. 희고 반짝이며, 무형이고, 신선한 물은 우회와 침투와 잠식과 잠입을 하면서 쉬지 않고, 무너지면서 모든 형태를 버리고 늘 아래로 향한다는 것이다.

낮은 곳에 거처하는 물들이 물들을 업고 업어 길고 오래 흐르는 것이 강이다. 요즘도 단 하루를 거르지도 않고 강변을 산책하는 나의 일상은 올해 초봄부터 시작되었다. 나는 '향상에 반대'하는, 그리하여 거만하지 않고, 강제적으로 지배하거나 폭력적이지 않는 강의 흐름을 곁에 두고 걸으면서 내 삶의 태도와 우리의 인생에 대해 생각하고 때로는 낮 동안의 일들을 반성했다. 강이 스스로를 낮추는 그 겸손을 배우고 강이 밤낮없이 흐르는 그 항상성을 배운다. 그리고 강물의 투명함과 탁함, 깊고 낮음, 잔잔함과 격렬함 등이 교차하는 것을 바라보면서 강의 신속한 변화에 대해 생각했다. 강은 변화하면서, 변화하는 한결같은 모습을 보여 주었다.

강은 내가 웃거나 울 때, 내가 들떠 있거나 암울할 때를 가리지 않고 흐른다. 강은 내가 내 몸에 찾아온 병, 오해와 상실에서 오는 고통, 사랑하는 사람과의 영원한 이별 등에 혹독하게 시달릴 때에도 흐르는 모습을 보여 주었다. 풀이 파릇파릇 돋는 봄이나 일광日光이 뜨거운 여름, 풀들이 시들고 말라 가는 가을에도 흐르는 모습을 보여 주었다. 우리의 삶이 지금 흐르고 있는 그 리듬으로. 강은 끊임없이 흐르면서 실의에 빠져 있는 내게 조용하고 낮은 목소리로 말해 주었다. "모든 곤란과 슬픔은 지나가는 것에 불과하다"라고. 그러므로 당신의 마음이 이른바 이 세계의 진리라고 부를 수 있는 것, 어떤 일관된 것을 지닐 수 있도록 노력하라고.

앞으로 곧 첫눈이 오고, 살얼음이 얼면서 강은 더 낮은 곳으로 숨어 버릴 것이다. 그러나 강이 어딘가로 영영 가 버리는 것은 아니다. 강은 변화하면서 흐르고, 그리하여 이 세계가 변화하면서 흐른다는 진리를 밤낮없이 보여 준다. 몇 계절 동안 강을 따라 걸어갔다 강을 따라 걸어 돌아오면서 나는 내 가슴속에 매복하면서 내게 적의에 가득 차 달려드는 것들에 대응할 수 있는 힘을 갖게 되었다. 강이 아니었으면 지난 수개월의 시간은 내게 더 큰 시련을 안겨 주었을 것이다. 강을 보면서 나는 내 삶을 붙들고 있는 리듬에 대해 이해할 수 있었으니 말이다.

젖니 난
아가를 안고

첫돌을 맞은 아가와 놀았다. 아가는 오늘 큰 생일상을 받았다. 세상의 과일과 정성스레 빚은 떡과 푸른 나물과 미역국과 흰밥을 받았다. 어른들은 실과 돈과 붓과 책과 국수와 활을 놓고 아가에게 돌잡이를 시켰다. 조금 전까지만 해도 깜박깜박 졸다 갓 깬 아가는 눈이 휘둥그레졌다. 오늘이 무슨 날인지, 또 웬 사람들이 이리 모였는지 알 리가 없다. 아가의 눈에는 금방 그렁그렁 눈물이 돌더니 엄마의 품을 찾았다. 엄마 품에 안겨 눈과 입을 살며시 올리며 생글생글 웃었다.

잇몸에는 젖니가 났다. 뽀얀 젖니이다. 햇밥의 밥알 같다. 하얀 목련 봉오리가 막 올라온 듯하다. 저 웃는 입에서는 가장 깨끗한 말들이 태어날 것 같다. 따뜻한 말들이 톡톡 알껍질을 쪼며 막 태어날 것 같다. 태반 속에서 작은 귀가 생기면서 세상의 거친 말들이 아가에게도 다가오려 했겠지만 엄마의 따뜻한 심장소리가 그것을 가렸을 것이므로, 아직 아가의 귀와 입은 성난 파도와 같은 세상의 말을 모른다. 아주 가끔 옹알옹알하는 말은 눈송이 같고, 구름 같고, 푸른 포도알 같고, 동글동글 염주알 같고, 목화 같다. 아가의 말은 동실동실 떠다닌다.

나는 아가의 엄마로부터 아가를 받아안고 아가와 논다. 딱딱한 내 몸이 불편한지 아가는 울며 보챈다. 아가의 엄마는 나를 보며 나긋나긋하게 웃는다. 나는 어깨를 둥그렇게 하고 애써 품을 요람처럼 만든다. 내 몸을 흔들흔들 흔들어댄다. 아가의 몸에서 피어나는 살내를 맡는다. 한 송이 모란을 껴안은 것 같다.

나는 비행기가 하늘로 날아가는 소리를 들려주고, 입술을 떨어 오토바이가 다가오는 소리를 들려주고, 뱃고동을 길게 울리며 배가 항구를 떠나가는 소리를 들려주고, 노오란 병아리가 봄볕 속으로 걸어가는 소리를 들려주고, 조그맣게 뿔 난 새끼 염소가 엄마를 따라가는 소리를 들려준다.

마흔 살을 넘긴 내가 다시 태반 속으로 들어가는 기분이다. 부레와 같은 공기주머니가 내 몸에 하나 새로 생겨난 것 같다. 아가는 이제 안심이 되었다는 듯이 내 가슴에 착 달라붙어 떨어질 줄 모른다. 그리곤 아주 작은 손을 내 어깨에 살짝 올려놓는다. 하얀 꽃술 같은 손이다. "이 우주에서 당신을 이렇게 다시 만나 행복합니다"라고 나는 속삭여 준다. 엉덩이에는 아마도 푸른 몽고반점이 있을 아가를 안고 나는 처음 돋은 젖니를 드러낸 아가와 함께 웃는다.

강보처럼
감싸던 달빛

●
●
●

　내가 아주 적극적으로 좋아하는 곳이 한 군데 있다. 내가
자라 온 마을의 작은 동산이다. 동산이라고 불렀지만, 사실
은 조금 볼록하게 두둑이 부은 듯 솟아오른 땅에 불과하다.
둥그런 무덤이 몇 기 있었고, 풀이 무성했다. 해서 그곳은
아이들의 오후의 놀이터였으며, 소와 염소가 풀을 뜯는 곳
이었다. 봉긋하게 솟은 곳이어서 해가 뜨는 것을 보기에 딱
안성맞춤이었고, 석양빛이 가장 오래 머무는 곳이기도 했
다. 개구쟁이 아이들과 소와 염소가 한데 어울렸기 때문에
멀리서 오후의 동산을 바라보면, 저만치 보이는 것이 아이
인지 우는 짐승인지 분간할 수 없었다.

　그곳은 나에게 아직도 최초의 우화적인 공간으로 남아 있
다. 어둑어둑 땅거미가 내리면 동산에서 노는 아이와 소와

염소를 불러들이는 가족들의 목소리가 들려왔다. 귀가를 종용하느라 동산을 향해 걸어가며 우리의 착한 누나들은 길게 동생의 이름을 불렀다. 그것은 마치 은하수처럼 길고, 투명하고, 반짝이고, 아름다운 목소리였다.

나는 가끔 한가위 무렵 동산의 풍경을 떠올린다. 휘영청 보름달이 떠오르는 것을 지켜보려고 어른 아이 할 것 없이 죄다 모여들었다. 아이들은 쪼그려 앉아 달을 기다리고 어른들은 뒷짐을 진 채 달을 기다렸다. 지붕 위에서 자란 박처럼 가장 크고 완벽한 둥긂을 가진 달을 우리는 기다렸다.

누군가 달이다, 라고 소리치며 손가락으로 저쪽을 가리키면 정말이지 큰 산이 순산을 하기라도 하듯 막 태어난 달이 공중으로 쑥 솟아오르기 시작했다. 그 풍경은 너무나 장엄해서 넷 에움이 쥐 죽은 듯이 고요해졌다. 모두 입을 크게 벌린 채 탄성을 쏟아 냈다. 그것은 사람의 손이 타지 않은 완전한 흰빛이었다.

동산에 선 사람들은 그 흰빛이 우리를 감싸 안는 것을 보았다. 마치 강보로 어머니가 나를 처음 감싸 안던 때처럼. 밝고 투명한 빛은 세상의 모든 물건들을 골고루 비췄다. 구불구불한 길과, 삽짝과, 송편을 빚던 마루와, 신발이 가지런하게 놓여 있는 섬돌과, 박이 열린 지붕과, 장독대와, 우물과, 붉은 감이 열린 감나무와, 엎드려 있다 깜짝 놀라 일어난 강아지의 등짝을 비췄다. 빛은 조금의 차별도 없이 세상을 비췄다. 누구의 인심보다 더 큰 인심으로. 군불을 넣던 아궁이보다 더 밝고 따뜻하게.

동산에서 달이 떠오르는 것을 함께 보던 어머니는 나와 누나들과 동생의 손을 잡고, 그 달빛을 받으며 조용히 집으로 돌아와서는 앞마당 한가운데 우리들을 세웠다. 이마가 드러나듯 훤하게 밝아진 앞마당에서 우리 가족의 기도가 있었다. 달빛은 마당 가득 해일처럼 흘러넘쳤다. 내가 무엇을 기도했는지는 기억이 나지 않는다. 누나들은 내가 무엇을 기도했는지 그 내용을 몹시 궁금해 했으나 나는 한사코 말을 하지 않았다. 결국 한 번도 누설된 적이 없는 나의 기도는 나조차 알 수 없는 영원한 비밀로 남게 되었다.

아무튼 어머니는 기도가 끝난 후 우리의 작고 낮은 어깨를 토닥이며, 그 어느 때보다 온화한 음성과 안색을 보이셨다. 그리고 밤새 유리알처럼 쏟아지는 달빛을 이불 삼아 끌어 덮으며 나의 잠은 깊어 갔고, 나의 꿈은 과일처럼 여물어 갔다. 송편을 잘 빚는 어머니처럼 가을밤은 달을 잘 빚고,

달은 이 세상의 슬프고 가난한 자연들에게 잘 얹힌다. 하나의 자연인 나에게도 달은 잘 얹혀서 나를 풍성하게 하고 나의 둘레를 넓히고 밝게 비췄다.

고향으로 돌아가 그 달을 맞이하고 싶다. 칭찬을 하듯 사랑하는 이에게는 그 덩실한 달을 실컷 보여 주고 싶다. 마음에 너그러움을 선물하고 싶다. 풍성풍성한 빛을 가슴 가득 담아 주고 싶다. 추석 전날 미리 나의 고향엘 가 함께 서서. 이왕이면 미당 서정주 시인이 시 '추석 전날 달밤에 송편 빚을 때'에서 다음과 같이 노래했듯이.

추석 전날 달밤에 마루에 앉아
온 식구가 모여서 송편 빚을 때
푸른 풋콩 송편에 안 끼이면은
휘영청 달빛은 더 밝어오고
뒷산에서 노루들이 좋아 울었네

"저 달빛엔 꽃가지도 휘어지겠다"

입학식 풍경

●
●
●

그저께 첫째 아이가 중학교에 입학했다. 교복을 맞추고 신발을 사고 체육복을 사고 가방을 샀다. 입학식이 있던 날 이런저런 얘기 끝에 초등학교 4학년이 된 둘째 아이에게 내가 물었다. "1학년 아이들 보니 어땠어?" "학교 무서운 줄 모르고 해맑기만 한 것 보니까 귀엽죠, 뭐." 내가 다시 물었다. "그럼, 넌 입학할 때 기분이 어땠어?" "재미있을 줄 알았죠, 상당히 많이. 뭐." 학교생활이 꼬이고 느른하다는 투로 말하는 아이에게 나는 더 말을 걸지 않고 슬며시 웃고 말았다.

코흘리개들이 하얀 손수건을 달고 삐뚤빼뚤 죽 벌여 늘어선 예전의 입학식 풍경. 요즘은 입학식 풍경이 많이 바뀐 모양이다. 선배들이 연주회를 열어 주고, 아이들에게 금관을 씌워 주거나, 발을 씻겨 주는 입학식도 있었다고 한다. 설렘

반 두려움 반으로 마음이 마치 저울질하는 천칭 같을 아이들을 배려한 특별한 입학식 소식을 듣자니 내 마음까지 훈훈해졌다.

강원도 산골의 한 초등학교 입학식 소식도 들었다. 단 한 명의 입학생을 받은 '나홀로' 입학식이었다는데 아이가 너무 긴장을 해서 국기에 대한 경례를 할 적엔 왼손을 왼쪽 가슴에 척 올려놓았다고 한다. 그 기사를 읽고 나는 내가 다녔던 초등학교 교무실에 전화를 했다. "올해 입학생은 좀 늘었나요?" "네 녕입니다." 선교생이 총 서른 한 명이라고 했다. 내가 입학할 때만 해도 입학생 수가 마흔 한 명이었는데 이제 고작 네 명이라는 선생님의 말씀을 듣고 나니 농촌에 갓난아기 울음소리가 뚝 끊어졌다는 말에 더욱 실감이 갔다.

나는 하던 일에서 손을 놓고 동무들을 떠올렸다. 삼삼오오 모여서 구불구불한 길을 걸어 하교할 때 우리는 제비처럼 재재거리며 무슨 말을 주고받았던가. 길가에는 들꽃이 피어 있었고, 뱀이 산길을 횡단하며 앞서 지나갔고, 우리는 가던 걸음을 멈추어 뱀이 다 지나가기를 기다린 후 다시 그 길을 걸어갔고, 어른을 만나면 몸을 반절을 접어 깊게 인사를 드렸었다. 그런 날들이 쌓여 키가 크고 몸집이 불어났다.

어른들의 간섭은 많지 않았다. 물론 어른들은 논밭에서 일하느라 너무도 바빴지만, 아이들이 스스로 성장하도록 도와주었다. 불안과 상처를 혼자서 이겨낼 수 있도록 곁에서 지켜봐 주고, 꿈을 잃지 않도록 격려하면서.

최승호 시인이 쓴 '벌목'이라는 우화가 있다. 내용은 이렇다.

아름드리나무 위에 둥지를 짓고 새끼를 기르던 때까치가 먹이를 물고 날아와 보니 아무것도 없었다. 나무도, 둥지도, 새끼도, 숲도 없었고 녹색 지구 덩어리도 없었다. '아니 지구가 어디로 갔지?' 놀란 나머지 때까치의 부리에서 물고 온 애벌레가 떨어졌다.

갓 입학한 아이들의 낯선 등교를 위해 학교까지 아이를 데려다 주는 엄마들을 아침에 보게 된다. 아이들은 눈에 익지 않은 것이 하나 둘이 아닐 것이다. 그러면서 아이들은 점차 적응을 하고, 동무를 사귀고, 스스로 꿈을 키워 나갈 것이다. 아이들에게서 '둥지'와 '녹색 지구 덩어리'가 없어지지 않도록 아이들의 꿈을 벌목하지 않는 일은 어른들의 몫이다. 시끌시끌한 1학년 교실에 한 번 들르고 싶다. 햇살이 눈부신 창가에 화분이 놓여 있고, 풍금이 울리던 그 교실을.

비 오시는 모양을
바라보며

마른 번개가 치더니 비가 시작된다. 오늘 하늘은 물동이를 이고 가는 키 작은 누이 같다. 돌풍이 불고 빗방울이 굵어진다. 넓은 잎을 두들기는 빗방울 소리가 내 귀도 함께 두들긴다. 내 귀도, 수국의 푸른 잎도 비의 말을 듣는다. 작고 길쭉한 나의 귀를 만지며 오동잎처럼 크고 푸른 귀를 가졌으면 좋겠다고 생각한다.

하늘의 소란이 집으로 들로 내려온다. 비가 오던 과거의 여름날을 나는 떠올린다. 어머니는 마당을 쓸고 계신다. 비가 오는 것조차 하나의 경이로 생각하는 나의 어머니는 마당을 정갈하게 비질해서 손님 맞듯 비를 맞이한다.

아버지는 비옷을 입고 장화를 신고 삽을 들고 들로 나간다. 걸음걸이가 큼직큼직하다. 빨리 들로 나가야 하기 때문이다. 들로 나가 논물을 단속해야 하기 때문이다. 논으로 물이 넘어오거나 나가도록 물꼬를 열고 닫으며 물을 단속해야 하기 때문이다. 논에 물이 너무 많이 들어왔으면 과잉의 물이 나갈 수 있도록 돕고, 논에 물이 모자라면 논에 물을 보태 주어야 하기 때문이다. 아버지는 밤새 들에 나가 하늘에서 내려온 물의 흐름을 살핀다.

나는 우산을 펼쳐 누나를 마중 나간다. 시외버스에서 내린 누나가 젖지 않도록 버스 정류장까지 마중을 나간다. 하나의 우산을 나눠 써 누나는 왼쪽 어깨가 젖고 나는 오른쪽 어깨가 젖어 돌아온다. 이런 풍경이 아직 내가 기억하는 비가 오는 날의 풍광이다.

비는 모든 생명들에게 내린다. 생명들은 생멸이 있지만 비는 생명을 보살피는 데 생멸이 없다. 키가 큰 풀인지, 키가 작은 풀인지를 가리지 않고 비는 내린다. 그리하여 모든 생명들을 골고루 적셔 준다. 비는 땅을 가리지 않는다. 비는 물리침이 없다. 거만함이 없다. 생명은 이 비를 한 배 불룩하게 먹는다. 비를 먹어 바짝 마르고 쇠약한 몸을 기른다. 남의 이목을 걱정하지 않고 소박하게 자기 몫만큼의 비를 받아먹기 때문에 욕됨이 없다.

나는 마루에 앉아 비가 오는 것을 본다. 오늘은 더 일을 꾸미지 않기로 한다. 수고롭게 하지 않는다. '저절로 그러한 곳'에 머무르고 있다. 고요한 쪽에 앉아서 움직이는 쪽을 바라본다. 그친 쪽에서 움직이는 쪽까지의 거리, 조용한 쪽에서 소란이 있는 쪽까지의 거리가 그다지 멀지 않다.

하늘로부터 비가 내려서 땅을 다 적시고 생명을 다 적신 연후에 흘러 나가는 것을 본다. 땅과 생명을 다 살려 낸 이 빗물은 산석山石과 섞이면서 '살아 있는' 물이 되어 계곡을 우렁차게 빠져나가기도 할 것이다. 그러나 나는 지금 비가 이 세상에 오시는 모양과 처음으로 하시는 일을 본다. 푸른 잎들을 두들기는 미성美聲과 한 조롱박의 물을 생명에게 공양 올리는 고운 두 손을.

그쵸, 라는 별명의
여덟 살

애기는 방에 든 햇살을 보고

낄낄낄 꽃웃음 혼자 웃는다.

햇살엔 애기만 혼자서 아는

우스운 애기가 들어 있는가.

미당 서정주의 시 '애기의 웃음'은 이렇게 시작한다. 나는 아주 지칠 때, 마음에 우울이 스며서 우산처럼 축축할 때, 아이의 얼굴에 핀 미소를 떠올린다. 목련꽃잎보다 순백한 피부를 가진 아이의 얼굴을 떠올린다. 쌔근쌔근 잠든 아이의 볼 곁에 내 귀를 갖다 대고 그 숨소리를 듣고 있으면 고단함이 사르르 일순에 풀린다.

나의 아이는 여덟 살이다. 제법 발도 커지고 손아귀 힘도 많이 늘었다. 가끔 방바닥에 배를 대고 누워 팔씨름을 하다 보면 힘 들어가는 게 눈에 띄게 보인다. 개구쟁이 여덟 살의 세계는 반짝반짝하는 재치가 있다.

나의 아이는 밤 열 시면 잠이 든다. 나의 아이는 잠꼬대도 하기 시작했다. 뭐라고 중얼중얼한다. 때로는 꿈속에서 싸움질도 하고, 때로는 꿈속에서 노래도 한다. 그러다 벌떡 일어나 오줌이 마려운지 잠이 덜 깬 얼굴로 비틀거리며 화장실로 향한다. 막힘이 없고 부끄러운 일을 할 줄 모르기 때문에 뒤가 맑다. 아이가 지나가면 그 뒤엔 청량한 바람이 불거나 고운 볕이 내리는 것만 같다.

요즘 나의 아이는 독특한 화법을 구사한다. 말끝마다 "그쵸?"라고 묻는다. "그쵸?"는 묻되 확인을 하는 물음이다. 나는 아이의 별명을 '그쵸'라고 붙여 주었다. 소파에 앉아 있다가 아이가 보고 싶으면 "그쵸, 뭐 해?"라고 부른다. 그러면 아이는 또 내 곁으로 와서 퀴즈 프로그램 같은 것을 보다가 "아, 나는 아는데! 2번이죠? 그쵸?"라고 묻는다. 나는 아이의 머리칼을 쓸어내려 준다. 아이는 그러나 아주 멀리 나아가는 질문을 하지는 않는다. 나의 말이 끝나면 나의 말을 듣고 있다가 그 주변에서 작은 질문을 만든다.

예를 들면 이런 식이다. 나는 일주일에 한 번씩 아이를 데리고 대형마트엘 간다. 아내와 큰아이는 다른 물건을 사고, 나는 아이와 어물전 앞에서 주로 머문다. 큰 조개를 들어 보여 주고 은빛 갈치도 만져 보게 한다. 그러다 내가 한마디 말을 건넨다.

"이건 얼마예요? 우리 바다에서 잡은 건가요?"

"네. 한 마리에 2,500원입니다."

"가격이 지난주보다 좀 올랐군요?"

내가 어물전에서 일하는 분과 대화를 하면 아이는 고개를 갸우뚱하다가 곁말을 건다.

"아빠, 비싸죠? 죽었는데 비싸죠? 그죠?"

이런 식이다. 아주 간단하다. 말이 아주 다른 방향으로 나아가지는 않는다. 나의 말 언저리에서 맴돈다.

그러나 아이의 이런 질문을 듣고 있으면, 웃음이 절로 나면서 뭔가가 움직이고 있는 것 같은 느낌을 받는다. 내가 이미 어물전 주인과 말을 주고받아서 대화의 내용을 다 알고 있을 아이는, 그러나 그런 것에 개의치 않고 자기 나름의 질문을 한다. 대신 살짝 다른 느낌을 얹는다. "죽었는데 비싸죠? 그죠?"

아이의 이 질문을 받으면 나는 바닷가에서 모래를 손등에 올려 만든 작은 두꺼비집 생각이 난다. 그런 모래로 잠깐 쌓아 올린 두꺼비집 같은 질문이라는 생각이 든다. 그러면서 나는 아이와 아내와 큰아이를 태워 집으로 돌아오면서 생각해 본다. 내가 언제부터 질문하는 일을 그만두게 되었는지를. 꼬치꼬치 묻지 않고 대강하게 되었는지를. 언제부터 나의 말이 맹물처럼 평평해지고 밋밋해졌는지를.

중국의 작고한 작가 쉬띠산의 수필에는 이런 대목이 있다. 엄마와 꼬마가 버스를 타고 가고 있었다. 엄마는 눈을 끔벅하더니 턱을 괴고 잠이 들었다. 그 곁에서 아이는 엄마를 흔들어 깨운다.

"엄마, 눈 좀 뜨고 저 밖을 좀 봐!"

엄마는 아이의 행동이 귀찮게 여겨져서 아이를 때려 준다. 아이는 아랑곳하지 않고 엄마에게 말한다.

"엄마! 내가 노래할게."

아이는 엄마를 또 흔들어 깨운다. 그러자 엄마는 졸린 눈으로 아이에게 말한다.

"왜 이렇게 시끄럽니? 그것들 다 보았고, 다 들었고, 다 알아. 피곤해 죽겠는데 엄마 좀 쉬면 안 되니?"

아이는 엄마가 야속해 한마디 한다.

"나는 팔팔한데 엄마는 왜 녹초야? 어른이 아이보다 힘이 없을라고?"

나는 이런 내용의 수필을 읽고 다소간 충격에 휩싸였다. 그래서 되도록이면 여덟 살 아이에게 많은 질문을 받아야 되겠다고 생각했다. "그쵸?"라는 말을 꼭 꼬리에 단 아이의 질문을.

아직은 단순한 질문이지만 아이의 말끝에서 "그쵸?"라는 질문이 나오면 나는 행복해진다. 그것은 아이 곁에 누워 순한 숨소리를 듣는 만큼이나 행복이다. 작은 질문은 관심과 사랑의 표현이다. 어른이 된 나도 가끔은 "그치?"라고 질문하고 싶다. 나는 아이의 "그쵸?"를 들으며, "그치?"라고 말할 날을 기다리고 있다. 질문하는 것을 오래 잊고 살았기 때문에 아직은 더 많은 연습이 필요하다. 사랑과 관심도 연습이기 때문이다.

아름다운 스승

●
●
●

"마음도 한자리 못 앉아 있는 마음일 때,/ 친구의 서러운 사랑 이야기를/ 가을 햇볕으로나 동무 삼아 따라가면,/ 어느새 등성이에 이르러 눈물 나고나"('울음이 타는 가을 강' 중에서)라고 생전에 쓴 박재삼 시인.

박재삼 시인의 집은 가난했다. 아버지가 지게를 지고 막벌이 노동을 했고, 어머니는 어물장수를 해서 근근이 살았다. 기부금 3,000원이 없어 중학교 진학을 못하고 신설 여자중학교였던 삼천포 중학교에서 한때 사환으로 일했다. 초등학교 동창 여학생들이 공부하는 여학교에서 수업 시간에 맞춰 종을 치고 교무실 잔심부름을 했다. 이 어려운 시기를 살면서도 박재삼 시인이 시를 쓰겠다는 꿈을 키우게 된 데에는 몇 분 스승과의 아름다운 인연이 있었다.

우선 삼천포중학교 국어 선생님이었던 김상옥 시인이 있

었다. 박재삼 시인은 김상옥 시인이 펴낸 시조집 〈초적草笛〉을 사 볼 형편이 아니어서 그 시조집을 빌려다가 공책에 쓰고 애송했다. 박재삼 시인은 스승 김상옥 시인 덕택에 중학 시절부터 부지런히 시를 쓰고 고치는 습작을 했다. 또 한 분의 스승은 이병기 시인이었다. 1952년 이병기 시인은 전북대 교단에 서고 계셨고, 고등학생이었던 박재삼 시인은 삼천포에 살았다. 박재삼 시인은 이병기 시인에게 자신의 습작을 봐 달라는 편지를 보냈다. 이병기 시인으로부터 네 차례쯤 답장을 받았다. 세상 물정 모르는, 일면식도 없는 고등학생에게 답신을 보낸다는 것은 지금 생각해도 참 쉽지 않은 일이다. 그러나 이병기 시인은 그 일을 했다. 박재삼 시인은 후일 한 산문에서 이 일을 회고하면서 붓으로 쓴 이병기 시인의 편지를 받을 때마다 강한 서권기書券氣가 풍겼다고 썼다. 1954년 초봄, 보슬비가 내리는 밤에 박재삼 시인을 찾아온 한 시인이 있었다. 유치환 시인이었다. 갓 출간된 이영도 시조집을 전해 주러 빗속을 뚫고 박재삼 시인을 찾아온 것이었다. 유치환 시인은 박재삼 시인보다 스물다섯 살이나 나이가 많았다. 그러나 체면 같은 것을 중시하지 않았다. 유치환 시인은 다정다감한 스승이었다.

박재삼 시인의 스승 얘기를 하는 이유는 오늘 나도 나의 스승을 떠올렸기 때문이다. 나는 경북 김천시 봉산면 태화 초등학교를 다녔다. 한 학년당 학생이 마흔 명 남짓 되는 작은 시골 학교였다. 초등학교 5학년 점심시간이 떠오른다. 담임선생님은 제자들과 함께 교실에서 점심 식사를 하셨다. 시골 학생들의 도시락 반찬은 늘 먹는 반찬으로 뻔했고, 더러 점심을 챙겨 오지 못한 학생도 있었다. 선생님의 도시락은 유난히 컸고, 그것을 학생들과 나눠 드셨다. 학생들의 가정 형편을 속속들이 알고 계셨고, 결석하는 학생이 있으면 그 학생의 집을 찾아가 보셨다.

언젠가 나의 집에도 찾아오셨는데 내가 염소를 몰고 들로 막 나가려던 참이었다. 선생님은 웃으시면서 내 곁에 선, 뿔이 막 솟는 어린 염소를 쓰다듬어 주셨다. 중학교 2학년 때 담임선생님은 당신의 자제가 사용하던 참고서와 책을 나에게 물려주셨다. 학생들에게 늘 경어를 사용하셨고 무척 겸손하셨다. 선생님은 내게 맑고 푸른 하늘이었다.

돌이켜 보면 나의 스승은 나의 낙담과 관심과 꿈을 '있는 그대로' 보셨다. 경청하셨다. 스승이 나에게 베풀어 주신 경청의 은혜, 그것 하나만으로도 나는 너무 큰 빚을 얻었다.

빛바랜 사진

•
•
•

내가 보관하고 있는 나의 최초의 사진은 예닐곱 살 무렵에 찍은 사진이다. 이웃해서 살고 있던 큰집의 작은 화단 앞에서였다. 봉숭아꽃이 피어 있는 것으로 봐선 아마도 초여름 어느 날이 아니었을까 싶다. 봉숭아 화단 앞에 나는 두 여동생과 함께 나란히 섰다. 햇빛에 눈이 부셔 미간을 찌푸린 통에 얼굴 표정이 영 신통찮다. 두 손을 어떻게 해야 할지 몰라 나는 두 손을 배꼽 위에 모으고 섰다.

누가 우리를 찍었는지 전혀 기억이 나지 않지만, 내가 자란 시골에는 사진기를 소장한 집이 없었기 때문에 사진사가 동네에 들어온 날이었을 것이다. 옷을 제일 깔끔한 것으로 차려입느라 대낮에 장롱을 헤집는 한바탕 소동이 벌어졌을 것이다. 물론 어머니의 독촉에 의한 것이었겠지만.

내 어머니는 멋진 사진을 몇 장 갖고 계신다. 아주 객관적으로 판단해 보아도, 젊은 시절 내 어머니는 나름으로는 동네에서 미인 축에 들었다. 나를 깜짝 놀라게 한 어머니의 사진에는 짧은 치마를 입고, 연한 연두 빛깔의 웃옷을 벗어 오른쪽 어깨에 걸친 채, 길을 유유히 걸어 내려오며 찍은 젊은 시절 어머니가 있었다.

어머니는 30대 초반쯤 되어 보였다. 어머니 곁에는 어머니보다 서너 살 아래인 친구분이 같은 포즈를 취하고 있었다. 사진을 찍은 곳은 김천 직지사 일주문 아랫길이 분명해 보였다. 두 분 모두 턱을 살짝 들어 올렸다. 봄날로 보였다. 그때 어머니는 연초공장엘 다니고 있었는데 아주 간만에 봄 나들이를 나선 모양이었다.

시골집에 갈 때 나는 이 두 사진을 가끔 들여다본다. 그럴 때면 어머니는 곁에서 수줍게 웃으신다. 나는 오줌이 마려운 아이의 표정으로 선 내가 거듭거듭 실망스럽지만.

사진은 지나가는 시간을 붙들어 맨다. 사진 속에는 과거의 시간이 액자화되어 있다. 우리는 사진을 통해 지나간 과거를 호출한다. 과거 가운데 행복했던 시절을 호출한다. 어떤 사진은 사진사가 셔터를 누르는 순간 눈을 감아 버려 우스꽝스럽게 되어 버리기도 했지만, 그런 솔직한 삶의 한 단면은 우리를 잠시 잠깐 행복에 젖게 한다.

사진은 우리를 불러낸다. 하던 일을 잠시 손 놓게 하고 꽃나무 아래로 불러낸다. 불려 나온 사람들은 그때 그곳에 함께 살고 있다는 것을 확인한다. 마음과 마음을 공유하고 있다는 것을 확인한다. 마음과 마음이 만나는 그 결정적 순간을 사진은 찰깍, 찍어 낸다. 그리고 빛바랜 사진을 우리가 다시 보는 순간 저 멀리 떨어져 있던 과거는 우리에게로 불쑥, 기습적으로 다가온다. 마치 호명을 기다리고 있었다는 듯이.

열 살 아이와
나의 슬하

- - -

    둘째 아이는 올해로 열 살. 초등학교 3학년이다. 요즘은 아이와 나 사이의 신경전이 예사롭지 않다. 혼내고 어르는 일의 반복이다. 아이는 어느 때는 내 쪽으로 부드럽게 휘고, 어느 때는 모질고 완강하게 버틴다. 맞장구를 칠 때도 있지만, 신경전이 오갈 때 아이는 몇 그램의 공기를 쥐어 나에게 집어던지는 듯하다.

    물론 늘 그렇지만은 않다. 아이는 인형을 유달리 좋아한다. 아이를 위해 내가 인형을 사 오는 날이면 아이는 기뻐하는 얼굴빛이 역력하다. 아이는 모든 인형을 침대에 데려와서 앉히거나 눕힌다. 그 까닭을 묻는 나에게 "서로 인사시키려고요"라고 들떠 말해 준다. 새 식구가 들어왔으니 서로 첫인사를 나누는 게 당연하지 않느냐는 투로 말한다.

아이는 사내아이임에도 불구하고 잠을 잘 때에도 그 많은 인형들을 좌우, 위아래에 모두 데리고 잔다. 마치 그네들끼리는 비밀스런 언어로 통하는 환상적인 세계가 있는 것처럼. 그런 모습을 보고 있으면 아이와 평소에 많은 시간을 갖지 못하는 나로서는 미안한 마음이 들고 안쓰럽기까지 하다.

집에서 아이가 하는 몫의 일은 금붕어 한 마리와 애기 거북 한 마리에게 먹이를 주는 일이다. 어항의 물을 갈아 주는 일은 나의 몫이지만 먹이를 줘서 키우는 일은 아이의 일이다. 그동안 아이의 돌봄 속에서도 세 마리의 금붕어와 한 마리의 거북이 죽었다. 아이는 죽은 금붕어와 거북을 발견한 아침에는 한참을 울곤 했다. 큰 나무 밑에 조막만 한 무덤을 만들어 묻어 주고 묵념을 해 우리는 그들을 떠나보냈다. 오막조막한 네 개의 무덤이 생겼다.

어릴 때 나는 집에서 자주 쫓겨났다. 달이 환한 밤에, 뻐꾸기가 우는 밤에, 눈송이가 솜처럼 날리는 밤에, 빗방울이 눈물처럼 뚝뚝 떨어지는 밤에 사립문 밖으로 쫓겨났다.

"집에 들어올 생각 마라. 나는 너 같은 아들을 둔 적 없다. 뭘 해서 먹고 살든 이제부터 네가 알아서 해라."

어머니의 혹독한 말씀을 들으면서 나는 쫓겨났던 것인데, 한참 사립문 바깥에 서 있으면 매섭고 독한 마음이 들기도 했다. '나도 절대 들어가지 않을 테다. 두고 봐라. 내가 어머니의 눈앞에서 사라지는 일만으로도 나는 어머니에게 앙갚음을 하게 될 테니.'

　그러나 이런 생각은 오래가지 않았다. 북슬북슬한 털옷이라도 걸쳤으면 또 모를까, 대개는 속옷만 입은 채로 쫓겨났으니 그 차림으로는 단 열 걸음도 걸어 나갈 수 없었다. 어두운 담장 밑에 몸을 숨기고 있었던 적도 있었다. 가족들이 나를 찾을 때까지, 그리하여 내 부재가 그들에게 고통을 안겨 줄 때까지 나는 텅 빈 항아리처럼 묵묵부답 앉아 있으리라 생각했다. 물론 더 많은 매를 버는 일로 종결되었지만. 그러나 그런 일이 있은 후로 나는 하나의 결심을 했다. 내가 아버지가 된다면 나는 절대로 내 아이에게 "집을 나가라!"라는 말은 결단코 입 밖에 내지 않겠다고.

　그맘때로부터 대략 서른 해가 지난 어제 아침, 나는 내 아이에게 그 말을 엉겁결에 하고 말았다. 참으로 어리석게도. 아이는 놀랄 정도로 순식간에 사라졌다. 문을 박차고 나갔다. 울분과 함께.

'나갈 테면 나가 봐라. 네가 갈 곳이 이 세상에는 아무 데도 없다는 것을 곧 알게 될 테니.'

나는 속말로 이렇게 자꾸 말함으로써 아이를 데리러 나가려는 마음을 잡아 세웠다. 그러나 기슭의 흙처럼 그것은 곧 무너졌다. 나는 반 시간 넘게 아이를 찾아다녔다. 놀이터로, 나무 밑으로, 가게로……

"그곳에 숨어 있는 줄 다 아니 이제 그만하고 나와라."

"……"

나는 아이를 꼭 껴안아 주었다. 왜 하필 침대 밑이었을까. 어릴 적 담장 밑에 습하게 앉아 있던 내 모습이 겹치며 떠올랐다. 나는 하마터면 아이를 껴안은 채 울 뻔했다.

아무렇지도 않은 척, 마치 딴청을 피우듯 아이는 오후에 내게 전화를 했다.

"아빠, 제 주먹 두 개만큼 큰 나뭇잎 한 장만 주워다 주세요. 학교 가져가야 해요."

아이는 화해의 손을 내밀었다. 나는 흔쾌히 받아들였다.

저녁밥을 먹으면서 아이와 나는 아프리카 짐바브웨의 한 국립공원을 소개하는 프로그램을 시청하고 있었다. 기린과 얼룩말이 함께 어울려 풀을 뜯고 있었다. 위아래 층에 사는 이웃들처럼. 아이는 숟가락을 든 채 나를 바라보며 말했다.

"아빠, 아빠가 제일로 좋아하는 기린과 얼룩말은 싸우지 않나 봐요."

순간 나는 웃음이 터져 나오는 것을 꾹 참았다. 그 말에는 뒤가 있었다. 나도 응수하듯 아이에게 말했다.

"그런데 너 왜 하필 침대 밑에 숨어 있었어?"

아이가 한숨을 내쉬듯 꺼져 가는 목소리로 말했다.

"우리 다 지나간 일이잖아요."

나는 더 이상 아무 말도 할 수 없었다.

그러나 아이와 나의 싸움은 둘만의 화해로 끝나지 않았다. 밤에 아내는 아이를 불러 세웠다. 그리고 아이에게 차근차근 따져 물었다.

"너는 너보다 두세 살 적은 애가 네가 말할 때마다 말대꾸하면 기분이 어때? 좋아?"

"……"

아이는 우물쭈물 망설였다.

"그런데 네가 너보다 서른 살이나 많은 어른에게 말대꾸를 하고 말을 안 들으면 그 어른은 어떤 마음이 들까?"

아이보다 나이가 서른 살이 많은 어른이라니. 아내는 나의 존재를 '아빠'라고 말하지 않고 "너보다 서른 살이나 많은 어른"이라고 바꾸어 불렀다. 하기는 그렇게 쉽고 단순하게 말해야 아이가 자기의 잘못을 보다 분명하고도 빠르게 반성할 것이다. 그러나 이게 웬일일까. 아내의 그 말을 멀리서 벽에 기대어 듣고 있자니 나 또한 아내 앞에 불려 세워지는 느낌이 들었다.

아내의 그 말을 가만히 곱씹고 있자니 이상하게도 '슬하膝下'라는 말이 나의 마음속에서 천천히 사라지는 것을 느꼈다. 아이는 나의 슬하에 더 이상 있지 않다는 생각이 들었다. 몸은 날로 커지고 당차게도 할 말을 다 하고 마는, 대나무 한 그루처럼 날로 꼿꼿해지는 열 살 소년을 내 무릎 아래에 어찌 둘 수 있을까. 더구나 자애로운 무릎도 아닌 바에야. 이래저래 만 가지의 생각이 스쳐 가는 밤이었다. 그리고 나는 흐뭇하게 웃고 말았다.

매미와 포도

●
●
●

여름의 명물은 매미가 아닌가 싶다. 그들 무리는 온종일
울어 댄다. 한 번쯤 뚝 그칠 법도 하지만 쉼 없이 고집불통
으로 운다. 그러나 매미가 우는 데에는 그들 나름의 질서가
있다. 그들은 교대로 운다. 참매미가 울면 유지매미나 쓰름
매미는 울 차례를 기다린다. 그들은 순서 있게 따로 운다.
그래야 짝을 찾고 부르는 소리를 다른 울음소리가 훼방하지
않게 되기 때문이다. 성충이 되기까지 세 해를 기다려야 하
고 여름 하늘 아래 이레를 울다 간다고 하니 울음이 왜 절박
한지 짐작이 가기도 한다.

작고한 시인 박용래는 매미 소리를 "원목原木 켜는 소리"
라고 했다. 베어 낸 그대로의 상태인 것이 원목이니 그것을
톱날로 켤 때에는 나무의 향이 물큰물큰할 터, 시인은 아마

도 생명이 내는 울음, 그 원음原音을 들었을 것이다. 박용래는 또 "누님의/ 반짇고리/ 골무만 한/ 참매미"가 운다고 썼다. 박용래를 일러 문단에서는 "우주의 비밀을 푸는 신의 대리인"이라고 불렀지만, 시의 이런 구절은 참으로 의미심장하다. 참매미 울음소리 하나를 들으면서도 시인은 매미의 작은 몸통을 생각함과 동시에 바늘에 실을 꿰어 옷을 짓고 꿰매는 어린 누님을 생각한 것이니 여기에는 누님을 바라보는 남동생의 슬픈 시선이 들어 있는 것이다.

　쩌렁쩌렁하도록 매미는 울고, 그 울음소리를 들으며 우러러 바라보는 하늘은 밑이 쩍쩍 금이 간, 벌건 솥을 뒤집어 놓은 것 같지만 이런 더위 덕에 여름 과일이 익고 있다. 포도가 검붉게 익는 데에는 볕이 강해야 하는 만큼 요사이의 이런 뙤약볕은 더없이 귀한 것이다. 나는 포도원에 가서 포도가 익는 것을 보고 포도가 익는 것을 돕는다. 포도송이를 가만히 만져 보고 또 만져 보기도 한다. 익어가는 포도송이는 눈웃음을 짓고 또 짓는 것만 같고 사근사근해 보이기까지 한다. 길둥근 포도송이가 이처럼 완성되기까지는 많은 생명들이 손을 보탠 덕이 크다. 내 아버지와 어머니의 일로 미루어 짐작해 보건대, 포도송이를 가꾸려면 며칠 동안 밭에 나가 포도알을 솎아 내야 한다. 포도알은 장대비가 한 차례 지나가기만 해도 금세 굵어져 포도알들이 서로 한 자리를 두고 다투는 통에 툭 터지고 만다. 해서 포도알과 포도알 사이를 미리 충분히 헐렁하게 만들어 주어야 한다.

농사가 평년작을 훨씬 웃돌려면 손 여문 농부의 힘만으로 되는 게 아니다. 볕과 들바람과 물과 노을과 공기의 손도 얻어야 한다. "생김새가 모난 과일은 없다"라는 말을 어른들로부터 듣긴 했지만, 과일 하나를 둥글게 무르익게 하는 것은 이 모두의 합심이요, 합작인 셈이다. 한 알의 과일이 익는 이치도 이러하니, 과일보다 덜 유순한 사람이 익는 일 또한 이런 틀에서 크게 벗어나지 않을 것이다. 제힘으로 모든 일이 원만해졌다고 우쭐거리며 뽐내는 이들이 간혹 있으나 그것은 참으로 교활하면서도 모태母胎 없는 양 구는 격이다. 나의 원만과 충일과 환대에는 다른 이들의 도움이 들어 있는 것이다. 그리고 보면 여름 곤충을 대표하는 매미들이 번갈아 우는 그 순차적 진행이나 포도송이의 익음에는 협력적 율동이 있다. 여름에 우리는 이것을 듣고 보아야 하는지도 모르겠다.

들꽃과 하얀 커피 잔과
종이 카네이션

선물은 언제나 즐겁다. 받는 사람도 건네는 사람도 즐겁다. 시원한 한 컵의 물 같다. 마음도 몸도 산림욕을 하는 것 같다. 선물을 받는 사람이 기뻐하는 것을 보고 있으면 나의 기쁨은 더 커진다. 그러므로 선물은 내가 다른 이에게 건네는 것이면서 동시에 나에게도 건네는 것이 된다. 선물은 줌으로써 동시에 받게 된다.

내가 이 세상에서 제일 처음으로 선물을 한 때는 아홉 살 무렵이었던 것 같다. 내가 다닌 초등학교는 아주 작은 시골 학교였다. 작은 운동장과 한 동의 건물이 전부였다. 학년 당 한 학급씩, 한 학급은 마흔 명 정도의 학생이 다녔다. 전교생이라야 고작 200여 명 정도 되었다. 누가 누구의 오빠인지, 누가 누구의 동생인지를 우리는 모두 다 알고 있었다.

나의 아버지도, 나의 어머니도, 누나들도, 여동생들도 모두 이 초등학교를 다녔다.

집으로 돌아오는 데는 한 시간 정도 걸렸다. 아주 천천히 너무 느리게 우리는 걸어 다녔다. 빈 도시락에서 수저가 딸가닥거리는 소리를 등에 업고서. 여름에는 내에서 멱을 감다 집에 갔다. 냇물이 귀에 들어가면 따뜻한 돌을 귀에 대었다. 가을에는 탱자나무 울타리에 난 작은 구멍을 통해 사과 과수원에 들렀다 갔다. 얼굴만큼 큰 사과를 과수원 주인 몰래 양손에 쥐었을 때의 기쁨이란 참으로 컸다. 모두가 악동이었다.

2학년 스승의 날의 일로 기억된다. 선생님에게 선물할 것을 마땅히 찾을 수가 없었다. 상추를 갖다 드릴 수도 없고 (지금은 훌륭한 선물이 되겠지만), 산미나리 한 다발을 갖다 드릴 수도 없었다. 아이가 어떻게 채소도 선물의 대상이 될 수 있다는 것을 알겠는가. 궁리 끝에 나는 빈 병을 하나 주워, 그걸 샘물로 헹구고, 물을 병의 목까지 담았다. 그리곤 들꽃을 꺾어 병 속에 넣었다. 화병과 꽃을 선물한 것이었다.

선생님의 의외의 반응에 나는 다소 놀랐다. 선생님은 너무나 활짝 웃으셨다. 들꽃이 선물이 될 수 있다니. 신기한 일이었다. 시골에 널린 게 들꽃이요, 시골에 나뒹구는 게 빈 병 아닌가. 나는 당시에 왜 그것이 멋진 선물이 되었는지 잘 몰랐다. 한참 더 큰 후에야 달무리를 보듯 대충의 뜻을 알게 되었다. 들꽃은 키 작은 아이의 조그마한 정성이었던 것이다.

내가 다시 선물을 생각하게 된 것은 대학교를 다니면서부터였다. 지금의 아내를 나는 대학교 1학년 때 만났는데, 가뭄의 밭 같던 내 마음에 촉촉한 단비 같은 사랑의 감정이 생겨났다는 것을 알았을 때에는 나도 적잖이 놀랐다. 사실 나는 시골의 청년이었기 때문에 사랑의 감정이 어떤 것인지를 잊고 살았다. 사랑의 감정은 종소리가 퍼지듯이 내 몸속으로 깊이 들어왔다.

나는 과외를 해서 밥값과 책값을 대고 있었다. 그러던 늦가을, 내 연인의 생일이 다가왔다. 무엇을 사서 선물해야 할지 감을 잡을 수 없었다. 해서 그냥 무작정 백화점엘 갔다. 나의 짐작대로 백화점은 너무 비쌌다. 1층서부터 꼭대기 층까지 몇 번을 왔다 갔다 하면서 선물을 골랐다.

나는 지금도 내가 왜 그때 그 선물을 덜컥 샀는지 알 수가 없다. 스무 살에 산 선물이, 그것도 연인에게 줄 선물이 하얀 커피 잔이었다면 당신은 믿겠는가. 아무런 문양도 없이 오로지 하얗기만 한, 밋밋한, 유행을 전혀 탈 것 같지 않은, 그런 잔 두 개였다. 나는 그 선물을 버스 정류장에서 연인에게 건네고 곧바로 돌아섰다. 얼굴이 화끈거려 그 자리에 도저히 서 있을 수가 없었다. 그 일로부터 벌써 18년이 흘렀다.

그런데 며칠 전의 일이었다. 일요일 아침에 아내가 커피를 한 잔 하겠느냐고 물었다. 그러자고 했다. 잠시 후 아내는 두 잔의 커피를 들고 소파로 왔다. 그런데 이런 일이……. 내가 대학교 때 처음으로 선물한 하얀 커피 잔이었다. 아내는 나로부터 커피 잔을 받아서는 어른들이 좋아할 것 같다는 생각에 아버지 어머니에게 보냈고, 지난해에 우연히 아직 그 커피 잔이 제주도 아버지 어머니 집의 부엌에 있다는 것을 알고 웃음이 나왔다고 했다. 그래서 그 잔을 가져왔노라고 했다. 나와 아내는 18년 전으로 함께 돌아갔다. 행복했다. 18년 만에 나의 선물이 나의 연인에게 전달되는 순간이었다.

또 하나 내 머릿속에 맴돌고 있는 선물은 종이 카네이션이다. 종이 카네이션은 향기가 없다. 그냥 색종이이므로. 내가 자란 시골마을에서는 5월에 이 종이 카네이션이 대유행이다. 종이 카네이션에는 삐뚤삐뚤한 글씨로 '어버이의 은혜에 감사합니다'라고 적혀 있다. 늙은 부모님들은 이 종이 카네이션을 종일 가슴에 달고 다닌다. 종이로 만든 것이므로 조금 구겨질 뿐 시들지는 않는다. 물론 나의 부모님도 나의 아이들이 만든 종이 카네이션을 달고 다닌다.

선물에는 값을 매길 수 없다. 선물은 마음의 포장이기 때문이다. 좋은 선물은 그러므로 시중의 상품이 아니다. 내가 최근에 받은 선물 가운데는 목걸이가 하나 있다. 조각칼로 손수 나무를 깎아 만든 물고기 목걸이였다. 그런데 그는 물고기의 몸에 비늘 대신 꽃잎 세 개를 새겨 나에게 주었다. 비릿함 대신 꽃잎의 향기를 담아 준 것이다. 나는 이 목걸이를 내 서재에 걸어 두고 있다. 몇 시간 동안 조각칼을 들고 나무를 다듬어 나갔을 그를 생각하면 너무나 고맙다.

좋은 선물은 받는 사람의 마음을 움직인다. 간곡함이 있기 때문이다. 빈 병에 담은 들꽃이나, 무늬가 없는 아주 평범한 하얀 커피 잔이나, 향기가 없는 종이 카네이션이나 겉으로는 분명 볼품이 없다. 그러나 그 선물을 가꾼 사람의 마음은 세속의 저울로 무게를 가늠할 수 없는 것이다. 선물을 가꾼 사람의 마음은 산처럼 크고 바다처럼 깊기 때문이다.
진심이 들어 있는 선물이 메아리처럼 파도처럼 이 세상에
많이 오갔으면 좋겠다.

여름 산사

●
●
●

며칠 전 절에 다녀왔다. 지게에 뭔가 점점 더 많은 짐을 싣고 있는 사람처럼 느껴졌기 때문이었다. 이러다간 한 걸음은커녕 일어서지도 못할 것 같았다. 몸도 마음도 막 부린 뒤끝이었다. 마음이 급체한 듯했다. 그래서 여름 산사를 찾아갔다.

여름산은 몸이 건장했고, 숲은 빼곡했고, 무성한 나무 그늘은 깊었다. 나는 숲길을 걸어갔고, 바위에 앉아 숨을 고르며 물소리와 새소리를 들었다. 가만히 앉아 있으니 물소리가 점점 명백하게 물소리로 들리기 시작했다.

생각이 번잡하게 일어나는 것을 줄이고 앉아 있었다. "있는 그대로가 귀하니 일부러 꾸미지 말라無事是貴人 但莫造作"는 임제 선사의 말씀이 생각났다.

둥근 통에 담긴 물처럼 고요해졌다. 나의 몸을 한구석에 앉혀 두고 다른 생명들이 움직이는 것을 바라보았다. 내 의지대로 바깥을 움직이지 않고, 바깥이 움직이는 것을 잠잠히 말없이 바라보았다. 나로 인해 그들 세계가 교란되지 않도록 한구석에 앉아 있다 조용히 일어서 절로 돌아갔다.

천천히 절로 걸어 돌아와 저녁 예불을 올렸다. 산나물과 말간 국으로 차려 낸 아주 간소한 밥상으로 저녁을 먹었다. 스님께서 차를 내주셨다. 스님과 햇차를 달여 마셨다.

찻잔에는 산빛, 물빛이 어렸고, 창문으로 시원한 바람 한 자락이 불어 들어왔다. 초의 선사가 "솔 솔 솔 찻물 끓는 소리 시원하고 고요하니/ 맑고 찬 기운 뼈에 스며 영혼을 일깨우네"라고 노래한 뜻의 대강을 짐작할 수 있을 것 같았다.

돌아가겠노라고 스님께 아뢰고, 스님의 처소를 나와 대웅전에 가만히 소종小鐘처럼 한 차례 더 앉아 있었다.

내가 나를 바라보니, 마음대로 되지 않는다고 투정부리는 아이처럼 느껴졌다. 무정차 버스를 타고 어딘가 서둘러 가는 사람처럼 느껴졌다. 어디로 가는지 알지도, 묻지도 않으면서. 들사슴처럼 놀라서 뛰어가는 뒷모습이 얼핏 보였다. 마치 달빛을 탐내서 물에 뜬 달을 바가지로 퍼 항아리에 담아 가는 사람처럼 어수룩하게 보였다.

내가 절을 찾아가는 것은 어떤 큰 것을 얻으려는 목적에 있지는 않았다. 다만 내 삶의 속도를 잠깐 돌아보고 싶은 작은 소망이 있을 뿐이었다. 삶을 다소 느릿하게 살면 그만큼 넓은 시야를 얻을 수 있다고 했기 때문이었다. 마음을 쉬게 하고, 그리하여 잠깐이나마 골짜기를 내려오는 바람처럼 자유로웠으면 좋겠다는 작은 소망이 있을 뿐이었다.

고려시대 학자 이규보가 산승山僧의 얽매이지 않는 마음을 읊기를 "고목나무 옆의 쓸쓸한 방장/ 감실에는 등불이 빛나고 향로에는 연기 이니/ 노승의 일상사 어찌 번잡하게 물어야 알리/ 길손이 이르면 청담하고 길손이 가면 존다"라고 했으나, 그것은 내가 궁극에 가 닿으려는 바는 아니었다. 어찌 감히 꿈에라도 언감생심 그 경지를 바라겠는가.

내가 바라는 것은 가령 다음과 같은 삶의 태도였다. 다만 좀 덜 받아도 섭섭해 하지 않기, 화가 불기둥처럼 일어도 화를 외면하기, 거친 말을 입에 담지 않기, 뒤로 물러나 앉기 등등이었다. 그러나 제대로 한 게 없었다.

산 그림자가 골짜기를 따라 내려와 절이 캄캄해지고 나서야 나는 대웅전을 나왔다. 탑을 몇 바퀴 돌고 돌아섰다. 절

마당같이 텅 빈 공간이 하나 마음에 생긴 것 같았다. 맑은 물이 돌돌 흘러나오는 샘이 하나 가슴속에 생긴 것 같았다.

청보리밭에 앉아

•
•
•

청보리밭에 앉아 있었다. 청보리밭에 내려오는 햇살을, 지나가는 바람을 만났다. 한 시인은 청보리의 맑고 투명한 허리를 보았다고 했다. 나도 그 푸른 허리를 보았다. 속되게도 몰래 껴안고 싶어졌다.

무슨 까닭에선지 보리밭에 앉아 내가 이 세상에 와서 처음 눈물을 흘리던 때를 생각했다. 내 첫 울음터는 큰 장독 뒤였다. 감꽃 같은 눈물이 뚝뚝 떨어졌다. 내 최초의 눈물은 세상에 대한 아주 사소한 서운함 때문이었을 것이나, 지금 그때를 돌이켜 보면 가장 순도 높은, 가장 설레는 가슴과, 감꽃처럼 여리고 고운 마음이 있었던 것이다.

나는 말없이 이 보리밭의 풍경이 세상 최초의, 가장 깨끗한 마음의 풍경이겠거니 생각하며 보리밭을 바라만 보았다. 내 몸 안으로 청보리밭이 가득 들어왔다. 그것은 갓 길어 올린 차가운 우물물로 몸을 씻는 것 같았다. 우물 속으로 내려가 우물 속에 낀 이끼들을 양손으로 다 만져 보는 느낌이었다. 새로이 샘솟는 물만이 만져 보았을 선명한 이끼들. 아, 보리밭의 이 청명함을 빌려 짐짝 같은 내 몸을 헹구고 싶었다.

보리밭은 미풍에도 찰랑거렸다. 바람이 불어오면 보리밭은 미성으로 대답했다. 목가牧歌를 부르듯이. 보리밭은 바람의 움직임을 허락했다. 마치 우리의 코가 바람을 들이마시며 바람을 허락하듯이. 바람을 만난 보리밭은 무희가 춤을 추는 듯 출렁출렁했다. 왼 어깨가 올라가기도 하고, 발놀림이 앞뒤로 움직이기도 하고, 쓰러질 듯 기울어지기도 했다. 세상에서 최초로 고안된 춤의 대강大綱이 저것을 흉내냈겠거니 했다.

나는 이제 박력의 힘으로 이 세상을 살아가지는 않겠다고 마음을 먹었다. 이 보리밭의 육체로, 이 흔들리는 푸른 의상衣裳으로, 투덜대지 않는 가슴으로 세상의 연인이 되겠다고 마음을 먹었다. 연인이란 그런 사이 아닌가. 한 호흡으로 그이가 가는 대로 가는 것, 궁지에라도 함께 쓸려 가는 것, 그리고 마지막 날에는 천천히 손을 잡아 서로를 일으켜 세워 주는 것, 그것이 가장 큰 사랑의 모습이다.

보리밭에 앉아 이처럼 움직이는 보리밭이 나의 내부가 되었으면 좋겠다는 생각을 했다. 실체랄 것도 없이 바람의 무게를 온전히 느끼는 이 보리밭의 시간. 변화하지 않고 넘쳐나지도 않는 이 시간의 지속. 내 마음에 바다처럼 싱싱하게 일어나는 움직임이 있다는 것을 나는 알게 되었다. 부패하지 않는 움직임, 쉬지 않는 움직임. 움직임이 있다는 것은 생명에게 얼마나 큰 축복인가. 나에게 은거가 필요하다면 보리밭에서 그리하겠다. 보리의 투명한 허리에서 살겠다.

누나는 나를 업고
나는 별을 업고

●
●
●

　개밥바라기별. 누나의 등에 업혀서 처음 보았던 별. 하얀 궁전과 같이 핀 목련꽃 너머로 바라보던 별. 소년이 되어 시골집 마당에서 올려다보던 밤하늘은 그지없이 좋았다. 밤하늘은 마치 뛰는 심장 같았다. 은하수는 보석을 뿌려 놓은 듯했다. 언젠가는 마당에 서서 새로 산 손전등을 들고 하늘을 비춰 보았다. 물론 꾸중을 들었다. 그러나 별을 자세히 보고 싶었다.

　푸른 개울이 흐르고, 은빛 피라미 떼가 헤엄치고 있었다. 신생의 별도 있었다. 별과 별 사이 무한하고 광대한 곳에서 바람이 오고, 이슬이 오고, 눈송이가 왔다. 별을 바라보는 일만으로도 배가 불렀다. 별이 나를 위로했고, 내가 별을 위로했다. 그것은 서로에게 중심이 되어 주고, 둘레가 되어 주

는 일이었다. 중심을 내주면서 사랑하는 법을 배웠다. 어른
이 되어서도 별에게는 우리 모두 소년이 되어야 마땅하다.
은하수 속으로 손을 쑤욱 집어넣어 별을 낚아채겠다는 그
당차고 천연한 어린이의 마음 말이다.

저편 능선 너머로 별똥이 떨어질 때면 아, 하는 탄성이 절
로 나왔다. 친구 가운데는 언제가 꼭 한번 별똥을 주우러 가
겠다는 아이도 있었다. 결국 그이도 이젠 다 자라 버렸지만.
봄 산에는 새가 울고, 부드러운 꽃잎은 바람에 흩날렸다. 그
시절은 알프레드 드 뮈세가 시 '롤라'에서 썼듯이 "대지 위의
하늘이/ 신의 백성들 사이로 걸어 들어와 숨 쉬던 시절"이
었고, "그때 모든 것은 신성했다. 인간의 고통까지도./ 그때
세상은 오늘날의 세상이 소멸시킨 것을 숭배했다" 숲과 땅
과 하늘과 사람이 타고난 그대로 온전하던 때였다.

이런저런 생각을 하다 보니 개밥바라기 별이 보고 싶어졌
다. 그 별을 넋 놓고 보겠노라고 천문대에 간 적이 한 차례
있긴 했다. 그러나 그날은 구름이 많았다. 천체망원경으로
별을 보기 위한 대기 행렬의 처음에 섰던 나의 아이는 별을
볼 수 있었지만, 행렬의 끝에 선 나는 결국 보지 못했다. 아
이는 탄성을 지르며 내 앞에서 자랑을 늘어놓았다. 부러웠

지만 그날의 불행은 어쩔 수 없었다.

대신 그날 나는 한 장의 사진을 인상 깊게 보았다. 사진 아래에는 '창백한 푸른 점'이라는 제목과 함께 "이 빛나는 점을 보라. 그것은 바로 여기, 우리 집, 우리 자신인 것이다. 인류의 역사에서 그 모든 것의 총합이 여기에, 이 햇빛 속에 떠도는 먼지와 같은 작은 천체에 살았던 것이다"라는 설명이 붙어 있었다.

후에 알고 보니 그것은 1990년 무인 우주탐사선 보이저 1호가 지구로부터 64억 킬로미터 떨어진 태양계 외곽에서 지구를 찍어서 전송해 온 사진이었고, 그 사진에 대한 설명글은 미국의 유명한 천문학자 칼 세이건이 쓴 것이었다. 지구의 보잘것없는 모습을 보여줌으로써 더 큰 가치를 얻게 된 한 장의 사진이었다. 지구가 "다른 많은 점들과 분간하기 어려운 외로운 한 개의 픽셀점"이라니.

순간 내가 지금 이곳에서 살고 있는 일이 어떤 일인지를 스스로에게 질문했다. 그 질문은 돌연한 것이었지만 불가피한 것이었다. 천체로 막 뻗어 나갔던 생각이 지구로 귀환하는 우주선처럼 이내 다시 내가 선 자리로 뚝 떨어졌을 때, 나는 잠깐의 충격적인 낙차를 경험했다. 곁에는 아이가 생글생글 웃고 있었다. 나는 아이의 머리를 가만히 쓰다듬었다. 이를테면 이 놀랄 만한 우주적인 인연에 감사해 하면서.

다시 천문대에 가 보아야겠다는 생각을 했다. 가서 가슴에 별을 심고, 별을 키워야겠다. 별의 바탕인 어둠을 보지 말고, 캄캄한 어둠 속에서 초롱초롱하게 빛나는 개밥바라기 별을 보아야겠다. 그 별을 바라보고 있으면 아직도 누나는 나를 업고 있고, 나는 그렁그렁한 별을 하나 업고 있겠지.

3년 만에
돌아온 제비

시골집에 3년 만에 제비가 돌아왔다. 멱이 붉고 등은 검푸른 제비이다. 봄산에서 고사리를 꺾어 온 어머니와 나는 제비가 날아오르는 것을 바라본다. 제비는 아주 큰 원을 그리다가 절벽에라도 닿은 듯 급하게 곤두박질치며 날고 있다. 나는 소년이 되어 제비의 아슬아슬한 비행에 놀라 연방 몸을 움찔움찔한다. 내가 둘러멘 걸망에는 산나물 냄새가 가득하고, 어머니와 내가 바라보는 우리 집 하늘에는 제비가 봄을 물고 와서 날고 있다. 제비의 배경에서 산은 벌써 연초록의 신록을 새롭게 갈아입었다.

제비가 돌아왔지만 시골집 처마 아래에는 제비집이 없다. 제비가 떠나던 날 누군가 장대를 들고 제비집을 허물어 버렸기 때문이다. 어머니는 고사리 삶을 물을 끓이고 있고, 나는 간만에 처마 아래 빈자리를 올려다본다. 저곳에서 한 식구의 제비들이 살았다. 아침에 일어날 때에도 제비들의 울음소리에 잠을 깼다.

제비의 지저귀는 소리를 듣고 있으면 마치 악기를 하나씩 물고 부는 작은 분교의 교실 같다. 악보를 달리 읽어 대는 통에 약간은 화음을 이루지 못하지만, 마치 금관악기 가운데 피콜로 같은 것을 불 때의 그 특유의 맑고 예리하고 한 옥타브 높은 음$_{\text{곱}}$들의 반짝임. 마치 노랗게 익은 살구를 먹을 때의 그 맛.

일요일 아침, 나는 제비의 우는 소리에 깨어 기지개를 펴고 창문을 열고 바깥을 느긋하게 바라보곤 했다. 들길로 경운기가 나가는 모습이 보이고, 부지런한 농부들은 모내기를 막 시작하고 있었다. 식전에 논에 다녀온 아버지는 장화를 벗고 계셨고, 착한 누이들은 밥상에 수저를 놓으며 어머니를 돕고 있었다. 어머니는 어서어서 아침을 먹고 다 같이 들에 가서 일을 하자고 하셨다.

그러나 제비가 돌아와서 제일로 경사스런 일은 제비의 새끼들이 태어나던 때였다. 새 식구가 생긴 것이다. 끼니때가 따로 없이 늘 배고프다고 입을 최대한 벌리고 우는, 털이 없

는 새끼들. 어미 제비는 멀리 날아갔다 먹이를 물고 수시로
돌아왔다. 어미가 돌아올 때에만 잠깐 어린 새끼들의 울음
소리는 멎었다. 나는 사다리를 타고 올라가 어린 새끼들이
자라는 둥지를 몰래 들여다본 적도 있었다. 몰래 꺼내서 나
의 손 위에 살짝 올려놓기도 했다.

　나에게 그 예전의 풋풋한 풍경들을 다시 떠올리게 하면서
제비가 돌아왔다. 나는 한동안 제비에게 근접해서 살아갈
것이다. 제비는 수없이 하늘과 땅을 날며 제일 먼저 둥지를
지을 것이다. 그러는 동안 살구가 익을 것이다. 초여름에는
새끼가 태어날 것이다.

　3년 만에 우리 집으로 다시 돌아온 제비를 보면서 나의
삶에도 이처럼 반갑게 돌아올 것이 있는지 생각한다. 내가
혹시 빠트리고 초청하지 않은 손님들은 없는지 생각한다.
제비가 돌아온 일 자체로 내 삶에는 경사스런 예식이 시작
되었다. 나는 벌써 설렌다. 멋진 연미복을 입고 예식장에 들
어서면서 면사포를 쓴 신부를 맞는 신랑의 마음처럼.

　어머니는 고사리를 다 삶았으니 건져 내서 널라고 나에게
말씀하신다. 고사리 삶은 냄새를 맡으러 나는 부엌으로 간
다. 내가 제일로 좋아하는 봄의 냄새이다.

노모

•
•
•

　가끔 시골집엘 가면 나는 고샅을 돌아 멀리 논두렁길이며 기찻길, 더 멀리는 찬 저수지까지 산책을 한다. 그럴 때 물오리 어미와 새끼들, 포도나무 밭, 비틀거리는 걸음걸이로 밭에서 돌아오는 촌부를 만난다.

　하지만 그 가운데 등뼈 같은 풍경은 염소 떼를 보는 일이다. 풀을 뜯고 있는 한 가족의 염소 떼와 눈이 마주치는 일이다. 사람이 염소보다 여러모로 우위에 있지만, 짐승과 딱 손뼉 치듯 마주쳤을 때는 어떤 섬뜩함이 있다. 그런데 염소가 기특한 것은 방어 심리에 있다. 낯선 사람이 다가가면 대개 무리 가운데 암컷이 뿔을 세우고 뒷발로 땅을 긁어내면서 위협을 한다. 혹시 내가 그네들을 해치지 않을까, 눈을 부릅뜨는 것이다. 나는 내 어머니를 생각하면 '눈을 부릅뜬

암컷 염소'가 단박에 떠오른다.

송글송글 떼 지어 다니는 송사리 떼처럼 다섯 명의 아이를 둔 내 어머니는 아버지를 좀 낭만적으로 만나기는 한 것 같다. 내 외삼촌이 시골 이발사였는데, 이발관에서 일을 돕던 내 어머니에게 아버지가 연애편지를 몰래 전달해 사랑이 피어났다고 한다. 그러나 결혼생활과 자식을 길러 내느라 이제 내 어머니는 돌부처처럼 눈도 코도 닳아 내려앉았다. 아버지와 어머니는 천수답 두 마지기로 결혼생활을 시작했다.

내 어릴 적 풍경에는 '어머니의 혀'가 하나 있다. 나는 오글오글 몰려다니며 놀다 눈에 검불이 들어간 적이 한두 번이 아니었다. 그때 어머니는 바가지 물로 입을 헹궈 내시고 당신의 가장 부드러운 살인 혀로 내 눈을 핥아 주셨다. 나는 '보은'을 생각하는데 격절한 것이 있지만, 내 어머니를 생각하면 당신의 그 혀를 생각하지 않을 수 없다.

또 하나 사무치는 풍경은 어머니가 연초 공장을 다니시던 때의 일이다. 집에서 20리쯤 떨어진 길을 걸어가서 낮 동안 일을 하다 다시 20리 떨어진 집으로 돌아오시던 그 모습이며 물컹하게 젖은 골목길을 잊을 수가 없다. 어머니의 몸에서 나던, 가죽나물보다 더 독한 담배 냄새를 잊을 수 없다. 누이가 더 어린 누이를 업고 어머니가 돌아오시기만을 기다리던 그 쓸쓸한 저녁의 풍경은 아직도 나에게 깊은 그늘처럼 드리워져 있다.

마지막 풍경은 찬비가 겨처럼 우수수 지던 겨울밤 풍경이다. 쇠죽이 끓는 정지에서 게으른 아들의 종아리를 매질하던 모진 어머니의 모습이 있다. 캄캄한 어둠의 뒤란에서 밤늦도록 찬비를 맞으며 서 있어야 했던 내 어릴 적 모습이 가끔 생각난다.

이제 어머니는 이 빠진 그릇처럼 여기도 아프고 저기도 아프다고 한다. 어머니를 보면 한 채의 앉은뱅이 집을 보는 것 같다. 아귀 같은 세월을 살아오면서 벼락도 맞고 늦눈보라도 맞아 이제 어머니는 별로 성성한 곳이 없다. 층층시하 자식을 두었지만 어머니의 품은 갈대의 품처럼 거칠고 삭막하기 그지없다. 다리는 사슴보다 여위었고, 살갗은 옻처럼 검어졌다. 어머니는 어느새 조백했다. 한 꿰미의 북어를 사 들고 기뻐 돌아오던 어머니의 환한 미소는 어디로 갔을까.

물고기가 물을 떠날 수 없듯이 나는 내 어머니의 품을 떠날 수 없다는 것을 안다. 감꽃 져 내리던 날, 텅 빈 마루에 홀로 넋을 놓고 계시던 내 어머니의 젊은 시절도 떠나보낼 수가 없다. 아마 오늘 이 낮에도 어머니는 들일을 마치고 와 가쁜 숨을 내려놓으며 마루 한 구석에 기대어 앉아 있을 것이다.

흰떡을 좋아하시는 내 어머니, 한 시루의 흰떡을 쪄 젊은 내 어머니에게 그리고 이제는 조백한 내 어머니에게 나는 돌아가야겠다. 세상 어디에도 없을 그 나무 그늘에게로 더 늦기 전에 돌아가야겠다.

추색

•
•
•

하루가 다르게 날이 차가워지고 있다. 서리가 내리기 시작한다는 상강이 지난 지 한 주, 입동 또한 이레 앞에 있다. 공기가 차가워짐을 살결로도 실감하는 때라 그런지 예부터 시를 짓는 이들은 이즈음의 시간에 아주 민감했던 것 같다.

중국 진나라의 장한은 자기 고향의 명물인 순챗국과 농어회를 잊지 못해서 관직을 그만두고 홀연 고향으로 돌아갔다. 아마도 가을바람이 쌀쌀해지는 이 무렵의 일이 아니었을까 싶다. 이 유명한 고사에서 '순갱노회'라는 말이 유래했다.

시인 이백은 서리에 민감했던 모양이다. "백로 한 마리가 가을 물에 마치 흰 서리 떨어지듯 날아와 외로이 앉는다"라고 썼고, 시 '월녀사越女詞'에서는 "나막신을 신은 여인의 발

은 서리같이 흰데/ 끝이 뾰족한 버선조차 신지 않았네"라고
써서 월越나라 여인들의 풍정을 노래했다. 물론 여인의 찬
발을 이백은 보았을 것이다.

17자로만 구성된 참으로 짧은, 일본의 하이쿠 시편들을
최근에 다시 보았는데, 하이쿠 시편들을 읽으며 혼자 재미있
어 한 것은 일본의 하이쿠 시인들의 시에 등장하는 추색秋色
의 내용이었다. 독특하게도 '무'가 더러 등장했다. 1,000구
가량의 하이쿠를 남긴 마쓰오 바쇼는 이렇게 썼다. "국화 진
다음 무보다 더 나은 것 또 있을거나." 국화의 고아함도 좋
지만 가을, 겨울 식탁에서 빼놓을 수 없는 음식 재료인 무도
좋다는 소탈한 마음을 엿볼 수 있었다. 오랜 시간 방랑 생활
을 했던 바쇼는 자신의 홑지고 외로운 처지가 무 밑동 같다
고 느꼈을지도 모를 일이다.

고바야시 잇사의 하이쿠에도 이 무가 등장한다. "무를 뽑
아서 무로 내가 갈 길을 가르쳐 주었네." 고바야시 잇사는
시골길을 가고 있었던 모양인데, 길을 묻자 무를 뽑던 농부
가 뽑아 든 무를 들어 길을 일러 주었다는 것이다. 공중에
들어 올린 무에서 흙냄새가 훅 끼쳤을 것이다.

시집을 넘겨 읽다 덮고는 이 가을에 내가 보고 있는 추색

은 무엇인지 생각해 보았다. 붉고 노란 가을 잎사귀인가. 마르는 풀잎인가. 넘어지는 침묵인가. 생각 끝에 도토리가 생각났다. 시골집에 가서 본 그것들 때문에 생각이 그렇게 가닿은 듯했다. 쪽마루 가득 동글동글한 도토리들이었다. 반질반질 윤이 나는 이마들, 야무지고 올찼다. 어머니가 수시로 나무 아래에 가서 주워 왔다고 하셨다. 손이 많이 가지만 나중에 묵을 만들어 먹자고 하셨다. 나는 이 도토리들만 먹어 가며 겨울을 나도 한참 남겠다고 웃으며 말했다. 뱀과 벌이 사나워지는 때이니 이제 산에는 그만 가시라고 말씀드렸다. 그리고 도토리 몇 개를 주머니에 넣어 왔다.

내 책상 한 귀퉁이에는 열매와 씨앗들이 몇 개의 접시에 조금씩 쌓여 있다. 언젠가 선운사에 가서 하얀 차꽃을 보고 돌아온 날에도 차나무 열매를 얻어 와 접시 위에 올려놓았다. 나는 작은 접시 위에 올려놓은 도토리를 보면서 도토리가 나무에서 툭, 툭, 떨어지는 그 낙하의 첫소리를 가만히 생각해 보았다. 떨어져 구르는 소리를 떠올려 보았다. 가슴을 가볍게 톡, 톡 건드리는 게 있었다. 순챗국과 농어회, 서리, 무 아니어도 지금 내가 바라보고 있는 도토리 한 알에도 가을이 묻어 있다. 내게 도토리는 가을의 눈동자쯤은 되지 않을까 싶었다. 사람들은 무엇에서 추색을 읽고 있는지 궁금한 가을날이다.

굼뜸과 일곱 살

나는 웃자주의자이다. 실없다 할 정도로 자꾸자꾸 웃으려고 한다. 싫은 소리를 들어도 그냥 넘겨 버리려고 한다. 물론 싫은 소리 때문에 마음이 잠깐 구겨지는 것은 어쩔 수 없다. 요즘은 "당신은 너무 굼떠요"라는 말을 자주 듣는다. 이 말은 짭짤하니 싫은 소리이다. 저녁밥을 먹고 밥상을 물려주는 일을 하나 하는 데에도 시간이 오래 걸린다. 밥상을 번쩍 들어서 옮겨 주면 그만인데 그게 잘 되지 않는다. 시간을 질질 끄는 것이다. 어차피 할 일이라면 얼른 해 버리고 잊어버리면 될 것을 그게 잘 안되니 나도 그 이유를 모르겠다.

그런데 근원을 알 수 없는 이 버릇이 원고를 쓰는 일에까지 전염되고 말았다. 왼발의 무좀이 오른발로 어느 날 옮겨 가듯이. 찻물을 끓이고 음악을 들으면서 한참 딴청을 피운다. 물론 시나 산문을 쓰는 일이 가둬 놓은 물을 들어내는 것처럼 되는 것은 아니다. 시와 산문은 쓰자고 해서 곧바로 쓸 수 있는 것이 아니다. 감각이 가장 예민한 상태라야 좋은 시와 좋은 산문이 나올 것이다. 릴케의 말대로, 창작에는 "놀라운 일을 행하는 그 어느 분의 손"의 작용이 있기 때문이다.

그러나 어찌된 영문인지 요즘은 이 보이지 않는 손을 기다리는 시간이 너무 길어지고 있다. 찻물을 다시 받아 오고 차를 엷게 우려 마시면서, 이냥저냥 가만히만 있다. 소쩍새 우는 소리까지 하나하나 받아 듣고 있다. 물개구리가 우는 사방을 하나하나 찾아가 보기도 한다. 음악을 집중해서 듣는 것도 아니요, 차를 마시는 일을 집중해서 하는 것도 아니요, 이 밤중에 내 방까지 찾아온 살아 있는 생명들의 소리를 어떤 가련함으로 맞아들이는 것도 아니다. 그냥 빈둥거리고 있다.

이 빈둥거림은 한 계절 전에만 해도 밤 12시 정도까지만 지속되었으나, 요즘은 새벽까지 이어지고 있다. 별 뜻 없이 구경하고 있다. 장이 서면 장 구경을 유독 좋아했다는 내 가계의 누대에 걸친 유전 때문일까.

굼뜸이 심해지면 게으름에 이르게 된다. 게으름은 병이다. 게으름은 자꾸자꾸 생겨난다. 조금만 방치하면 게으름은 내가 게으르다는 사실조차 못 느끼게 한다. 바닥에 배를 대고 엎질러진 물처럼 한없이 게을러진다. 이 굼뜸이 요즘 나와 함께 사는 적이다. 번식하는 적이다.

내가 또 제일로 무서워하는 것은 일곱 살이다. 일곱 살 아이이다. 복숭아처럼 겉이 부드럽지만 속에 단단한 씨가 들어 있다. 일곱 살은 야무지다. "왜 그러세요?"라고 일곱 살은 묻는다. "담배를 꼭 피워야겠어요?"라고 일곱 살은 묻는다. 얼마나 당당한가. 말을 허투루 하지도 않는다. 말에 큰 낭비가 없다. 꼭 필요한 말과 꼭 필요한 단어를 결합해서 한다. 고집도 있다. 고집을 꼭 쥐었다, 탁 풀어 버리는 재주도 있다.

뒤가 마려우면 가끔 옷을 입은 채로 일을 보기도 한다. 옷에 일을 본 후 엉거주춤하게 걸어가는 일곱 살의 뒷모습을 상상해 보라. 얼마나 귀여운가. 모란 같고 활짝 핀 작약 같다. 자기의 방에 들어올 때는 "들어가도 될까요?"라고 꼭 물어서 허락을 받으라고 한다. 누우면 곧바로 잠이 든다. 곤

하면 가늘게 코를 골기도 한다. 밥은 어른처럼 한 그릇을 다 먹는다. 물론 싫어하는 반찬도 몇 가지 있다. 몸에 좋다고 해서 내가 좋아하는 부추는 특히 싫어한다. "부추는 질긴 비닐 같아"라며 질색으로 싫어한다.

누나를 챙기기도 한다. 누나가 아플 때는 꽤 문학적인 짧은 편지를 쓰기도 한다. "누나, 아프지 마. 누나에게 우리 가족의 미소가 달려 있어"라고 멋지게 쓸 줄도 안다. 그러나 시인은 되지 않겠다고 딱 잘라 말한다. 혼자 몰래몰래 살살 웃는 것을 보면 생의 비밀도 몇 가지 갖고 있는 것 같다. 절대 말하지 않으므로 일곱 살의 비밀이 무엇인지는 짐작조차 못한다. 박지성 같은 축구선수가 될 거라고 한다. 해서 둥근 공을 갖고 노는 일을 좋아한다. 나는 이 일곱 살의 천진한 세계가 무섭다. 일곱 살의 발성과 몸짓이 무섭다. 속됨이 없기 때문이다.

굼뜸과 일곱 살이라는 두 적. 나는 이들과 맞서 싸울 생각은 없다. 이들에게 나는 기꺼이 항복이다. 필패이다.

다시 세모를
앞두고

•
•
•

조선 중기 여류시인 이옥봉의 시를 읽었다. 그녀는 서녀庶女
의 신분이었다. 정실부인이 되지 못하고 소실로 들어가 살았
으나 친정으로 다시 내쳐졌다. 생몰이 분명치 않으나 온몸에
시를 적은 종이를 수백 겹 묶은 채 한 포구에서 주검으로 발
견되었다는 설이 있다. 그녀는 시 '몽혼'에서 이렇게 썼다.

그대 요즘 어떻게 지내시나요. 달빛이 비단 창가에 비추니 저
의 한이 한층 깊습니다. 만약 제 꿈속 넋에게 발이 있어 걸어 다
니며 자취를 남길 수 있다면 그대 집 문 앞 깔려 있는 돌길의 반
쯤은 모래가 되었을 거예요.

사랑하는 이에 대한 그리움이 지극하게 표현되어 있다. 나

는 "돌길의 반쯤이 모래가 되었을 거예요"라는 대목에서 그 뭐랄까 수없이 반복되는 간곡한 행위와 길디 긴 시간의 지속 같은 것을 실감하고선 뭉클하게 압도되었다. 돌이 모래가 되는 시간이라니. 그녀의 그 시간들에는 얼마나 애절하고 가슴 태우는 심사가 가득 차 있었을까. 최근 내가 시간에 대해 나름 궁구하게 된 것은 이 시를 읽고 난 직후부터이다.

시간은 밤낮없이 흐른다. 중국 송나라 명문가 소동파는 황주黃州강 유배시절에 지은 '적벽부'에서 이렇게 읊었다. "물은 밤낮없이 흐르지만 한 번도 저 강이 가 버린 적이 없고, 달은 찼다가 기울지만 끝내 조금도 없어지거나 자란 적이 없다오." 이 시를 통해 항심恒心이라는 고상한 뜻을 느낄 수도 있겠지만, 유장하게 흐르는 시간과 그에 비하여 유약하기 그지없는 인간존재를 읽어낼 수도 있겠다.

시간은 흐르는 물 같고 차고 스러지는 달 같지만, 주체에 따라 시간을 감각하는 내용은 달라진다. 시간은 균질하지 않다. 가령 다야크족은 하루치의 시간 각각에 의미를 부여했다. 일출 때에는 수렵과 낚시와 여행을 삼갔지만 이 시간대에 태어나는 아기는 행복하다고 믿었다. 오전 9시는 특히 불행한 시각으로 여겼다. 길을 떠나면 강도를 만난다고 했다. 정오는 행복한 시간이었다. 오후 3시는 전투의 때로 적과 강도를 만나더라도 능히 물리칠 수 있다고 믿었다. 일몰의 시각은 잠시 길한 때라고 믿었다. 하루치의 시간 안에서도 강약이 있고, 묽은 것과 짙은 것이 있다고 믿었다.

세모歲暮가 턱밑이다. 송년회 등 약속이 많은 때이다. 서로의 안부를 묻고 공유한 추억의 한 자락을 끄집어내기도 한다. 세모 즈음의 이 시간에 대해 느끼는 감회도 각양각색이다. 그러나 세모라는 시간이 일단락을 의미하지는 않는다. 삶의 시간은 멀고 먼 여행이다. 그래서 세모라는 시간에 우리가 완결된 구조를 만들려고 하는 것은 헛되고 미덥지 못한 일이 될지도 모른다.

우리에겐 새로운 창조 속에서 새로운 생을 시작하려는 갈망이 있다. 그것은 아주 자연스러운 것이다. 그것은 우리가 신성한 시간 속에서 언제나 살고 싶어 하기 때문이다. 그러나 이런 이유로 우리는 이 세모의 시간을 내일의 신성을 위한 준비의 시간으로도 살아야 한다. 마치 파종할 씨앗을 준비해 밭에 나가는 봄의 농부처럼. 새로운 내일이 "밀려온다"고 말하면 너무 버겁게 느껴질까. 그러나 간조와 만조가 반복되는 게 우리의 일상이다.

상여가 지나가는 오전

•
•
•

　오늘 동네에는 상여가 나갔다. 어렸을 때에도 나는 상여가 나가는 것을 자주 바라보았다. 조화로 겉을 화려하게 꾸민 상여가 둥실둥실 산길을 올라가고, 그 뒤로 슬픈 곡소리가 따라갔다. 마침내 상여는 보이지 않고 저 먼 곳서 곡하는 소리가 끊어질 듯 끊어질 듯 들려왔다. 산의 그 깊은 속으로 한 생명이 들어갔다. 마을을 떠나 또 다른 마을인 산으로.

　아버지는 상여 나가는 사람의 묘혈을 파 주는 일로 벌이를 하시기도 했다. 저녁 무렵에 돌아오셨는데, 아버지의 손에는 떡과 하얀 목장갑과 고무신이 들려 있기 십상이었다. 쇠죽을 끓이느라 내가 아궁이 앞에 앉아 있으면, 아버지는 지친 표정으로 돌아오셔서 잉걸불에 떡을 구워 주셨다. 아무 말씀이 없었다. 굳은 떡을 뒤집어가며 불에 구워 주셨다.

내가 지금껏 기억하기로는 그런 날의 저녁이 가장 이상한 맛의 저녁이었다. 슬프고도 서늘한 저녁의 빛깔. 많은 말을 하지 않게 만드는 그 어떤, 목숨 가진 사람으로서의 어쩔 수 없는 수긍. 그 후로 좀 더 커서는 상여를 뒤따라가는 행렬에 나도 속해 있었다. 제일 처음에는 외할아버지의 상여를 뒤따라갔다. 내 주변에서 벌어지고 있는 일이 도대체 무슨 일인지를 알 수는 없었지만.

나의 시골집은 산과 바로 붙어 있어서 마당에 서서 산을 바라보면 첫눈에 무덤들이 눈에 들어온다. 무덤 위로 풀이 돋는 것을, 무덤 위로 산 그림자가 내려오는 것을, 무덤 위로 갈잎이 구르는 것을, 무덤 위로 소복하게 흰 눈이 쌓이는 것을 보았다.

그 언젠가는 소복 차림의 동네 아주머니가 아침 식전에 곡을 하는 것을 여러 날 보게 된 적도 있었다. 남편을 잃은 그 아주머니는 남편의 무덤 앞에서 길고 긴 곡을 하고서야 내려왔다. 까마귀 떼가 요란하게 구천九天을 날고 있었다. 아주머니는 식전바람에 곡을 하고 내려갔고, 햇무덤은 누군가 급한 일을 보러 가 덩그러니 남겨진 반죽처럼 또 마르고 있었다.

그 후로는 조등이 내걸린 시골 친구네 집에 가서 이슬이 내리는 밤을 지새우기도 했다. 천막 아래 멍석을 깔고, 그 위에 앉아 허기처럼 날이 다시 밝아오는 것을 보았다. 절에 가서는 부도에 푸른 이끼가 무성하게 끼는 것을 보았다. 별세한 문인들을 조문하러 가기도 했다.

이제 생각하건대, 찬물을 마시듯 냉정하게 말하면 삶과 죽음은 따로 경계가 없어 보인다. 많은 종교 수행자들이 이것에 공감해 왔다는 것을 세세히 밝히지 않더라도. 깊은 명상에 도달한 수행자들은 삶과 죽음이 손바닥과 손등 정도의 차이에 불과하다고 말한다. 그들은 사람의 몸이 애당초 허술하다는 것을 받아들이라고 권한다. 몸은 무너져 내리는 산기슭의 흙과 같다고 말한다. 이것과 저것의 구별, 내 것과 그렇지 않은 것의 구별 등등이 사람들에게 죽음을 삶과는 아주 괴리된 것으로 생각하게 하고, 또 그래서 죽음에 대해 말할 때 혀를 내두르게 만들고 있는지 모른다.

죽음이 두렵다는 사람들에겐 이성선 시인의 장시 '하늘문을 두드리며'의 일부를 읽어드리고 싶다. 분별이 사라질 것이다.

나는 없습니다. 존재하지 않습니다. 나무를 바라보면 나무가 됩니다. 물을 바라보면 물이 됩니다. 이슬을 바라보면 이슬이 되고 새를 바라보면 새가 되어 날아갑니다. 이들이 얼굴 붉히면 나도 얼굴 붉히고 이들이 잠자면 나도 잠이 됩니다. 밤에는 밤이 되고 새벽이 오면 새벽으로 열리는 나. 나는 이들 우주의 영혼이요 육체. 그들의 아픔이 나의 아픔이고 그들의 분노가 나의 분노이며 그들의 노래가 나의 시詩입니다. 그들은 나의 집, 나 또한 그들의 집. 그들이 내 안에 있으므로 내가 그들 안에 있고, 내가 그들이므로 그들이 곧 나입니다.

/4
장/

느린
걸음

내 삶의 리듬은
내가 유지할 필요가 있다.
내가 세상의 주인공이라는 생각을
자주할 일이다.
지금 나를 이곳에 데려온 당사자는
바로 나일 것이다.
내가 내 삶의 중심이다.
나를 단속하면서 나를 자유롭게 할 일이다.

신발

•
•
•

댓돌에 벗어 놓은 신발들을 바라본다. 하나같이 어딜 갔다 돌아온 행색이다. 화초와 나무가 있는 앞뜰을 오갈 때 신는 신발은 뒤꿈치가 구겨진 채 놓여 있다. 허겁지겁 급하게 마루로 올라서느라 비뚜름히 놓인 신발도 있다. 모두 다 짧은 시간, 혹은 긴 하루 동안 누군가의 몸을 신겨 다니던 신발이다. 저 신발을 방금 벗은 발에선 더운 김이 무럭무럭 피어올랐을 것이다. 종일 고된 노동을 마친 노동자가 막 모자를 벗을 때처럼.

목이 긴 장화도 놓여 있다. 저것은 사람의 몸을 담아서 물을 건넜을 것이다. 물을 건너는 사람에겐 물에 깊이 잠기는 장화가 마치 징검다리처럼 여겨졌을 것이다. 다리가 길고 가늘은 왜가리처럼 장화는 돌돌 흘러내리는 여울을 만났을 것이다.

아주 작고 앙증맞은 신발도 있다. 이 세상의 땅을 밟아본 지 오래지 않은 아이의 되똥거리는 걸음마를 보는 듯하다. 세상이 마냥 신기해 자꾸 나아가며 발을 떼어 놓는 아이를 태운 신발은 키득키득 웃었을 것이다. 여러 개의 비탈처럼 걸어가는 아이의 걸음걸이를 상상해 보면 당신도 웃음이 절로 생길 것이다.

미운 일곱 살의 신발도 있다. 발로 괜히 흙을 툭툭 차며 걷는 아이의 신발이다. 이 세상의 모든 일곱 살 아이는 신발들에게 찰과상을 입히면서 걷는 악동 아닌가. 할아버지의 신발은 댓돌로부터 가장 멀리에 놓여 있다. 그 넉넉한 너털웃음으로 식구들의 신발을 다 껴안을 듯한 자세이다. 할아버지의 신발은 가장 낡았다. 바깥쪽에 있어서 가랑비도 더 맞고, 찬바람도 더 맞고, 서리도 내려앉기 때문이다. 해가 질 때에는 마을 입구 맷맷한 미루나무께까지 멀리 나가서 늦게 돌아오는 이를 걱정하기 때문이다.

어느새 밤이 깊어지고 신발도 자신의 몸 안에 어둠을 채운다. 어둠을 채워서 하룻밤을 잠재울 기세이다. 그때 집에서 누군가 나와 큰 손으로 신발들을 가지런히 정리한다. 크고 작은 신발들이 나란하다. 내일 아침까지 신발들은 저렇게 잠을 잔다. 그리고 아침이면 세 살도 일곱 살도 아버지도 할아버지도 제각각 신발을 갖춰 신고 사방으로 네거리처럼 흩어진다. 신발들은 가볍고 무거운 몸을 태우고 밝고 어두운 곳으로, 혹은 마르고 질척질척한 곳으로 떠나간다. 바닥으로 떨어지는 물건을 받아 올리던 당신의 손바닥처럼 신발은 더 낮은 곳에서 하루를 시작한다.

아, 24일

마루에 앉아 숲을 바라본다. 녹음으로 꽉 찬 숲은 안도 바깥도 좋다. 마루에 앉아 숲을 보는 일은 행복하다. 나는 살구꽃이 떨어진 자리에 살구 열매가 살찌는 걸 본다. 벌써 살구가 제법 굵어졌다. 한나절을 지나자 가늘은 빗줄기가 돋는다. 마루에 앉아 다시 비를 본다. 녹음에 비쳐 지나가는 빗방울이 마치 녹두처럼 떨어진다.

마당 한편에는 작은 독에 수련을 심어 놓았다. 수련은 가만히 물 위에 떠서 빗방울을 맞는다. 이 세상 생명 있는 것 가운데 나는 수련의 평면을 제일로 좋아한다. 사람살이가 열매 맺듯 살 수는 없으나 나무가 열매를 맺고, 또 빗줄기에 열매가 굵어지는 일은 어떤 충만에 가까운 감흥으로 다가온다.

비는 그렇게 나무와 땅 위의 풀과 녹음의 빈 주머니를 채우며 자분자분 내린다. 빗방울이 뭇 생명의 빈 주머니에 한 동이씩 쌓이면 그렇게 또 나무는 성장을 할 것이다. 빗방울 소리는 그래서 살찌는 소리, 뼈가 굵어지는 소리에 가깝다. 그리고 땡볕의 여름이 성큼 다가와 있을 것이다.

마루에 앉아 비를 보며 나는 언젠가 들른 강원도 안목항의 모래사장을 떠올린다. 해송이 있고, 해변묘지가 있고, 다시 고운 낯빛의 모래언덕이 있던 그 해안을 떠올린다. 파고가 없이 물결이 들어앉았다가 다시 빠져나간다. 아주 지루한 듯 물이 들어왔다 나가는 걸 오래 지켜보았던 적이 있다. 정적이랄까. 시간이 흐르는 게 어떤 정적에 가깝다는 걸 그 해변에서 생각했던 기억이 난다.

앉고 일어서는 일, 밥을 먹고 잠을 청하는 일, 걷고 멈추는 일, 이런 일들이 잔잔하고 소록소록한 물결처럼 스쳐 가면 얼마나 좋은 일인가. 사실 큰일만 없다면 부고도 없이 꽃이 떠나가듯 세상일은 그렇게 흘러가기도 할 것이다. 그것이 원래 시간의 진면목이요, 우주의 호흡인지도 모를 일이다.

마루에 앉아 비를 보는 오늘은 아주 평화롭다. 마루에 앉아 나는 '호흡'에 대해 생각한다. 숨이 들어왔다 나가는 한 호흡. 그 호흡 사이에 생명이 있다. 찰나찰나에 순간순간에 생명이 있다. 그러나 우린 그걸 잊고 살아간다. 나는 저 먼 나라 아메리카에 산다는 한 그루 삼나무를 생각한다. 그 삼나무는 무려 키가 120여 미터에 달한다고 한다. 수명이 2,000년 정도이고, 하루 수천 리터의 물을 소비한다고 한다. 나무의 꼭대기는 사막 같다고 한다.

그런데 내가 그 삼나무를 사랑하는 것은 삼나무의 호흡 때문이다. 느릿느릿한 호흡 때문이다. 삼나무 뿌리가 빨아들인 물이 꼭대기까지 올라가는 데는 최대 24일이 걸린다고 한다. 아, 24일! 나는 탄식한다. 하루도 아니고, 열흘도 아니고, 꼬박 24일이나 걸려서 뿌리의 물이 꼭대기 잎으로 이동해 간다는 것이다.

24일이라는 시간을 나는 다시 생각한다. 달이 반달이 되었다가 보름이 되었다가 하현이 되었다가 흙덩이 같은 그믐으로 돌아가는 데 걸리는 24일. 우리가 울고 웃고 일어서고 눕고 그러다 지치고 지쳐버리는 24일. 그 24일이 삼나무에게는 한 동이의 물이라니.

나는 삼나무의 호흡을 생각하고 나의 일상의 호흡을 생각한다. 나는 사랑하는 사람으로부터 답신이 오지 않는 이 며칠의 고단함을 생각하고, 다시 삼나무가 한 방울의 물을 끌어올리는 데 걸리는 24일을 반성적으로 생각한다. 천둥이 치듯, 벼락이 내리듯 살아온 시간을 돌아본다. 저문 길을 걸어가는 사람처럼 너무 서둘러 살아온 것은 아닐까.

마루에 앉아 다시 조금씩 굵어지는 비를 본다. 비는 조용한 혁명처럼 내린다. 그러면서 내 주변을, 이 땅 위의 생명들을 변화시킨다. 커다란 바퀴가 굴러가는 것 같다. 숨을 들이켜고 내뱉는 그 속도를 천천히 늦추어 본다. 초록의 집처럼 가슴이 부푼다. 내 몸이 담쟁이로 둘러쳐진 하나의 가옥 같다. 삼나무를 그리워하며 살아야겠다. 비 돋는 이 초여름 한나절이 행복하다.

밤나무 아래 서다

●
●
●

　골목 담장 안에는 석류가 익고 있다. 고운孤雲 최치원이
지은 '석류'라는 제목의 시가 생각난다.

　　뿌리는 진흙 사랑 성품은 바다 사랑

　　열매는 진주 같고 껍데기는 게 같아라.

　　새콤달콤한 고것 언제나 맛볼까

　　잎 지고 바람 높은 시월이라네.

　석류가 얼른 익기를 고대하는 마음이 잘 나타나 있다. 아
마도 최치원은 바닷가에 서식한다는 '해류海榴'라는 석류 품종
을 보았나 보다. 석류를 노래하되 "성품은 바다 사랑"이라 했
고, 또 독특하게도 석류의 모양새를 진주와 게에 비유했다.

덩굴에는 그림자가 서늘하고 거둬들이는 일손은 바빠졌다. 토란을 베어 어깨에 메고 가는 사람도 있다. 고추를 널어 말리는 사람도 있다. 연초록의 떡잎이 막 올라온 것을 가리켜 물으니 갓을 심었노라고 한다. 그제는 옥수수 밭을 지나가다 일 나온 사람이 있는 줄 알고 목례를 하곤 슬며시 웃고 말았다. 외양을 사람과 꼭 빼닮게 꾸며 놓은 허수아비를 보았던 것이다. 여름 내내 우레가 울고 가도 허수아비는 조금도 늙지 않았다.

요즘 내가 제일로 궁금해 하는 곳은 밤나무 아래이다. 누군가 애초에는 밤을 수확할 생각으로 심어 놓았지만 이제는 주인 없이 되어 버린 밤나무가 산에는 더러 있다. 산길을 가다 이런 밤나무 아래를 중얼거리듯 맴도는, 발밑을 살피는 사람들을 자주 보게 된다. 충분히 익어 저절로 떨어진 밤을 줍고 있다. 두 발로 비비듯 까서 혹은 막대기로 아람을 더 벌려 밤을 얻는다. 나는 겨우 두서너 개의 밤을 손에 쥘 뿐이지만, 밤나무 아래를 서성거리는 일만으로도 가을을 살고 있음을 실감하게 된다.

어제는 밤나무 아래 잠깐의 소란이 있었다. 어른들 몇이 모여 걸걸하게 웃고 있었다. 밤나무를 율동처럼 흔들어 밤을 털고 있었다. 유심히 보니 밤나무 저 깊은 곳에 올라가 있는 사람도 있었다. 꽤 나이가 많아 보였다. 가지 끝으로 점점 옮겨 가 가지를 구르며 소년처럼 웃고 있었고, 목소리는 잔뜩 신이 나 있었다. 밤나무 아래에서는 떨어지는 밤송이를 피하느라 두 손을 머리에 얹고 이리저리 뛰는 어른들이 있었다. 저 어른들이 밤나무 아래서 동심을 되찾은 것처럼 나도 밤나무 아래에 서 있던 열 살 무렵의 아이로 돌아가고 싶었다. 저 밤나무를 양팔로 단단하게 껴안고 두 발에 탱탱하게 힘을 넣어 밤나무를 타고 올라가고 싶었다. 타고 올라가 밤나무 가지를 발로 구르며 벙실벙실하고 싶었다. 그러면 나와 밤나무는 누군가 이고 가는 물동이처럼 출렁출렁할 것이다.

밤나무 아래 서서 나는 지나간 가을을 다시 산다면 이 가을에 다시 해보고 싶은 일들을 꼽아 보았다. 가령 상수리나무 아래에 가서 동글동글한 열매를 줍는 일, 사과 밭에 들어가 빨간 사과를 몰래 따다 들통이 나 된통 혼나느라 사과 밭이 벌통처럼 시끄러워지는 일, 깻단을 떨어 고소한 깨알을 몇 되 얻는 일, 더 늦은 가을에는 하얀 무를 쑥쑥 뽑아 올리는 일, 햇살이 금잔디처럼 쏟아지는 묏등을 타고 가을 오후

를 미끄러져 내려오는 일 등을 말이다. 이런 생각만으로도
마음이 만석지기처럼 부자가 되는 듯했다.

여름 매미가 얼음에 대해 알지 못하듯이 나도 소견이 좁
아 시절의 오고 감에 대해 알지 못하지만, 여하튼 무딘 마음
의 안쪽으로도 가을은 와서 끝없이 흘러가고 있다고 할 수
밖에 없다.

걸음의 속도

●
●
●

물통 하나만을 챙겨서 무작정 집을 나섰다. 코스모스가 피어 바람에 흔들리고 있었다. 바람은 벌써 서늘해졌다. 코스모스의 긴 목이 파리해 보이기 시작했다. 여름날의 습한 바람은 열매를 키우고, 오늘부터 불어오는 이 차고 투명하고 얇아진 바람은 열매를 여물게 할 것이다. 하늘은 더 높아졌다. 하늘은 더 트였다.

아무도 다니는 이 없는 산길과 들길을 조용히 걸어갔다. 내 걸음의 속도를 자연의 속도에 맞춰 걸어갔다. 아주 완행으로 갔다. 내가 걸음의 속도를 늦추자 주변도 천천히 움직였다. 내리막길은 내리막길의 속도로, 오르막길은 오르막길의 속도로 걸어갔다. 길이 원하는 대로, 나의 몸이 견딜 만하게 맞춘 속도로. 내가 자연과 나란히 걸어가되 두 심장의 호흡이 너무 가쁘지는 않게.

그러고 보면 참 서둘러 걸어온 것이다. 두서도 없이 까닭도 없이. 마치 여름날 천둥이 굴러가는 것처럼 요란하게만. 누군가 나를 뒤에서 보았다면 대단히 급한 용무가 있겠거니 했을 것이다. 아무 말도 듣지 않겠다는 듯 잔뜩 고집을 세우고서 당나귀처럼 걸어왔으니 말이다. 당장의 물을 피하고, 당장의 불을 피하겠다는 반딧불 같은 소견만 있었던 것이다. 견고하게 고집한 것이므로 스스로 피곤함을 얻었을 뿐이다.

그러나 오늘은 그렇게 무모하게 걸어갈 생각을 하지 않고 걸었다. 바위처럼 서 있어도 좋았다. 갈 길이 멀고, 돌아올 길이 멀어도 좋았다. 돌아보건대, 수많은 길을 오갔지만 내가 걸어온 길에는 조금의 대화조차 없었던 것이다. 시골 초등학교 수업을 파하고 동무들과 함께 집으로 돌아오던 그 걸음의 속도를 나는 잊고 살아온 것이다. 조금은 심심하게 앞뒤로, 조금은 서로를 칭찬하며 가지런히 걷던 그 하굣길을 나는 까마득하게 잊고 살아온 것이다.

이제 강을 만나면 강의 속도로 걸어갈 줄 알게 될 것 같다. 새를 만나면 새를 먼저 보낼 줄 알게 될 것 같다. 누군가 뒤따라오며 나의 이름을 부르면 서서 기다릴 줄도 알게 될 것 같다.

물통 하나만을 챙겨서 한나절을 걸었다. 당신이 저곳서 걸어오면 중간에 멈춰 서서 한참 살아가는 얘기를 서로 나누다 오른손을 들어 흔들며 헤어질 것이다. 그러나 당신과 헤어질 때 나는 웃으면서 이렇게 당부하겠다.

"자연의 보폭으로 걸어 돌아가세요."

시인 신현정 선생을
기리며

•
•
•

    시 전문지 〈현대시학〉 11월호에는 한 달여 전 작고한 신현정 시인의 추모 특집이 실렸다. 시인들이 쓴 추모의 글을 찬찬히 읽었다. 윤석산 시인은 시인의 집을 방문했던 일을 회고했다. 마루 의자에 앉아 있던 시인이 방으로 들어가 문학지 몇 권을 가지고 나왔는데 노란 견출지가 군데군데 붙어 있었다고 했다. 문학지를 읽다가 좋다고 생각되는 시에 붙인 견출지들이었다. 시인은 피를 토할 만큼 병세가 위중했지만 "이달에는 이 작품들을 잘 읽었다"고 말했다고 했다.

    상희구 시인은 시인의 웃는 모습을 추억했다. "대개 사람이 웃으면 눈이 작아지는데 이 사람은 웃으면 눈이 커지면서 옥니가 슬그머니 윗입술 위로 드러나는 것이다. 웃는 모습도 아주 슬로모션이어서 뇌에서 웃음을 전달받은 웃는 신경세포가 그의 얼굴 위에다 웃는 모습으로 전해지기까지 약 5초 정도 걸리는 것 같다"고 썼다. 허구한 날 점심을 쌍용빌딩 안 구내식당에서 한 끼 3,500원짜리 식사로 해결하던 시인의 소박한 성품도 소개했다.

내게도 시인과의 인연이 있었다. 시인은 술이 거나해지면 전화를 했다. 한번은 제법 굵은 눈송이가 내리던 오전이었다. 어미 개가 새끼를 낳았다고 자랑을 했다. "새로 태어난 게 꼭 흰 밥알 같아. 얼른 보러 와." 내일이나 모레 사이에 찾아뵙겠다고 말씀을 드렸지만 시인의 산기슭 집을 찾아간 것은 그로부터 한참 후의 일이었다. 갈피를 잡기 어려운 박정한 사람이라고 여기셨을 것이다. 시인이 마지막으로 발표한 시는 〈현대문학〉 10월호에 실린 '해바라기'였다. 문인수 시인이 시인의 병실을 찾아가서 그 시를 낭송했더니 빙그레 웃으면서 좋아했다고 들었다. 시인은 평소에 "어느 순간 '나'가 팍 사라질 때 그때가 시가 시작되는 때야. 사물이 주인공이 되고 나는 엑스트라가 되는 거지"라는 말씀을 즐겨 하셨는데, 고슴도치, 오리, 다람쥐, 토끼, 달맞이꽃, 칸나, 분꽃, 제비꽃 같은 작은 생명들을 앞세워 그들을 노래했다.

유고시 '사루비아'만 읽어 보아도 순진무구한 시심을 엿볼 수 있다.

꽃말을 알지 못하지만 나는
사루비아에게
혹시 병상에 드러누운 내가
피가 모자랄 것 같으면
수혈을 부탁할 거라고
말을 조용히 건넨 적이 있다
유난히 짙푸른 하늘 아래에서가 아니었는가 싶다
사루비아, 수혈을 부탁해.

많은 시인이 신현정 시인의 빈소에 모여 시인이 생전에 쓴 시편들을 돌아가며 낭송하는 추도 시제를 가졌다. 나는 빈소 한구석에서 시인이 시집 〈염소와 풀밭〉을 출간하면서 쓴 짧은 글을 다시 읽었다. 당부의 말씀처럼 읽혔다.

이발을 했다. 주문 그대로 이발소 주인은 바리캉을 머리에다 우르르 갖다 댔다. (중략) 까끌까끌한 머리를 손이 쓸며 머리카락이 사라진 파란 자국을 즐겼다. 오래간만에 평화한 온기를 손바닥에 담아 내렸다. 이렇듯 가끔은 해체시킬 것. 가끔은 어떤 식으로든 결벽 증세를 확인할 것.

나는 이 글을 부의 봉투에 빼곡히 옮겨 적어 왔고, 그 후로 여러 번 들여다보게 되었다. 큼직한 판지板紙를 옆구리에 끼고 충무로역 계단을 내려오던 시인을 나는 마지막으로 보았다. 아주 슬로모션으로 시인은 웃고 있었다. 시인은 그 서글서글한 웃음을 데리고 어디로 가신 것일까. 그리운 사람은 너무 멀리 있다.

바쁜 것이
게으른 것이다

●
●
●

　모스크바 방문은 이번이 처음이었다. 10월 21일 저녁 모스크바에 도착했다. 얼음장이 내 몸을 에워서 둘러막는 것 같았다. 서울보다 한 달여 앞서 계절이 지나가는 모스크바. 서울과는 6시간의 시차가 난다. 모스크바의 밤 가운데 홀로 섰을 때, 나는 내가 두고 온 가족들이 깊은 잠에 빠져 있을 방을 떠올렸다.

　모스크바에서 제일 먼저 나의 눈에 들어온 것은 자작나무의 노란 잎들이었다. 자작나무들은 잎사귀를 떨어트리며 나목裸木으로 서서히 돌아가고 있었다. 다만, 나무 밑동 근처가 둥글게 환했다. 마치 한 마리의 큰 물고기가 금빛 비늘을 다 벗어 놓고 어디론가 자취도 없이 사라져버린 그 뒷자리 같았다.

도처청산到處靑山이랬더니 가는 곳마다 숲과 공원이 있어 눈이 시원했다. 그네들은 건물을 올릴 때 나무 심을 땅도 함께 갖추도록 하고 있다고 했다. 낮은 기와집 작은 마당을 무너트리고 튼튼한 벽돌을 쌓아 올리는 우리네 살림과는 좀 다른 모습이었다.

거리에는 꽃집이 유난히 많았다. 도처에 환하게 불을 밝힌 꽃집이었다. 스물네 시간 꽃을 판다고 했다. 꽃가게들은 그냥 '꽃들'이라는 간판을 달고 있었다. 나는 지극히 평범하고 순한 이름의 그 간판이 마음에 들었다. '꽃들'이라는 말의 둘레라면 이 세상 어떤 꽃인들 피어나지 않을까. 나는 그 찬찬한 말씨에서 어떤 보살핌 같은 것을 느낄 수 있었다. 그것은 어둑어둑한 저녁 무렵 내 어머니가 "그만 밥 먹어라!"라고 말씀하시어 나와 누이들을 밥상 둘레로 모두 불러 앉히는 것과 비슷한 게 있었다. '밥'이라는 말이 거느리는 무궁한 사랑과 마찬가지로 '꽃들'이라는 말은 야생의 언덕에 피어 있을 법한 세상의 모든 꽃들을 평등하게 호명하는 것이었다.

모스크바 거리에서는 옛 시간을 잘 볼 수 있었다. 그것은 옛 시간에 대한 어루만짐 같은 것이었다. 가령 건물 외벽에 사람의 얼굴을 걸어 놓고 기념했다. 그가 건물에 살았던 기간까지 연도로 정확히 기록해 놓았다. '푸슈킨 집 박물관'엘 들어섰을 때에도 마찬가지였다. 박물관은 아르바트 거리 한편에 있었다. 그곳 2층에서 푸슈킨은 석 달을 묵었다고 한다. 1828년 겨울 푸슈킨은 나탈리아 곤차로바를 만나 청혼을 했지만 부모의 승낙을 받지 못하다가 1831년 2월에 결혼하게 되는데 그 신혼 3개월을 그곳서 살았다고 했다. 박물관에는 푸슈킨의 결혼식 전날 그 집을 방문한 친구들의 초상을 그려서 모아 놓았고, 깨진 안경도 있었고, 모스크바 검열 위원회에서 푸슈킨 앞으로 배달되어 온 편지도 있었다. 푸슈킨은 이 집에 살기 위해 직접 서명해서 집을 계약했다고 했고, 그 계약은 푸슈킨과 건물 주인 사이에 이뤄진 게 아니라 푸슈킨과 건물 주인의 여동생 간에 이뤄졌는데, 건물 주인의 여동생의 초상과 건물의 설계도까지 보관하고 있었다. 푸슈킨은 1837년 37세의 젊은 나이로 세상을 떠났다. 아내와 염문이 끊이지 않았던 러시아 근위대 소속의 장교 단테스에게 결투를 신청했지만, 그가 쏜 총에 맞아 치명상을 입고 이틀 후에 눈을 감았다. 그가 그 집에 신혼살림을 차린 지 불과 6년 후의 일이었다.

톨스토이의 삶의 흔적을 돌아보는 일도 인상적이었다. 모스크바에서 차량으로 이동해 3시간 남짓 걸려 도착한 톨스토이의 영지에는 그의 생가가 보존되어 있었다. 그리고 생가에서 불과 수백 미터 떨어진 곳에 톨스토이의 작은 무덤이 있었다. 네모지고 두어 뼘 높이 정도 되는 흙무덤이었다. 풀들이 싱그럽게 자라나고 있었다. 그의 영면 이후 후생의 사람들이 붉고 노랗고 흰 꽃들을 갖다 바치지 않았다면, 어느 누구도 그곳이 세계적인 작가의 무덤인 줄을 모를 정도였다. 작은 비석 하나 세워져 있지 않았다. 톨스토이의 무덤은 톨스토이가 숲에서 잠깐의 오수를 즐기고 있는 듯한 착각을 불러일으켰다.

톨스토이는 주로 모스크바에서 겨울을 났다고 한다. 그가 겨울을 난 집엘 들어서서 나는 두 가지 물건을 보았다. 하나는 아주 작은 침대였다. 키가 작았던 톨스토이가 눕던 자리였다. 그리고 하나는 딸의 그림 노트였다. 집 마당에서 길을 따라 되똥되똥 걸어 나가는 네 마리의 병아리를 그린 그림을 보았다. 아주 예쁜 소리가 들려오는 듯했다. 나는 축이 나거나 변하지 아니하고 그대로 온전한 과거의 시간을 만났다.

소설가 이태준이 1946년 9월경 모스크바를 방문해 첫 외출을 한 곳으로 되어 있는 크렘린궁전도 둘러보았다. 체홉과 고골이 묻혀 있는 묘지도 보았다. 트레치야코프 미술관도 둘러보았다. 아주 무뚝뚝한 모스크바 사람들도 보았다. 차량들이 뒤섞여 오도 가도 못하는 속수무책의 도로에도 두어 시간 갇혀 있었다.

지금 가만히 생각해 보니 웃지 못할 일도 있었다. 나의 경상도 사투리 때문에 통역원이 바뀌게 된 해프닝에 관한 것이다. '제 3회 한 — 러 문학인의 만남' 행사장에서 나는 러시아를 방문한 소회에 대해 말하고 있었는데, 아주 능란하게 통역을 하던 러시아 통역원이 순간 나의 말을 알아듣지 못하는 사태가 벌어졌다. 그는 나의 '늦가을'이라는 말에 덜컥 덜미가 잡히고 말았다. 물론 그가 나의 '넟가을'이라는 발음을 알아들을 리 없었다. 나는 다시 '늦가을'을 풀어서 '깊은 가을'이라고 했지만, 그마저 '기픈 가을'로 분명 들었을 것이기에 그는 고개를 절레절레 흔들었고 결국 잠깐의 시간 동안 통역원이 교체되는 해프닝이 일어났다. 그의 급체한 듯 당황해 하던 얼굴을 다시 떠올리니 미안한 마음이 든다.

한 해 마지막 달을 살며

●
●
●

　가만히 이 계절의 빛깔을 보고 있으면 마치 먹물이 번지어 퍼지는 것만 같다. 화려한 빛깔이 적고 어둠이 많고, 들뜸이 적고 조용함과 가라앉음이 많다. 넝쿨은 넝쿨 아래까지 잘 보이고 나뭇가지는 나뭇가지 그것만이 보인다. 곤궁한 듯 보이지만 실은 실상을 다 드러내고 있는 셈이다.

　이래저래 바쁜 12월이지만 요즘 내가 쥐고 붙들고 있는 생각들이 없는 것은 아니다. 개중에 하나는 한 수행자의 일화이다. 한 수행자가 세연世緣을 끊고 정진했지만 진척이 없었다. 그래서 바랑을 싸 등에 지고 낙담하여 절을 떠나오던 중 우연히 움푹 파여 있는 돌을 보게 되었다. 돌 위로 물방울이 똑, 똑 떨어져 내리고 있었다. 똑, 똑 떨어져 내리는 작고 가벼운 물방울에 의해 깊게 파여 있는 돌을 보고 무릎을 치곤 절로 돌아갔다. 그러나 역시 수행이 시원찮았다. 다시 바랑을 싸 절을 떠나오다가 큰 나무 아래 주저앉게 되었는데 우연히 고개를 들어 나뭇가지를 바라보게 되었다. 그러곤 또 한 번 무릎을 쳤다. 나뭇가지 위에 한 마리 새가 앉아 있었고, 새가 앉은 자리가 반들반들 윤이 났던 것이다. 새가 내려앉고 날아가는 일을 반복하는 동안 나뭇가지 껍질은 매끄럽게 되고 말았던 것이다. 수행자는 다시 절로 돌아갔다.

또 한 가지는 시인 폴 발레리의 수첩에 관한 것이다. 발레리는 새벽에 일어나 수첩에 글을 써 내려갔는데 그 분량이 3만 쪽에 달했다. 발레리는 이 수첩을 일러 "나의 모든 노트, 썩지는 않지만 불타기 쉽고, 그리고 분실해 버린다면 두 번 다시 찾을 수 없는 나의 재산"이라고 했고, "하루하루의 시간을 조직하는 방법"이라고도 했다. 발레리는 이 수첩에 남긴 글에서 "무無의 앙상한 상실喪失의 날들. 나의 가치는 어디로 가버렸다는 것인가"라며 참담한 심경을 토로했다. "인간들이 하는 짓들이 얼마나 비참한 것들인가! 모든 역사는 내가 보는 바로는 어처구니없는 우행愚行의 기록"일 뿐이라던 발레리가 이처럼 수첩에 글 쓰는 일을 고집한 이유는 무엇이었을까. 우연만이 인간을 만든다고 믿었던 그는 그 심연의 절망을 극복하기 위해 매일 새벽 수첩에 글을 썼을지도 모른다는 생각이 들었다.

나에게 발레리의 수첩은 한 수행자가 우연히 본 움푹 파여 있는 돌과 반들반들한 나뭇가지의 충격에 버금가는 것이었다. 물론 발레리의 그것과는 용도가 다르지만 나는 나의 수첩을 뒤적뒤적 넘겨보았다. 대개는 약속들이 빼곡하게 메모되어 있었다. 되풀이되지 않았지만, 또 크게 보면 되풀이된 일들의 기록이었다. 어느 날부터는 반복되는 어리석은 일을 돌아보기 위해 혼자만이 알아볼 수 있는 표시를 해두기도 했다. 열두 달째, 그리하여 한 해를 그렇게 살아온 것이었다.

약속의 흔적으로써 내 한 해 살림의 윤곽을 대충 되짚어 볼 수는 있었지만, 문제는 나를 만난 사람들이 가졌을 마음에 관한 것이었는데 그것은 도저히 측량할 수 없는 것이었다. 시인 마쓰오 바쇼는 "모란꽃술 깊은 곳에서 기어 나오는 벌의 아쉬움이여"라고 썼는데, 내가 염려되는 것이 바로 이것이었다. 꿀과 향기를 찾아온 인연들에게 나는 향기 없는 모란꽃에 불과했을지도 모르겠다는 생각이 들었다.

오고 가는 한 해가 여객旅客이라지만 매 순간 삶을 스스로 돌아보고 바로 세우는 것은 참 어려운 일이기만 하다.

새해 새날 아침에

•
•
•

　새로운 날이 왔다. 아침에 눈을 뜨면서 나는 나를 감싸는 아침 햇살을 따사롭게 입는다. 햇살은 사랑의 음악처럼 부드럽다. 아침은 늘 긍정적이다. 아침은 고개를 잘 끄덕이며 수긍하는, 배려심 많은 사람을 닮았다.

　어제의 우울과 슬픔은 구름처럼 지나가 버렸다. 우리가 아침에 어제의 곤란을 기억해 내야 할 의무도, 필요도 없다. 간단하게 우리는 어제의 그것을 이 아침에 까마득하게 잊어버리면 된다. 우리에겐 새로운 하루와 새로운 한 달과 새로운 한 해가 앞에 있다. 얼마나 다행인가. 얼마나 고마운 일인가. 우리는 다시 시작하기만 하면 된다. 마치 새 옷을 구입해 입듯이.

　새로운 시간은 저울추처럼 매양 중립적이다. 시간을 치장하는 일은 온전히 우리의 몫으로 남겨져 있다. 미래의 시간이 행복의 화원이 될지, 혹은 눈물의 폐허가 될지는 우리에게 달려 있다. 나의 앞에 새로운 한 해가 오고 있다. 푸른 바다처럼 싱싱하게 밀려오는 새로운 한 해에도 꽃이 피고, 신록이 번지고, 과일이 익고, 눈이 내릴 것이다. 나는 세수를 끝내고 나의 방에 가만히 앉아 새해의 기도를 올린다.

나의 소망은 세 가지이다. 우선, 세상의 말이 몽돌처럼 동글동글해졌으면 좋겠다. 잔뜩 화가 난, 구겨진 얼굴을 한 때가 나에게도 많았다. 탱자나무의 가시 같은 뾰족한 말로 세상을 공격하고 다른 사람을 비난한 때가 많았다. "성 안내는 그 얼굴이 참다운 공양구요, 부드러운 말 한마디 미묘한 향이로다"라고 했다. 우리는 벚꽃의 언어로, 매화의 언어로 살 수 없는가. 대나무 숲을 지나가는 청량한 바람의 언어로 우리는 살 수 없는가. 봄날에 피어오르는 아지랑이의 언어로, 물새의 언어로 살 수는 없는가. 작은 연못처럼, 연못에 피어나는 연꽃처럼 우리의 언어가 우리의 가슴에 피어날 수는 없는가.

두 번째 소망은 소찬으로 소식하고 일주일에 한 번 10킬로미터를 걷는 것이다. 적은 반찬으로 적게 먹는 일은 언제나 어렵다. 늘 배가 그득하도록 먹는다. 물론 후회막급이다. 모자란 것과, 서운한 것과, 힘든 것을 그냥 그대로 받아들였다는 시인 박목월은 식사 전에 가족들이 밥상 둘레에 모여 앉을 때마다 가난한 아버지를 둔 자식들의 머리를 쓰다듬어 주었다고 한다.

박목월 시인은 그의 시 '소찬'에서 이렇게 적고 있다.

오늘 나의 밥상에는

냉이국 한 그릇.

풋나물무침에

신태新苔.

미나리김치.

투박한 보시기에 끓는 장찌개.

실보다 가는 목숨이 타고난 복록福祿을.

가난한 자의 성찬盛饌을.

묵도默禱를 드리고

젓가락을 잡으니

혀에 그득한

자연의 쓰고도 향깃한 것이여.

경건한 봄의 말씀의 맛이여.

시에서처럼 목월은 여유 있을 때 하직하고 물러나는 법을 알았다. 모자람을 탓하지 않고 오히려 그것을 반겼다. 모자람 속에도 인생의 행복은 가꾸어지는 법. 좀 부족하고, 좀 돌아가고, 좀 구부리는 게 온전한 것이다.

내가 먹는 음식이 누구의 수고로운 손을 거쳐 왔는지를 생각하여 소중하게 음식을 받고, 음식에 과욕을 부리지 않겠다고 나는 작심한다. 그리고 이런 겨울에는 눈이 내린 순은의 길을 천천히 걸어갈 것이다. 마치 행선行禪을 하듯이. 나의 호흡을 살피고 나의 생각을 돌보면서 멀리 걸어갈 것이다. 일주일에 한 번 대략 10킬로미터는 걸어갈 것이다. 간소한 옷차림과 아주 단순한 생각만을 지니고서. 돌보지 못한 나를 만나 가벼운 대화를 하면서.

마지막 나의 소망은 사람들을 만나는 일에 더 설레었으면 좋겠다는 것이다. 설레되 더 설레어서 마치 소녀의 붉은 뺨처럼 되었으면 좋겠다. "오는 손님을 기다리라"는 말도 있지만, 오는 사람은 그냥 오는 것이 아니다. 그이의 과거와 그이의 지금 이 순간과 또 그이의 내일의 시간을 함께 거느리고 그는 오는 것이다. 그러니 그이는 허공처럼 크다.

이러할진대 설레지 않고서 어떻게 그이를 맞이하겠는가. 대문으로 들어서는 손님을 맞으려 맨발 바람으로 마당엘 뛰어나가는 고운 사람처럼 나는 사람을 흔쾌히 맞았으면 좋겠다. 토란 잎에 여름비 듣는 그 맑은 음성으로 그를 만났으면 좋겠다.

그렇게 맞은 사람에겐 하대하려는 마음이나 싫증을 내려는 마음이 생겨나지 않을 것이다. 미루거나 취소할 약속을 불쑥 하지도 않을 것이다. 나보다 더 그이를 생각하는 통에 나의 형편을 가끔은 잊어도 좋을 것이다. 나보다 더 그이를 생각하는 통에 그이를 더 응대할 것이다. 결코 그이를 슬픈 곳에 남겨 두는 일이 없이.

무언가를 소망하는 일은 무언가를 스스로 작심하는 일이다. 작심을 했어도 그 마음을 조심해 지녀 가기는 어렵다. 작심은 하현달처럼 이지러진다. 그것은 마음속에 친친 감아 두어도 시계태엽처럼 자꾸만 느슨하게 풀리기 때문이다. 그래서 처음 작심에는 간곡함과 매서운 결기가 필요하다. 그래야 초심이 유지된다. 작심이 무용해지지 않게 하려면 물러서서 자꾸 되돌아보아야 함은 물론이다.

거문고의 줄이 너무 팽팽해도 좋은 소리를 얻을 수 없고, 거문고의 줄이 너무 느슨해도 좋은 소리를 얻을 수 없다. 적당한 양의 들뜸과 적당한 양의 조바심으로 우리는 새로운 날을 맞으면 된다. 새날의 사람을 만나거든 사귀고, 사랑을 약속하고, 그이를 푸릇푸릇 생동하게 하면서. 그이의 삶에도, 나의 삶에도 씨앗이 움트게 하면서. 그이와 떨어져 있으면 그이가 자꾸만 나의 눈에 선하고 눈에 밟히면서. 아무튼 나와 당신의 앞에는 시간의 미개지가 눈앞에 펼쳐져 있다. 새해 새날 아침이다.

난타의 연등

•
•
•

요즘에는 밤거리를 느릿느릿한 걸음으로 걷는 일이 행복하다. 거리는 한 층계 높게 밝아졌다. 거리에는 온통 연등의 물결이다. 연등 아래 서서 연등을 바라보고 있으면 내 가슴에도 청아한 연꽃 한 송이 피어난다.

며칠 전에는 시골 절을 찾아갔다. 좁다란 길이 참 고왔다. 연둣빛 의상으로 갈아입은 봄산을 보면서 일주문에 들어섰을 때 내 마음에도 신록의 산빛, 산내음이 번져 세속의 문답과 시비를 잠깐 잊는 듯했다. 많은 사람이 환한 미소처럼 내건 연등들 속으로 나는 깊숙이 들어섰다. 꽃 떨어진 자리같이 허전했던 마음 한구석도 어느덧 맑고 산뜻해졌다.

연등을 만들어 내건 역사는 아주 오래됐다. 통일신라시대로 거슬러 올라간다. 조선시대에는 좀 특이하게도 부처님 오신 날이 가까워지면 집집이 장대를 세우고 등을 달아 하늘 높이 올렸다. 풍요와 다산을 바라는 마음으로 석류등이나 수박등을 달고, 무병장수를 기원하는 마음으로 거북등이나 학등을 달았다. 특히 종로 일대로 쏟아져 나온 연등행렬은 더할 나위 없이 장관이어서 사람들은 다투듯이 남산의 북서쪽 봉우리 잠두봉에 올랐고, 그곳에서 연등불빛을 바라보는 것을 한 해의 으뜸 구경거리로 삼았다. 강희맹은 "하늘 위에 항성이 일천 집에 떨어진 듯/ 한밤중 가는 곳마다 붉은 노을 감도누나"라고 읊어 종로 일대에서 펼쳐지는 연등축제 풍광에 크게 감탄했다.

불교에서 이렇게 연등을 만들어 내걸고, 또 부처님께 등을 공양 올리는 데에는 탐욕과 분노와 어리석음을 스스로 없애고 다른 사람들에게는 무량한 자비를 베풀겠다는 뜻이 담겨 있다. 불교경전 〈현우경〉에는 난타의 연등 이야기가 실려 있다. 난타는 아주 가난한 여인이었다. 국왕이나 많은 사람이 부처와 그의 제자들에게 공양을 올리는 것을 보면서 난타는 몹시 부러워했고, 공양을 올리지 못하는 자신의 신세를 한탄했다. 난타는 작은 공양이라도 올려야겠다는 생각으로 부지런히 일을 했다. 돈을 모았고, 그 돈으로 기름을 사 가까스로 등불을 밝혔다.

등불을 밝혀 부처에게 올리면서 난타는 간절하게 서원을 세웠다. 지금 비록 가난해서 허름한 등불 하나만을 공양할 수밖에 없지만, 자신의 등불은 자신의 큰 재산을 바치는 것이며, 따라서 자신의 마음까지도 모두 바치는 것이니 부디 등을 공양 올리는 인연 공덕으로 내생에 지혜광명을 얻고 또 일체중생의 어두운 마음을 없애게 해 달라는 서원이었다.

밤이 지나고 먼동이 트기 시작했을 때 다른 사람들의 등불은 꺼졌지만 난타의 등불은 유독 꺼지지 않았다. 부처는 난타의 등불을 보면서 "사해의 바닷물을 길어다 붓거나 크나큰 태풍을 몰아온다 해도 난타의 등불을 끌 수는 없다"고 말하며 난타는 장차 부처가 될 것이라고 말했다. 등을 바치는 진실한 마음과 일체중생을 먼저 구원하겠다는 그 숭고한 이타심 때문에 난타의 등불은 가장 오래 가장 환한 빛으로 타올랐던 것이다.

연등 아래서 나는 나의 작은 바람을 생각했다. 이성선 시인은 시 '티베트의 어느 스님을 생각하며'에서 이렇게 썼다.

우리가 진정으로 산다는 것은

새처럼 가난하고

나비처럼 신성할 것

잎 떨어진 나무에 귀를 대는 조각달처럼

사랑으로 침묵할 것

그렇게 서로를 들을 것.

나는 이 시를 나의 기도로 삼아 환한 연등 아래서 읊조
렸다.

저 들찔레처럼

들찔레 순이 한 뼘씩 올라왔다. 초록의 얼굴이다. 산보를
나갔다 보았다. 들찔레 순이 올라와 들찔레 덤불이 완성되
고 있었다. 어디에선가 작은 새들이 와 재재거리며 날고 있
었다. 학당의 아이 같았다. 생명을 받아들이느라, 이야기를
건네느라 새들은 말이 많았다. 말이 많으나 아직은 수줍은
듯 짧게짧게 찔레 덤불에서 새는 울었다. 나의 사랑도 처음
에는 저러했다. 나의 사랑도 찔레순처럼 굴곡으로 완성되
었다.

오늘 멀리 나가는 산보길은 며칠 새 길섶의 양쪽 어깨가
푸른 풀들로 짙어져 장정의 어깨처럼 두터워졌다. 앞사람
이 지나간 길이 여름에는 더 잘 보인다. 풀이 들어앉지 못한
길, 그 길이 당신에게 가는 길이다. 나는 귀엣말을 하듯 낮

게 나에게 말한다. 내가 지금 애타게 그리워하는 이가 누구인지를. 정지용 시인이 시 '호수'에서 노래했듯이 "얼굴 하나야/ 손바닥 둘로/ 폭 가리지만,// 보고픈 마음/ 호수만 하니/ 눈 감을 밖에" 없다.

오늘은 여름의 화원에 가서 접시꽃을 보았다. 붉은 밥그릇을 공중에 올려놓았다. 가난한 여인 난타가 구걸을 해 부처에게 올린 등불처럼, 누군가에게 공양하는 붉은 밥처럼, 누군가에게 공양하는 한 접시의 수줍음처럼 접시꽃은 피었다. 그러나 꽃으로서 볼진대 접시꽃은 평범한 얼굴이다. 환한 분을 칠하지 않은 맨얼굴이다.

사람을 사랑하기 시작하는 마음이 이런 것일 듯하다. 누구도 고통 받기를 싫어한다는 것을 알고 너그럽게 다른 사람을 대하는 여인의 얼굴이다. 어제의 일을 잊고 당신을 용서하겠노라고 말하고 있는 것만 같다. 속이 깊다. 접시꽃은 품이 넓다.

오늘은 여름의 화원에 가서 수국을 보았다. 수국은 푸른 실을 한 타래 둥글게 말아 그러당겨 쥐고 서 있었다. 그것을 자신의 꽃이라고 나에게 보여 주었다. 나는 그 속삭임을 곧이곧대로 믿었다. 그러나 사흘이 흐르고 아흐레가 지나자

수국은 안색을 천천히 바꾸어갔다. 사랑의 변심은 그렇게 시작되었다.

그러나 오늘은 수국 옆에 가서 말했다. 당신의 그 마음을 압니다. 당신의 그 마음을 나는 봅니다. 당신의 그 마음을 나는 온전하게 받아안습니다. 나는 당신이 그 골목에서 한 고백을, 수월치 않았을 고백을 고스란히 받아안습니다. 당신이 나보다 더 고통스러웠을 것입니다.

천상병 시인은 시 '날개'에서 이렇게 노래했다.

날개를 가지고 싶다.

어디론지 날 수 있는

날개를 가지고 싶다.

왜 하느님은 사람에게

날개를 안 다셨는지 모르겠다.

내같이 가난한 놈은

여행이라고는 신혼여행뿐이었는데

나는 어디로든지 가고 싶다.

날개가 있으면 소원 성취다.

하느님이여

날개를 주소서 주소서……

나는 날개까진 원하지도 않는다. 나는 낡은 목탁을 하나
샀다. 나무 물고기를 하나 샀다. 두드리니 맑은 소리가 난
다. 통통거린다. 통통한, 살찐, 윗배가 볼록한 소리가 난다.
볼록하지만 관능은 없다. 누군가의 영혼이, 혹은 나의 영혼
이 이런 소리를 닮았으면 좋겠다. 그런 영혼을 소유하면 그
것이 이 생애 제일의 재산이 될 것이다.

사랑이나 삶은 작은 생선을 굽듯 해야 한다는 말을 이제
야 나는 알 것도 같다. 너무 손을 대면, 손 타면 안 된다는
그 말의 귀함을 나는 알 듯도 하다. 애써 성공하려 하지 말
고, 애써 실패를 초래하지도 말라는 그 말을 알 것도 같다.
애써 헤어지려 하지 말고 애써 만나려 하지 말라는 그 말을
알 것도 같다. 삶이나 사랑은 강과 같아서 다만 유유히 흐를
뿐이다. 초봄의 새순이 무성해져 녹음을 만들고 그늘을 드
리우는 것처럼. 그것이 시간의 변화이다. 나는 이 사실을 나
에게 처음으로 용납한다.

나는 그동안 너무 절치부심切齒腐心했다. 기갈증 환자였다.
골목을 빠져나간 시간과 골목으로 들어오지도 않은 시간에

대해 너무 예민했다. 그것은 과거에 대한 집착, 혹은 과장이거나 미래에 대한 불안이었다. 그 마음을 나는 이 여름의 길목에서 다 떠나보낸다. 나는 나를 이제 해치지 않는다.

며칠 전 다큐멘터리에서 도요새가 갯벌 속으로 긴 부리를 찔러 갯벌레를 물어 올리는 광경을 보았다. 그것을 여러 번 반복해서 보았다. 아주 우아하게 목을 뺐었다가 있는 힘을 다해 부리를 갯벌의 뭉클뭉클한 살 속으로 처박는 것을 보았다. 있는 힘을 다해 우리는 살아갈 뿐이다. 그러니 당신만 고통 받고 있는 게 아니다. 모두 다 고통의 바다에 있다. 그러나 모두 다 온전해지려 하고 있다. 그것을 비루함이라 말해서는 안 될 일이다. 우리는 사랑과 삶의 고통을 넘어서려 하고 있다.

다시 들찔레의 덤불을 본다. 거대한 난필 같다. 어느 시골 아이가 벽에 개칠한 흔적 같다. 그러나 그것을 조용히 다시 들여다본다. 이 또한 애쓰고 있다. 가지에 가지를 얹고 더하고 있다. 가련하더니 기특하다. 내 삶을 돌아보면 저렇게 치고 나아간 적이 별로 없다. 묵묵부답으로 삶의 고통에 대해 묵빈대처默賓對處하면서 나아가 본 적이 없다. 저렇게 삶을 사람을 뜨겁게 사랑해 본 적이 없다. 그러므로 저 여름 찔레의 순은 소용돌이치듯 돌파해 나가는 그 무엇이다. 무소의 뿔처럼 홀로 나아갈 뿐이다. 저 모든 생명의 순들은 그러므로 무릎으로 기어가는 생명이다.

여름은 모든 풀과 나무를 무성하게 자라게 함으로써 우리에게 일념에 대해 말한다. 한결같은 것이 무엇인지에 대해서, 용기백배한다는 것에 대해서 말한다. 자신을 무릎으로 삼는 일에 대해 생각하게 한다.

지금 시작되는 여름은 그리하여 조금의 빈틈도 없는 계절이다. 전국의 선원에서 스님들이 하안거를 하는 모습 같다. 세 평의 방에서 하루 한 끼의 밥을 먹고 잠을 물리치며 화두를 붙들고 사는 선승의 기개를 여름은 보여 준다. 모든 인간의 삶 앞에 놓여 있는 큰 벽과 같은 장애를 부수어 버리는 것에 대해 여름은 말한다. 은산철벽을 무너뜨리며 여름은 나아간다. 여름은 헐후하게 하는 일이 없다.

삶은 누구에게라도 앞서 말해 주는 법이 없다. 삶은 바다에서 갓 건져 올리는 한 뭇의 낙지 같은 것이다. 어부가 그물에서 멸치를 떨쳐 내듯이 우리는 우리의 우수와 불안을 떨쳐 내면서 살아가야 한다. 다만, 걱정과 잡념을 떨쳐 내는 데 우리는 전광석화 같이 해야 한다. 우리는 전쟁과 같은 삶을 살아가면서 종군작가가 되어 이 생애의 삶을 기록할 뿐이다. 나도 당신도 예외일 수 없이 이 여름의 입구를 들어서고 있다.

여름은 그리하여 무너진 자를 일으켜 세운다. 절망의 못에서 우리의 삶을 건져 올린다. 여름은 처음도 끝도 없다. 중간만 있다. 진행되는 시간만 있다. 여름날의 저 들찔레처럼.

모든 인사는 시이다

●
●
●

인사가 참 간편해졌다. 새해 인사를 휴대전화 메시지를 통해 주고받았다. 대개 새해의 안녕과 행복을 빌어 주는 덕담의 문장들이었지만, 드물게는 포효하는 호랑이를 담아 보내온 이도 있어서 벙싯 웃었다. 윗사람에게 안부 인사를 여쭙는 세문안도 전화를 드리는 것으로 소략히 치렀다. 새해 들어 나를 벙싯 웃게 한 한 번의 인사는 택시 기사에게 들었다. 이런저런 얘기 끝에 시인의 삶에 대한 얘기가 오갔는데, 내가 차비를 치르고 차에서 막 내리려는 순간 택시 기사가 이렇게 말했다. "젊은 양반도 시 쓰십니까. 좋은 거 하시네." 나는 가볍게 목례를 했다.

인사를 받으면 내 쪽에서도 답례를 드리게 되는데, 어떤 문장의 답장을 드릴까 꽤 고민이 되었다. 고민 끝에 신석정 시인의 시구절 "내 가슴속에는 하늘로 발돋움한 짙푸른 산이 있다"를 변형해서 "당신의 가슴속에는 반짝반짝 빛나는 보석이 있습니다"라고 답장을 보냈다. 24세에 출가해 석전 박한영 스님으로부터 '대승기신론'을 배웠다는 신석정 시인은 "내 가슴속에 누적된 그 삼라만상은 내 정신세계의 전 재산이요, 이 재산으로 하여금 나는 부절히 발전하고 사유하고 욕망하고, 또 의욕 하는 것"이라고 했으니 우리가 우리들 삶의 테두리 저 너머를 바라지 않아도 될 정도의 보석 같은 일들이 우리들 가슴속에 있다면 얼마나 좋겠는가.

인사와 답인사에는 야박함이 없어서 좋다. 그 말과 문장과 몸짓에는 인심이 후하다. 정현종 시인이 최근 한 문학잡지에 발표한 신작시를 보고서도 역시 이런 생각을 했다. '인사'라는 짧은 시였다.

모든 인사는 시이다,
그것이
반갑고
정답고
맑은 것이라면.

실은

시가

세상일들과

사물과

마음들에

인사를 건네는 것이라면

모든 시는 인사이다.

인사 없이는

마음이 없고

뜻도 정다움도 없듯이

시 없이는

뜻하는 바

아무런 눈짓도 없고

맑은 진행도 없다.

세상일들

꽃피지 않는다

반면에 일본의 문인 다니자키 준이치로의 산문에는 겉치레 인사 혹은 불청객 손님으로부터의 인사를 그럴듯하게 거절하는 방법에 관한 내용이 있다. 그는 독특하게도 고양이의 꼬리 같은 물건이 있었으면 좋겠다고 썼다. 고양이는 주인이 부를 때 내키면 '야옹'하고 반응하여 울지만, 내키는 마음이 없으면 묵묵히 살짝 꼬리의 끝을 흔들어 보인다는 것에 그는 주목했다. 그래서 그에게도 대답의 방법으로 이 고양이의 꼬리라는 물건이 있다면 한두 번 살랑 흔들어 보임으로써 복잡한 기분을 교묘하게 표현할 수 있으니 제법 쓸모가 있지 않겠느냐는 것이었다.

그러고 보면 인사는 '반갑고 정답고 맑은 것'이어야 한다. 인사가 물론 붙임성의 표현이지만 과다하면 예를 잃기도 한다. 슬쩍 말을 건네듯이 "잘 지내죠?"라고 시작하는 인사는 얼마나 따뜻한가. 사랑하는 사이라면 시구절을 인용해 인사를 전해도 좋겠다. 가령 나태주 시인의 시 '부탁'은 어떨까.

너무 멀리까지는 가지 말아라

사랑아

모습 보이는 곳까지만

목소리 들리는 곳까지만 가거라

돌아오는 길 잊을까 걱정이다

사랑아.

눈보라가 집시의
바이올린처럼 흐느낄 때

•
•
•

아아, 눈보라다.

집들은 그 속에 맹목盲目이 되어 몸을 엎드리고

묻혀 있다. 이 무서운 밤에도

살며시 창문의 눈을 털어내 바깥을 살짝 내다보렴.

저 눈보라가 나무들 위에 으르렁거리며 날뛰다가

한바탕 사라진 뒤를

들키지 않게 내다보렴.

환한 눈 빛.

뜻밖에도 화안해서

벌써 길 같은 건 지워졌지만

고요하게 푸른 눈 빛이란다.

일본의 시인 이토 세이의 '설야雪夜'라는 시이다. 눈보라가 몰아치는 밤에 나는 몇 번이나 깨어 있었을까. 눈보라가 멎고 세상이 온통 '눈雪 빛'이 되어 더할 나위 없이 조용하던 때를 몇 번이나 맞았을까. 그러고 보면 눈보라가 멎고 난 후의 세상보다 더 조용하던 때를 아직 마주한 적이 없다. 그런 때에는 극미極微한 기척까지 다 감각할 수 있었으니. 벌 떼처럼 어지럽게 잉잉거리는 눈보라 속에서는 아버지의 음성이 아직도 들린다. 바깥에 일 나갔다 돌아오셔서 수수빗자루로 눈을 털어 내며 "뭔 눈이 이렇게 퍼부어?"라던 아버지의 말씀을 이불을 뒤집어쓴 채 나는 듣고 있었다. 마치 작은 굴 속에 웅크린 저 깊은 계곡의 산짐승처럼.

이토 세이의 또 다른 시에는 폭설이 내리던 밤 한 가난한 가족의 풍경이 묘사되어 있어 마음을 아프게도 한다. '앓는 아버지'라는 제목의 시이다. 나는 이 시를 읽으면서 무거운 눈을 겨우 떠받치고 있는, 곧 무너질 기세여서 위태위태한 처마 아래 서 있는 것 같았다.

눈이 처마까지 쌓이고,

일본해를 건너오는 눈보라가 밤마다 그 위를 날뛴다.

거기에 파묻힌 집 어두운 타다미방에서

아버지는 쇠약한 닭처럼 안쓰러운 기침을 한다.

아버지보다 커버린 나와 아우는

시뻘건 난로를 둘러싸고

안방의 아버지에게 귀를 기울이고 있다.

누이동생은 거기서 아버지의 발을 주무르고 있다.

아버지의 쿨럭거리는 기침 소리를 듣고 있는 '나와 아우'
의 근심을 이해하고도 남음이 있다. 몸은 아버지보다 굵어
졌지만 아버지를 위해 할 수 있는 일이 무엇 하나 없었을 테
니. 오, 아이들의 마음에는 살얼음이 가득 끼었을 것이다.
안방에서 아버지의 발을 주무르고 주무르고만 있는 '누이동
생'의 딱한 모습도 선연하게 떠오른다.

소설가 이태준은 "눈이 강산처럼 쌓이는" 소청素淸에서 서
너 해 겨울을 보냈다. 이태준은 짧은 산문을 통해 눈 오는
날 어머니를 그리워하는 마음을 담았다. 그는 어느 날 "우
르르 하고 원산 이북에서 오는 남행열차가 산모퉁이를 돌아
나"오는 것을 보았던 모양이다. 기차 지붕에는 소복하니 허
옇게 눈이 덮여 있었던 것인데, 이태준은 그 기차를 보고서

이렇게 산문을 썼다. "나는 새삼스레 북극의 겨울이 그리워졌다. 그 눈이 추녀 밑까지 올려 쌓이어 길이 막혀 서당에도 안 가고 집에서 구수한 '수수알'을 삶아 먹던 일, 이글이글하는 장작불에 참새, 꿩을 구워 먹던 일, 그리고 어머니 생각이 더욱 솟아올랐었다. 지금도 어머니 산소는 소청에 있다." 이태준의 슬픔은 어머니의 무덤을 떠올리는 대목에 있다. 어머니의 묏등에 밤새 몰아쳤을 눈보라를 떠올리며 이태준은 눈시울을 적셨을 것이다.

시인 예세닌은 "눈보라가 집시의 바이올린처럼 흐느낀다"는 문장으로 눈보라가 내리는 날의 스산함을 탁월하게 표현했다. 백거이는 '숯 파는 늙은이賣炭翁'라는 풍자시를 썼다. "숯 팔아 얻은 돈 어디에 쓰나? 몸에 걸칠 옷과 입에 풀칠할 음식이지. 가련하게도 몸에는 홑옷을 걸쳤으면서, 숯값이 쌀까 봐 날씨 춥기만 바라네." 근근이 호구지책을 세워 가고 있는 가난한 산촌 늙은이를 노래했다.

눈보라가 집시의 바이올린처럼 흐느낄 때 어수선하고 스산한 눈보라는 왜 외진 곳으로만 몰아쳐 가는지 알 수 없다. 마음의 계곡에 눈보라가 퍼붓는 사람이 없지 않을 것이니, 오늘은 그이의 마음을 염려한다.

대중목욕탕 집
가족처럼

•
•
•

언제부턴가 대중목욕탕에 가는 일이 잦아졌다. 옷을 챙겨 아이를 데리고 그것도 한적한 목욕탕에 가는 것이 행복한 일이 되었다. 할머니에게 표를 사서 구두를 닦고 있는 아저씨를 지나 신발장에 신발을 넣고 들어선다. 표를 받는 할아버지는 졸음에 겨운 듯 고개를 잠깐잠깐씩 떨구고 있다가 깜짝 놀라며 고개를 추켜든다. 그리고는 다시 선한 소처럼 눈을 껌벅껌벅하면서 옷장 열쇠를 하나 넘겨준다. 눈에는 아직 졸음이 자글자글하게 가득하다.

목욕 손님이 많지 않은 오후의 대중목욕탕. 아이와 나는 옷을 훌훌 벗고 서로를 바라보면서 한바탕 수줍게 웃는다. 아이는 손으로 몸을 가리기 시작했다. 어느새 부끄러움이 생긴 것이다. 나는 일부러 아이의 손을 젖히며 아이를 한바탕

놀려 준다. 아이는 눈을 떴다 감는 사이에 체중계 앞에 가 있다. 체중계에 올라선다. 28! 다시 내렸다가 올라선다. 28! 올라섰다 내려서는 그 사이에 몸무게가 변할 리 없지만 아이는 그 숫자를 또 읽는 것이 신기하고도 행복한 모양이다.

내가 자주 가는 대중목욕탕은 지상에 있어서 창으로 볕이 잘 들어온다. 볕에 받아 둔 물의 물비늘이 반짝이는 것을 보고 있으면 조금은 생활의 긴장이 풀어진다. 나는 아이의 머리를 감기느라 비누칠을 하고, 박을 긁듯 씻겨 준다. 아이는 눈이 매운지 연신 손바닥에 물을 받아 얼굴에 끼얹는다.

사람들이 복작복작하지 않는 한적한, 그리 크지 않은 대중목욕탕에 가면 더러는 중풍 후유증에 시달리는 노인도 만나게 된다. 지난주에도 그 노인을 만났다. 입이 옆으로 살짝 돌아가고 팔과 다리가 뒤틀려 거동이 불편한 노인은 가만히 침묵하듯 온탕에 앉아 있었다. 그 옆에 아들로 보이는 중년의 남성이 작은 바가지로 따뜻한 물을 끼얹어 주었다. 따뜻한 물은 노인의 몸을 살짝 데워 주고 살갗을 사르르 미끄러지면서 흘러내렸다. 겹주름 사이로는 물기가 고였다. 아들로 보이는 그 중년의 남성은 계속 노인에게 따뜻한 물의 옷을 입혀 주었다. 마비된 손과 팔과 다리와 발을 또 주물러

주었다. 나는 온탕에 앉아 그 모습을 한참 바라보았다. 아버지에게 따뜻한 물의 옷을 입혀 주는 그 중년 남성의 마음을 두고두고 생각해 보았다.

가끔은 나도 아버지와 함께 목욕탕엘 간다. 시골에 내려가게 되면 아버지를 모시고 목욕탕엘 간다. 시골에서는 대중목욕탕 가는 차편이 수월하지 않기 때문에 대중목욕탕 가는 일이 매우 번거롭다. 해서 나는 나의 작은 차를 몰고 직지사 산자락 아래에 있는 목욕탕엘 간다. 목욕을 끝내고 돌아오는 길에는 막걸리 한 병과 식당 주인이 손수 만든 두부와 묵을 사서 돌아온다.

깊은 계곡에서 흘러내려 오는 물을 직접 받아 사용한다는 그 목욕탕에서 아버지의 친구를 만나고 내 어릴 적 친구도 만난다. 벗은 몸으로 만나 좀 어색하지만 곧 두 손을 잡아 인사를 나누고 안부를 묻는다. 나는 아버지의 등을 밀어 드린다. 아버지는 칠순의 몸이지만 시골서 평생 농사를 지어 온 몸이라 장정의 몸처럼 단단하다. 그 몸으로 지게를 지고, 들을 보살펴 왔다.

등을 밀어 드리면 아버지는 "혼자서는 옳게 못 밀어"라고 말씀하신다. "옳다"라는 말을 아버지는 아주 자주 사용하신다. 예를 들면 "옳게 됐는지 모르겠다"라는 문장으로 일의 마무리가 잘 되었는지를 염려하신다. 그 말씀이 이제는 익숙하고, 또 정감이 있다.

아버지와 함께 목욕탕에 가는 날 되도록이면 아이도 함께 데리고 간다. 아이는 온탕과 냉탕을 들락날락한다. 냉탕에 발을 살짝 밀어 넣어 보고는, 좁은 어깨를 구기듯이 움츠려 기겁을 하기도 한다. 아버지는 아이를 잡아 때를 밀고, 나도 또 아이를 잡아 때를 민다. 그러나 오래 붙들어 두지는 못한다. 아이는 어느새 수건으로 몸의 물기를 닦아 내고 체중계에 다시 올라가 있다. 아이는 크게 숫자를 읽는다.

"28!"

살면서 입말을 주고받다 어느덧 정이 들기도 하지만, 몸과 몸이 만나는 때에도 덧정이 생겨난다. 요즘은 가족과 함께 대중목욕탕에 가는 시간이 덧정이 생기는 시간이다. 대중목욕탕을 함께 가는 이 작은 일도 언젠가는 추억이 될 것이다. 나의 아버지의 몸은 더 늙어 가고 나의 아이의 몸은 더 굵어질 것이다. 아이의 체중이 점점 늘어나면서 수레가 가듯 세월도 지나갈 것이다. 그렇게 되기 전에 우리는 아주 한적한 대중목욕탕에 가는 행복을 더 많이 누릴 것이다.

우리의 사이는 대중목욕탕 집 가족처럼 될 것이다. 어머니가 표를 끊어 주고, 아들이 손님의 구두를 닦고, 아버지가 표를 받고 옷장의 열쇠를 건네주는 그런 대중목욕탕 집 가족. 서로의 몸에 따뜻한 물의 옷을 입혀 주고 등을 밀어주고 서로가 근심하는 일에 대해 말을 나눌 것이다. 집으로 돌아올 때에는 어둑어둑해져 따뜻한 저녁 밥상이 우리를 기다리고 있을 것이다. 대중목욕탕 둘레에 앉는 것처럼 우리는 행복의 둘레에 둘러앉을 것이다.

대화

●
●
●

버드나무 한 그루가 나의 가슴속에 있다. 고향을 다녀온 후로 버드나무는 내 생각의 다락 같은 곳에 거처를 하고 있다. 손이 바쁘다가도 문득 버드나무가 생각난다. 무정한 대상이 이처럼 무언無言으로, 그러나 결을 갖고 나의 마음에 한 자리를 턱 차지하고 앉아 있기는 드문 일이다. 시골 고향에는 작은 못이 하나 있는데, 이번에 찾아갔을 때 못가에 앉아 있다 그 버드나무를 발견했다. 물가에 서 있는 버드나무는 막 움트고 있어 실눈을 뜨는 것만 같았다. 나는 그 버드나무의 아래, 물가를 내려다보았다. 버드나무가 다른 나무들에 비해 그처럼 일찍 봄을 피워 올리는 것은 오랜 시간 동안 물에 기대어 온 덕분이라고 나는 생각했다. 그것을 물과 버드나무 사이의 대화라 부를 수 있을까.

나의 시골집은 요즘 헐리고 있다. 1979년에 지은 집. 애당초 너무 허술하게 지은 탓에 근년에는 지붕을 이고 앉아 있으려니 겁이 더럭 나서 더는 미루지 않고 집을 헐기로 했다. 다락에서 광주리와 한약을 달이는 데 쓰는 그릇, 아리랑 성냥갑, 사기 호롱, 브라운관 앞쪽에 미닫이문이 있는 텔레비전 등이 쏟아져 나왔다. 집을 헐고 있는 인부들 사이에 끼여 나는 내가 아홉 살 때부터 줄곧 살아온 집의 안쪽을 살펴보았다. 텅 빈 방을 보는 것은 야릇한 느낌을 주었다. 벽면엔 검은 곰팡이가 가득했다. 장롱 같은 것을 들어내고 천장을 허문 방은 가재도구가 꽉 차 있을 때보다 비좁게 느껴졌다. 그런데 그때 나는 내가 이 집에 오래 기대어 있었다는 것을 알게 되었다. 누나들과 서로의 몸 쪽으로 이불을 끌어당기며 싸우던 그때 그 마음으로도 돌아갔다. 그러면서 집에 대한 기억들이 파노라마처럼 머릿속을 한 차례 지나갔다. 들일을 나가서 아직 돌아오지 않은 아버지를 어두워지는 마당에 서서 기다리는 아이가 떠올랐고, 늦은 저녁 불을 때는 부엌에서 국수를 삶던 어머니의 불그스름한 얼굴이 떠올랐다. 숙제를 하느라 배를 대고 엎드린 동생이 왱왱거리며 글 읽는 소리, 큰일이 난 듯한 표정으로 끙끙 앓아누운 나를 바라보던 가족들의 오골쪼골한 근심들, 조리로 쌀 씻는 소리, 밥상에 가지런하게 놓인 수저와 그릇들, 갓 따온 과일과 가벼운 농담들, 돈과 그로 인한 숱한 말싸움들……. 집이 헐리는 것을 보면서 나는 내가 집에 대해 속정이 깊게 들었다는 것을 알게 되었다. 그리고 그것은 흩어진 하나하나의 쌀알들을 주워 담는 듯한 기분이었다.

영화 '아멜리에'에 이런 대사가 나온다. "삶의 쾌락은 작고 무해한 감각적 즐거움으로 채워진 상자 같은 것이다." 영화는 파이 껍질을 숟가락으로 깨뜨리는 순간의 쾌감과 강물의 수면에 물수제비를 뜨는 때의 작은 흥분, 곡식 자루에 손을 집어넣어 알갱이가 손가락 틈새를 빠져나가는 촉감 이런 것이 작고 무해한 즐거움이라고 말한다. 물가 버드나무를 바라보면서, 또 헐리는 시골집을 바라보면서 나는 내가 기대어 온 것에 대해 다시 생각했다. 사실 우리를 설명할 수 있는 것은 아기자기하고 사소한 이야기들이 전부일지 모른다. 그것을 무용無用하다고 할 수 있을까. 그렇게 말한다면 대화를 거절해 온 사람의 얘기가 될 성싶다.

당일과 공일

●
●
●

조선시대 재야 문사 이용휴가 어느날 '당일헌當日軒'이라는 집의 이름에 대해 기문을 써 달라는 요청을 받았다. 이용휴는 이렇게 적었다.

하루가 쌓여 열흘이 되고 한 달이 되고 한 계절이 되고 한 해가 된다. 한 인간을 만드는 일에서도, 하루하루 행동을 닦은 뒤에야 크게 바뀐 사람에 이르기를 바랄 수 있다. 공부는 오직 당일當日에 달려 있다. 그러니 내일은 말하지 말라! 아! 공부하지 않는 날은 오지 않은 날과 한가지로 공일空日이다. 그대는 모름지기 눈앞에 환하게 빛나는 이 하루를 공일로 만들지 말고 당일로 만들라!

나는 가끔 이용휴의 산문을 읽다 이 대목에서 멈춰 서게 된다. 하루가 공일이 되기도 하고 당일이 되기도 한다는 이 말씀은 여러 생각을 하게 한다. 가슴에 파장이 온다. 우리는 우리에게 질문해야 할지도 모르겠다. 나는 공일을 만드는 사람인가 당일을 만드는 사람인가, 라고.

우리는 우리 삶의 설계사요, 건축가이다. 우리가 열정으로 혼신의 힘을 쏟을 때 우리의 미래는 찬란한 꽃을 개화한다. 모든 결과는 당신이 선택한다. 밑동을 벨 때 기운 쪽으로 넘어지는 나무처럼. 마치 농사를 지을 때 그 모든 것이 다 대지를 원인으로 하고, 대지를 의지하며, 대지를 바탕으로 이루어지는 것처럼. 당신이 모든 것을 선택한다. 어느 누구에게도 맡길 수 없이 당신의 마음이 그 대지이다.

'천의 얼굴을 가진 연기자'로 잘 알려진 연극배우 추송웅은 열정 때문에 많은 일화를 남겼다. 그가 아내의 곗돈 75만 원으로 연극 '빨간 피터의 고백'을 준비할 때, 그는 1977년 3월부터 6개월 동안 창경원 원숭이 우리 앞으로 틈만 나면 달려갔다. 원숭이 연기를 위해 원숭이를 관찰했던 것이다. 그런 노력이 있었기에 추송웅은 원숭이의 몸짓을 완벽하게 재현했다.

쉽게 수확되는 것은 없다. 강한 눈보라와 돌풍을 견디고 피어나는 봄꽃처럼, 밟히고 밟히면서 더욱 강인한 뿌리를 갖게 되는 청보리밭처럼, 모든 기쁨과 행복은 역경과 맞바꾸면서 얻어진다.

누구나 다 그렇듯이 나는 집으로 돌아오면 먼저 발을 씻는다. 우리들의 작은 발에는 하루치 노동의 흔적이 배어 있다. 가끔은 아이의 작은 발을 주물러 주거나 씻겨 준다. 아이라고 해서 피곤이 없을 리 없다. 누군가 당신에게 세족洗足해 준다면 그것은 당신의 존재를 바닥에서부터 떠받든다는 사랑의 표현이다. 당신의 하루를 온전하고도 빠짐없이 응원한다는 고백이다.

모든 삶은 맨발의 삶이다. 우리의 조건은 다 갖추어져 있지 않다. 신발 없는 맨발로 뛰는 것이다. 우리가 땀과 노고를 생각할 때 맨발을 연상하는 이유도 여기에 있다. 맨발은 수식이 없다. 모든 사람은 완전하고도 행복한 삶을 위하여 그 아름다운 맨발로 뛰고 뛰는 것이다.

"목숨을 던져서 오로지 뚫다 보면 몸 전체가 뚫고 들어간다"는 옛말이 있다. 모기가 무쇠로 된 소의 등에 올라앉아 무쇠의 등판을 뚫어, 기필코 피를 빨아먹고야 마는 일을 비유해서 쓰는 말이다. 연약한 모기의 부리가 쇠로 된 소의 등판을 뚫는다니 당신은 황당해 할 것이다. 그러나 모기가 쇠로 된 소의 등판을 뚫고 뚫어 마침내 피를 빨아야 모기의 굶주림은 해소될 것이다. 그럴 때에서야 모기는 모기의 일을 다했다 할 것이다. 집중과 집념은 불가능을 가능으로 전환하는 놀랄 만한 힘을 갖고 있다.

인생은 오늘의 연속이다. 그러나 오늘은 단 한 번뿐인 오늘이다. 그래서 지금 이 순간을 영원답게 살아야 한다. 증기 기관차의 화통 같은 열정이 우리의 내일을 가꾼다. 있는 힘을 다하는 당신이라면 나는 당신의 맨발을 손수 씻어 주고 싶다.

어머니와 시골 절

●
●
●

어머니는 부처님 오신 날에 동네에서 가까운 용화사엘 간다. 쌀 두어 되와 초를 보자기에 싸서 들고 간다. 용화사는 작은 시골 절이다. 걸어서 반 시간 남짓 걸린다.

나의 어머니 뒤에는 봉산댁이 뒤따라간다. 두 분 사이 간격은 늘어나지도 줄어들지도 않는다. 봉산댁 뒤에는 백발이 성성한, 동네서 가장 연만한 점방집 할머니가 뒤따라간다. 간격은 점점 벌어진다. 어머니와 봉산댁은 자꾸 뒤돌아본다. 점방집 할머니는 잔뜩 구부린 허리를 연신 편다. 행복하고 싱그런 행렬이다. 너그럽고 평화로운 한 줄이다. 그들의 얼굴에 초여름 햇살이 내린다. 절에 가는 그들이 부처이다. 코는 내려앉고 귀는 어둡고 눈은 흐리되 역시 부처이다.

나도 어릴 때 시골 절엘 갔다. 용화사에 가서 미륵부처님을 뵙고 절을 올렸다. 어머니는 뭐라 뭐라 들릴 듯 말 듯한 말을 중얼거렸다. 나는 그 조근조근하고 얼금얼금한 소리가 세상에서 가장 경건한 말씀이라고 지금도 생각한다. 제일로 간곡한 기도라고 생각한다.

법당에는 어머니뿐만 아니라 인근 동네서 온 보살들이 미륵부처님 앞에서 모두 다 중얼거렸다. 그 중얼거림은 빛나는 비밀 같은 것이어서 다른 기도자들의 귀에는 들리지 않았다. 긴 은하 같은 마음속 말씀이었다. 손가락을 퉁기는 짧은 시간이라도 부처님을 독신篤信하여 마음이 바뀌지 아니하면 그 복이 끝없어서 헤아릴 수 없다 했으니, 둥글둥글하게 몽돌처럼 웃는 보살들은 기도를 하는 것 자체로써 이미 소원을 원만하게 성취했다.

어머니는 시골 절에 가기 며칠 전부터 채식을 했다. 소찬으로 절욕의 식단을 차렸다. 식구들의 밥 짓는 양을 줄여 묵은 밥을 두지 않았다. 절에 가기 전에는 솥에 물을 끓여 목욕을 깨끗하게 하신 다음에야 갔다. 그 며칠 동안은 다른 사람의 잘못을 입에 담지 않았다. 큰 소리로 말하는 법도 없었다. 경전의 말씀처럼, 어머니는 말을 할 때 종鐘이나 경쇠를 고요히 두들기듯 했다. 거친 말을 하지 않았다. 그런 어머니

덕에 부처님 오신 날을 전후한 그 며칠간은 낮고 허름한 우리 집이 맑은 시내 같았다. 어머니는 이런 방법으로 당신의 마음과 몸을 정갈하게 했다. 거울의 얼룩을 빠짐없이 닦아 내듯이.

시골 절에서 보살들과 어머니가 절하는 모습은 잊지 못하겠다. 몸과 마음과 호흡을 조심하면서 부처님 앞에 절을 올리는 그 모습. 아주 공손하고 지극하게 몸을 무너뜨리며 절을 올리던 그 모습. 절하는 모습은 이 세상에서 가장 아름다운 모습이다. 절할 때의 몸은 가장 멋진 물러섬을 보여 준다. 엎드림은 자기를 항복시키고, 몸과 마음의 인색함을 넘어선다. 그 모습은 서글서글하고, 외관과 내심이 스스로 구족한 것이어서 그 뜻 또한 무량하다.

나의 어머니는 시골의 평범한 노모老母이다. 계율에 계합하는 조행操行의 덕목을 잘 알지 못하지만, 어머니는 당신 성심껏 신앙한다. 올해도 한결같이 어머니는 시골 절에 가고 있을 것이다. 믿음이 없는 사람이 네 가지 꿀을 주더라도, 믿음이 있는 사람이 주는 야생의 쌀밥보다 못한 것이라고 했다. 나는 어머니의 그 종교로써, 어머니가 주는 야생의 쌀밥으로써 나의 망념을 걷어 낸다.

부처님 오신 날 무렵, 어머니의 마음은 위대한 경전이다. 마음의 독실함으로 엮은 큰 책이다. 나는 어머니의 등 뒤에서 조용히 어머니를 뒤따라가고 싶다. 뒤따라가는 것만으로도 큰 감화를 받을 것이다.

햇빛 텃밭

•
•
•

계절은 다섯 마리의 말이 끄는 수레 같다. 신속하다. 계절은 박수소리 같다. 또한 신속하다. 초여름은 풋자두 냄새가 난다. 조금은 신맛이지만 자꾸자꾸 햇빛에 익는 시간이 남아 있는 풋자두의 시간.

초여름은 바빠진다. 흙이 있는 곳이라면 뿌리를 내리고 가녀린 몸을 올리는 둥근 풀들을 보라. 스스로의 목숨을 생육하는 저 아름다운 모습을 보라. 세월은 공중의 번개요, 모래로 된 기슭이지만 초여름에는 풀들의 살림이 하냥 부럽다.

내가 사는 행신동에도 텃밭 농사가 한창이다. 나도 지난해에는 다섯 평의 땅을 빌렸다. 상추와 아욱을 멋지게 농사 지어 보겠다는 생각에서였다. 상추는 여름 내내 식탁에 올릴 수 있다. 아욱은 멀건 국에 넣어도 제격이고, 그 꽃이 공중에 흔들리는 것을 보아도 더할 나위 없이 좋다. 아욱꽃은 여름밤의 별 같다. 상추는 식탁을 위한 것이요, 아욱은 식탁보다는 사람의 눈과 마음을 위한 것이다. 눈에 아욱꽃의 하얀 별이 돋고, 마음하늘에 별 같은 빛이 돋는다면 그 얼마나 큰 행복인가.

나는 동네 텃밭에선 제일로 게으른 꼴찌 농사꾼이다. 사람들은 나보다 훨씬 흙고랑을 잘 내고, 훨씬 씨앗을 잘 묻고, 훨씬 물조리개를 잘 쓰고, 훨씬 오래 밭에 머무른다. 하지만 그네들의 텃밭 농사에 불평이 없지는 않다. 땅을 빌려 짓는 텃밭 농사에 사람들은 목책을 두르고 줄을 치고 무서운 경고까지 한다. "이곳에 출입을 절대 금함!" 푯말을 보기만 해도 마치 몸집이 큰 거인의 우렁찬 목소리를 듣는 것 같다.

분할된 공간인 아파트에 살아서일까. 나 단독의 소유를 주장하는 그런 푯말이 좀 불편하기는 하지만, 그래도 여름 텃밭은 햇빛 텃밭이다. 땅벌레들은 열심히 기어가고 벌들은 날아오르고 사람들은 물조리개를 들어 물을 내려 준다. 아이가 물조리개를 들고 물을 줄 때가 가장 멋지다. 작고 예쁜 모자를 아이의 머리에, 그 동심에 얹어주고 싶다.

곤란한 일이 없지는 않다. 여름 장마가 지거나 소낙비가 온 후 다시 볕이 들 때 풀들은 쑥쑥 공중을 한 층 위로 밀어 올리며 자란다. 풀은 뚱뚱해지고 텃밭은 꽉 찬다. 채마밭인지 풀밭인지 분간이 되지 않는다. 그런 날에는 오수를 즐길 시간을 내주지 않는다. 손과 발을 밭고랑에다 묶어 놓는다. 그러나 그렇게 땀을 다 흘리고 난 후 맞는 바람은 얼마나 시원시원한지.

당나라 때의 고승 백장 스님은 "하루 일하지 않으면 하루 먹지 말라"고 했다. 여름날의 햇빛 텃밭을 가꾸면 과장되게도 이 말씀이 떠오른다. 햇빛 텃밭의 풀잎이든 그곳에 더불어 사는 땅벌레든 생명 있는 것들은 퇴로를 만들지 않는다. 의지의 전면을 보여 준다. 햇빛 텃밭은 단심의 정신을 보여 준다. 참되다.

염천과 짧은 이불

●
●
●

더위를 피해 계곡을 찾아갔다. 장맛비에 계곡물이 많이 불어나 있었다. 징검돌을 띄엄띄엄 놓고 건너가 계곡 속으로 깊이 들어갔다. 한결 두꺼워진 나무 그늘이며, 꼭 쥐어짜면 푸른 물이 후드득 떨어질 것 같은 풀숲이며, 계곡의 바람이 좋았다. 여름산 속에 들어갔더니 장석남 시인이 쓴 '여름산'이라는 시가 생각났다. "둥글게 휜 풀잎의 둥긂/ 둥긂 위에 앉은 잠자리의 투명/ 투명 위에 앉은 여름산."

계곡물에 맨발을 담그고 있었더니 금세 뼈가 시려 왔다. 차가움을 얻으며 그 물로 마음을 한 번 씻었다. 한가함도 스스로 얻는 것이라 하지 않았던가. 조지훈 시인도 게을러야 한다고 누누이 일렀으되 번잡함을 꺼려 하니 마음이 한가로워졌다. 속된 것의 수량이 적어졌다.

그러나 다시 오늘 세상은 염천炎天이다. 활활 타오르는 불을 이고 있다. 복장을 굶는다. 어떤 이는 부채를 들고 살고, 어떤 이는 나무 그늘에 의탁한다. 또 어떤 이는 여름휴가지에 마음이 먼저 당도해 있다.

1937년 국내에 소개된 이상의 산문 '권태'를 보면 이상도 이런 염천은 참기 어려웠던 모양이다. 그는 이렇게 썼다. "어서―차라리―어둬버리기나 햇스면조켓는데―벽촌僻村의 여름―날은 지리해서죽겟슬만치 길다." "해는 백도百度 가까운벼츨 집웅에도 벌판에도 뽕나무에도암닭꼬랑지에도 나려쪼인다. 아침이나저녁이나 뜨거워서 견델수가업는 염서계속炎暑繼續이다." "이윽고 밤이오면 또 거대巨大한구렁이처럼 빗을일허버리고 소리도업시 잔다."

여름 숲의 푸른 색채를 보고도 이상은 "단조무미單調無味한 채색"이라고 했고, "어쩔작정으로 저러케 퍼러냐. 하로왼종일 저 푸른 빗은 아모짓도하지안는다오즉 그 푸른것에 백치白痴와가티 만족하면서 푸른채로 잇다"라고 했는데, 요 며칠 나도 그 푸른 색채의 의욕과 생동을 보고 살면서 이런저런 생각을 하게 된다. 저 푸르고 성장하는 큰 자연에 비하면 아주 작은 자연에 불과한 우리는 과연 어떻게 이 염천의 여름을 나야 하는가를 자연스레 생각하게 되는 것이다. 그리고 그 여름 나기의 비법은 일과 생각을 좀 줄이는 것에 있지 않을까 생각하는 것이다.

가령 중국의 시인 백거이는 '하일夏日'이라는 시에서 이렇게 읊는다.

밤이 오니 동쪽 창에서 더위 물러가고
북쪽 문으로 서늘한 바람이 불어온다.
종일토록 앉았다가 다시 누워서
방 안을 떠나지 않았다.
마음속 깊은 곳에서는 얽매임이 없어
나 또한 문을 나와 바람과 친구 되었다.

순리를 거스르지 않고, 손에 일을 줄이고, 상대편에게 나를 맞추며, 마음에 분별이나 과도한 욕심을 내지 않고 사는 것, 그것을 백거이는 노래했다.

이러할진대 이 여름에는 우리가 사는 일이 마치 짧은 이불을 덮는 것과 같다고 생각해 보면 어떨까도 싶은 것이다. 가슴께까지 끌어당겨 덮으면 두 발을 다 덮을 수 없고, 두

발을 덮고 나면 가슴을 덮을 수 없는 짧은 이불. 세상에서 우리가 얻는 것이 짧은 이불을 얻는 것과 같으니 상하上下나 선후先後가 다 좋은 것을 한꺼번에 얻기는 참으로 어렵고 드문 것임을 인정한다면 이 여름에도 바람 한 자락은 불어오지 않을까 싶은 것이다.

사랑의 고백

●
●
●

사랑하는 이에겐 숨겨 놓았던 말이 있다. 앵두 같은 말, 수선화 같은 말, 아침 커피 같은 말, 종달새 같은 말, 침실 같은 말. 이 말들은 당신의 품속에서 새알처럼 기다리다가 어느 순간 세상 바깥으로 껍질을 깨고 나온다. 입술을 살짝 열면서. 오동나무 아래에서 나오기도 한다. 커피를 마시면서 마주 앉아 있는데 어느 결에 두근거리면서 나오기도 한다. 사랑하는 사람의 집 앞에서 나오기도 한다. 헤어지는 일이 너무 섭섭해서 헤어지는 순간에 나온다. 이런 말들이 나와서 세상은 따뜻하다.

만난 지 오래되지 않은 연인은 "내가 당신에게 관심이 생겼습니다"라고 말한다. 그것은 아주 설렌다. 내 가슴속에서 작은 새가 포르릉포르릉 날아올라 하늘을 한 바퀴 돌다 다시 당신의 가슴속으로 들어가는 그런 말이다. 요즘은 불빛이 환한 곳에서 이런 말을 주고받는다. 승용차 안에서 주고받는다.

그러나 조금은 어두운 곳에서 이런 말은 전해져도 좋다. 아니면 이제 우리가 사는 도시에서는 거의 보기 힘든 빨간 우체통을 통해 사랑의 말이 전해져도 좋다. 대낮처럼 밝은 곳이 아니라 어둠이 비스듬히 내린 그런 곳도 좋다. 곧바로 전달하지 않고 사랑의 말이 작은 엽서나 예쁜 편지로 전달되는 것을 지켜보는 것도 행복이다.

큰 운동장에서 사랑의 말을 건네 보는 것은 어떨까. 큰 운동장 한가운데까지 같이 걸어가는 것이다. 그리고 운동장의 중심에 마주 서서 그 떨리는 말을 해도 좋다. 시골의 흙길 위에서 혹은 전나무 숲을 함께 걸어가면서 사랑의 말을 해도 참 잘 어울린다. 강물이 흘러가는 강변도 좋다. 별이 쏟아지는 밤이어도 좋다. 당신은 사랑하는 사람의 손을 꼭 잡고 있을 것이다.

사랑을 고백할 시간과 장소는 모두 당신의 선택에 달려 있다. 당신은 당신에게 가장 잘 어울리는 곳과 당신의 말이 가장 멋진 옷을 입을 시간을 고를 것이다. 그러나 아주 오래 전부터 숨겨 놓았던 말은 불쑥 당신의 입술 바깥으로 나올 지도 모른다. 마치 우리의 오른손이 호주머니에서 불쑥 동전을 꺼내 들듯이.

그러므로 당신은 당신의 사랑을 고백할 때를 위하여 가장 아름다운 문장을 미리 마련해 두어야 할지도 모른다. 감정이란 지진과 같은 것이기 때문이다. 젊은 날의 감정이란 소낙비처럼 쏟아지기 때문이다. 그러므로 당신은 당신이 할 수 있는 가장 아름다운 문장을 미리 작성해 두어야 할지도 모른다.

작고한 이성선 시인이 쓴 참 아름다운 사랑시 한 편이 있다.

나도 별과 같은 사람이
될 수 있을까.
외로워 쳐다보며
눈 마주쳐 마음 비춰 주는
그런 사람이 될 수 있을까.

나도 꽃이 될 수 있을까.

세상일이 괴로워 쓸쓸히 밖으로 나서는 날에

가슴에 화안히 안기어

눈물짓듯 웃어 주는

하얀 들꽃이 될 수 있을까.

가슴에 사랑하는 별 하나를 갖고 싶다.

외로울 때 부르면 다가오는

별 하나를 갖고 싶다.

마음 어두운 밤 깊을수록

우러러 쳐다보면

반짝이는 그 맑은 눈빛으로 나를 씻어

길을 비추어 주는

그런 사람 하나 갖고 싶다.

　　　　　　　　　　　　　　—이성선, '사랑하는 별 하나'

　참 멋있는 시이다. 재치가 있는 당신이라면 당신은 이 시
의 일부를 인용해 사랑의 말을 건네도 좋을 것이다. 고백은
사랑이 할 수 있는 가장 아름다운 포옹이다. 포옹의 말이다.

그러므로 가장 부드럽게 가장 진심을 담아서 해야 한다. 왜냐하면 사랑의 고백은 먼 후일 큰 강물을 이루어 바다로 가게 될지 모르기 때문이다. 고백은 짧아도 당신은 당신의 전부를 말해야 하기 때문이다.

미루고 미루다 결국 사랑의 고백을 못하는 사람을 더러 보았다. 그리고 그는 여러 날 후회를 했다. 물론 너무 미루었기 때문에 그의 사랑은 결실을 맺지 못했다. 사랑에 관한 미루는 것은 미덕이 되지 못한다. 완벽한 조건에서의 고백은 원래부터 없는 것이다.

사랑의 고백은 씨앗을 심는 일이다. 그 씨앗에 물을 주고 햇빛을 내려 주는 것은 연인이 앞으로 해야 하는 일이다. 사랑은 이 세상의 모든 것이다. 사랑을 통해 우리는 우리의 삶을 찬미하게 될 것이다. 당신이 오래 전부터 숨겨 놓았던 사랑의 말이 당신의 고운 입술을 통해 세상 바깥으로 나오기를 기도한다. 당신은 충분히 그럴 자격이 있는 아름다운 사람이기 때문이다. 당신의 말은 봄꽃처럼 이 세상에 환한 빛으로 피어날 것이다. 이제 남은 것은 당신의 용기뿐이다. 행운을 빈다.

해녀와 함께
바닷가로

●
●
●

　고향이 뭍인 나에게 바다는 예전에 한 번 가본 외갓집 같
다. 자주 가본 곳이 못 된다. 뭍은 능선도 있고, 계곡도 있
고, 골물도 있고, 끝도 있지만, 바다는 내게 너무 넓은 세
계이고, 너무 멀리까지 가서 있다. 그럼에도 나는 올여름을
서귀포 바닷가에서 얼마간 보냈다. 대포 주산, 암산 교습소
를 지나 걸어가면 작은 항구에는 묶인 배들이 흔들거리고
있다.

　큰갯물 횟집을 지나 나는 흔들리는 배들을 보러 이른 아
침 산책을 나섰다. 때마침 그날은 바다로 나가는 해녀들과
동행했다. 예순이 좀 넘은 두 늙은 해녀는 물질을 나간다고
했다. 성게를 캐러 간다고 했다. 한 명은 사투리가 너무 강
했고, 내가 고개를 갸웃거리면 다른 해녀가 그 말을 서울말

로 풀어 주었다. 40년이 넘도록 함께 물질 나가는 이웃이라고 했다. 고무옷을 뒷등에 멘 그들과 함께 천천히 바닷가로 갔다.

나이가 들어 산다는 것은 마음속에 오름 하나씩을 품고 산다는 것은 아닐까. 부드럽게 올라가고 내려오는 오름의 능선을 본 적이 있는 사람들은 알 것이다. 오름처럼 유순하다는 그 말의 의미를. 오름처럼 완만한 말, 오름처럼 서두르지 않는 심성과 생각의 품 말이다. 대포항에 들어와 정박한 배들이 멀리 살짝살짝 흔들리며 있고, 여가 물에 잠겼다 드러났다 하는 이른 아침이었다.

두 분의 해녀는 소녀처럼 수줍어했고 웃을 때는 개망초가 핀 것 같았다. 나는 노동을 앞둔 그들과 같이 걸어가는 산책 길이 너무 행복했다. 우리네 흔하디흔한 어머니들처럼 그들은 끊임없이 나에게 궁금한 것을 물었다. 결혼은 하였느냐, 섬에는 웬일이냐, 그리고 언제 돌아가느냐, 어디서 묵고 있느냐 등등.

바다는 해녀들의 밭이고, 해녀들은 바다의 딸이다. 나는 바다의 두 딸과 같이 '해녀의 집'까지 걸어갔다. 그곳에서 그들은 잠수복으로 갈아입고 출출하면 간단하게 요기를 달랜

다 했다. 요즘은 물질하는 사람들도 나이든 당신 또래의 해
녀들이 대부분이라 했다. 경력으로는 사오십 년씩은 족히
된다면서 웃었다. 웃고 있었지만 어떤 서늘하고 젖은 것이
그 말속에는 있었다.

고무옷을 입고 망사리캔 해산물을 담는 작은 그물와 테왁떠있는 박, 가
슴에 안고 헤엄치는 기구을 챙겨서 바다의 밭으로 그녀들은 나갔다.
줄잡아도 대여섯 시간씩은 물속에서 일을 한다고 했다. 이
따 물질이 끝나면 막 캐온 성게를 좀 사지 않겠느냐고 물었
다. 나는 그러마고 했다.

예전에 나는 '숨비소리'를 들은 적이 있다. 해녀들은 바닷
물 속으로 들어가면 한 번에 짧게는 30초에서 길게는 2분
여까지 숨을 참으면서 성게도 전복도 캔다고 한다. 물속으
로 들어갔다가 나오면서 내쉬는 첫 숨소리가 말하자면 숨비
소리이다. 숨비소리를 듣고 있노라면 내가 얼마나 편안하게
살아가는 목숨인가를 되돌아보게 된다. 숨이 턱까지 찬다는
말이 있지만, 기운을 다 소진한 후에 다시 생명의 호흡이 들
어가는 소리가 바로 숨비소리이다. 그것은 가늘고 긴 휘파
람소리가 난다. 피리 소리가 난다. 숨을 다시 들이켜면서 이
내 해녀들은 검푸른 바닷속으로 잠기어 간다. 잠녀들인 그

들은 15미터 아래로까지 내려간다.

숨비소리에는 삶의 고단함 그 이상의 어떤 상징이 있다. 고비를 막 넘어서는 것이 있다. 한 번 생각해 보라. 당신의 어머니가 참았던 숨을 처음 내쉬는 그 소리를. 우리들의 어머니들은 이런 숨비소리를 숨기며, 혼자 가쁜 숨을 내쉬면서 늙어 가는 사람들 아닌지. 그러니 뭍에 있든 섬에 있든 우리의 어머니들은 다 같은 해녀이며 잠녀이다.

두 명의 해녀와 헤어져 나는 배들이 정박해 있는 작은 항구 쪽으로 걸어갔다. 민영호가 출어 준비를 하고 있었다. 남편은 엔진을 손보고 있고 아내는 그물을 손질하고 있었다. 아주 낡은 배였다. 시동이 걸리고 뱃머리에 아내는 앉고 남편은 배의 방향을 잡으며 먼 바다로 천천히 나아갔다. 물길을 내며 배가 앞뒤로 크게 출렁이며 가고 있었다. 부부가 수평선 쪽으로 오래오래 나아가고 있었다.

서귀포 바닷가는 내가 쓰러질 때마다 나를 다시 일으켜 세우는 큰 힘이 되어줄 것 같다. 사람에 절망하고 세상에 내가 무너질 때 나는 늙은 해녀와 숨비소리와 민영호의 부부를 생각할 것이다. 해녀들의 첫 숨소리인 숨비소리를 생각하고, 종일 파도의 안팎에서 흔들리며 살아가는 가난한 사람들을 생각할 것이다. 모든 꽃은 흔들리면서 피어난다고 했던가. 크게 흔들리고서야 꽃이 피고 열매 맺는다는 것을 다시 생각할 것이다. 그래야 우리가 더불어 사는 이 세상이 희망을 가꾸는 터전이 되지 않겠는가.

가을 편지

•
•
•

점심을 먹고 사무실로 돌아오다 나는 내닫던 걸음을 우뚝 세우고 말았다. 꽃집에서 내놓은 노란 국화 화분 때문이었다. 노랗게 핀 국화 꽃잎 위로 파리하고 차가운 햇볕이 내리고 있었다. 회사원들이 나처럼 발걸음을 멈춰 서서 잠시 잠깐씩 국화 화분에 눈길을 주거나 국화 꽃잎을 만지작거리다 돌아갔다.

그러고 보니 이슬이 서리로 변하기 시작하는 한로寒露가 벌써 지났다. 한로 무렵에는 단풍이 짙어지며, 제비는 날아가고 기러기가 날아들기 시작한다고 했다. 국화 꽃잎을 따서 찹쌀가루에 섞어 반죽하고 단자를 만들어 먹는 때도 이즈음이라고 했다.

가을 제일의 꽃은 국화가 아닌가 한다. 퇴계 이황은 "누런 국화 줄로 피어 정원마다 가을이네"라고 읊었고, 당나라 시인 한유는 "주머니 속에 누런 금색의 조가 늘어서 있다"라고 써 국화를 예찬했다. 소설가 이태준은 찬 달빛과 늙은 벌레 소리에 가을꽃은 피고 진다면서, 사군자의 하나인 국화에 대한 감상을 이렇게 적었다.

국화를 위해서는 가을밤도 길지 못하다. 꽃이 이울기를 못 기다려 물이 언다. 윗목에 들여놓고 덧문을 닫으면 방안은 더욱 향기롭고 품지는 못하되 꽃과 더불어 누울 수 있는 것, 가을밤의 호사다. 나와 국화뿐이려니 하면, 귀뚜리란 놈이 화분에 묻어 들어왔다가 울어대는 것도 싫지는 않다.

사무실로 돌아와서 구절초 꽃차를 선물 받았다. 그이는 공주 영평사를 다녀왔노라 했다. 들국화의 일종인 구절초가 만개해 마치 흰 눈이 소복이 내린 듯했다고 감회를 일러주었다. 물을 끓여서 구절초 꽃차를 나눠 마셨다. 가을 정취가 찻잔에 가득했다. 입술이 붉게 따뜻해졌다.

찻잔을 들고 가만히 생각해 보니 근래 며칠은 놀라고 두려워 허둥지둥하며 보냈다. 바깥으로부터 온 충격이 컸다.

연일 뉴스를 접하면서 마음은 헝클어진 덩굴 같이 되었다. 두들겨 맞기만 하는 권투선수처럼 되어 버렸다. 내 곁으로 가을이 바짝 붙어선 줄도 모르고 말이다. 가을의 큰 공간 속에서 억새가 은빛으로 출렁이는 줄도 까맣게 모르고 말이다.

바깥에 위기가 있으면 그 위기는 우리 내부로도 전염된다. 그리하여 우리는 우리가 원하지 않는 방식으로 숨 쉴 수 없이 고통스런 방에 자신을 홀로 남겨 두는 경우가 잦다. 이렇게 해서는 해결의 실마리가 풀리지 않는다.

예를 들어, 가을에 우리는 얻으면서 잃는다. 가을은 열매를 수확하는 기쁨을 주지만, 시들어 떨어지는 슬픔도 함께 안겨 준다. 마치 냉탕과 온탕이 함께 있는 대중목욕탕처럼. 마치 손등이기도 하면서 손바닥이기도 한 당신의 손처럼.

이러할진대 우리는 우리에게 작용하는 상반된 힘을 잘 이해해야 한다. 바람이 멎을 때 우리는 떨어지는 꽃을 잘 볼 수 있고, 지저귀는 새소리가 있을 때 우리는 산의 고요함을 알 수 있다. 우리는 가을이 지닌 두 가지 상반된 성질 또한 맞대어 비교하고 차분히 받아들여야 한다. 그리하여 기쁨이 슬픔에게 기대며 가고, 슬픔이 기쁨에게 기대며 온다는 것을 인정해야 한다. 이 인정이야말로 우리가 가을에 해야 할 사색의 내용이다.

가을이면 많은 사람들로부터 사랑받는 노래가 있다. 고은 시인의 시에 김민기가 곡을 붙여 가수 최양숙, 이동원이 부른 '가을 편지'라는 노래이다. "가을엔 편지를 하겠어요. 누구라도 그대가 되어 받아주세요. 낙엽이 쌓이는 날 외로운 여자가 아름다워요."

오늘 한 번쯤은 많은 사람들이 이 노래를 흥얼흥얼하면서 작은 낭만으로 느슨하고 게으르게 가을을 걸어갔으면 좋겠다. 더 외롭고 더 어려운 사람에게로 가서 그이가 사랑하는 '그대'가 되어도 좋겠다. 가을을 느끼며 사는 일이 큰 사치라고 생각하는 이들에게 부디 가을을 타며 살라고 말하고 싶다.

아내라는 여인

.
.
.

내가 말했잖아

정말, 정말, 사랑하는, 사랑하는, 사람들,

사랑하는 사람들은,

너, 나 사랑해?

묻질 않아

그냥, 그래,

그냥 살어

그냥 서로를 사는 게야

말하지 않고, 확인하려 하지 않고,

그냥 그대 눈에 낀 눈곱을 훔치거나

그대 옷깃의 솔밥이 뜯어주고 싶게 유난히 커 보이는 게야

황지우 시인의 시집 〈게 눈 속의 연꽃〉에 실려 있는 시 '늙어가는 아내에게'의 일부분이다. 얼핏 생각하기에 따라서는 이 시를 통해 어떤 남편은 아내에 대한 평소의 무심함에 대해 면죄부를 받을 수 있을지도 모르겠다. 그러나 이 시를 다시 읽어 보면 그것이 섣부른 예단이었음을 곧 깨닫게 될 것이다. 아내의 피곤한 눈에 낀 눈곱을 발견하는 세세함과 그것을 떼어내 주는 자상함, 게다가 터진 실밥을 보고 안쓰러워하는 마음까지 있어야 할 테니 말이다.

그러니 이 시에서 "그냥"이라는 말은 간단치가 않다. 괜스레 무정해 보여도 이 시의 남성 화자는 아내에 대한 산같이 큰 신뢰와 바다같이 깊은 인간애를 담뿍 소유하고 있기 때문이다.

며칠 전 뒷설거지를 하고 있던 아내가 등을 돌려 소파에 앉은 나를 바라보며 나지막이 물었다. "요즘은 왜 나한테 편지를 쓰지 않아요?" 아내는 어느덧 40대가 되었다. 편지? 나는 뒤통수를 긁으며 슬그머니 자리를 피해 도망가듯 서재로 들어갔다. 아내는 어느덧 아이 둘의 엄마가 되어 있었다. 아이들은 설거지를 하고 있는 엄마에게 매달려 뭐라 연신 묻는 모양이었다.

그러고 보니 아내에게 편지를 쓴 지도 꽤 오래되었다. 말수가 워낙 적은 나로서는 이따금씩 아내에게 보내는 편지가 속마음을 털어놓는 데 꽤 요긴했는데 그마나 그 일도 성글어졌다. 띄엄띄엄 놓은 징검돌처럼 되어 버렸다.

서재에 앉아 곰곰이 생각해 보니 내가 너무 담장처럼 무덤덤해지지 않았나 싶었다. 으레 짐작할 일을 구태여 말로 다 말해야 하는가, 그런 생각이 적잖이 요 근래에 들었던 것이다. 연애시절부터 나의 아내는 소박했다. 아내는 아직도 신혼 초 한 덩이의 수박을 사 들고 퇴근하던 나의 모습을 행복하게 기억한다.

남편과 아내는 아주 가까운 거리에 있다. 말이 오고 가는 폭이 가장 짧다. 잎사귀나 가랑잎 같은 귀엣말도 둘 사이에는 돋고 쌓인다. 마음속의 근심거리를 저울처럼 서로 달 줄 안다. 가장 본능적인 거리에 있어서 가장 절제가 필요한 사이이다. 눈의 빛깔, 귀의 소리, 코의 향기, 혀의 맛, 몸의 촉감, 생각의 분별을 비밀스럽게 덮어 두려고 해도 그렇게 되질 않는다. 아무리 작은 일이어도 둘 사이에서는 물결이 생겨나 밀려가고 밀려온다. 그러니 '그냥'이라는 것이 통하지 않는 사이이다.

한 시인은 부부를 "음식을 차린 긴 상을 옮기려 마주 든 두 사람"이라고 비유했다. 그렇다고 시시콜콜하게 서로가 서로에게 일어난 일을 다 말하는 것도 모양새는 아닐 것이다. 그것은 아마도 벽을 기어오르는 일에만 목을 맨 담쟁이덩굴의 일일 테니까 말이다. 그 많은 덩굴손을 어찌하겠는가.

아내가 "나 사랑해?"라고 물을 때, 사랑을 질문하는 사랑을 확인하려 하는 아내에게 당신은 어떻게 답하시겠는가. 향이 든 주머니라도 있으면 그것을 집어 올려 미묘한 향기를 보여줄 텐데. 설거지를 하느라 그릇들이 달그락거리는 소리를 등에 업고 나는 그날 간만에 아내에게 장문의 편지를 쓰기 시작했다.

오늘은 아내에게 올레크 포구딘Oleg Pogudin이 부르는 '사랑은 남으리'라는 곡을 들려주고 싶다. 아니, 이 노래의 가사를 들려주고 싶다. 가사는 이렇다.

눈 녹은 물에 땅이 잠기자 바다 너머에서 백조들이 날아왔네. 기쁨과 재난이 우리에게 닥쳐왔네. 그 봄에 당신과 내가 만났었지. 우리는 절대로 사랑한 것을 후회하지 말자. 모든 것이 다 잊혀진다 해도 사랑은 남으리니.

우리는 강가에서 서로를 기다렸네. 백조만이 그 사실을 알고 있었지. 여름밤이 너무 짧은 게 유감이야. 석양과 새벽이 너무나 가까워. 하지만 우리는 절대로 사랑한 것을 후회하지 말자. 모든 것이 잊혀진다 해도 사랑은 남으리니.

땅 위쪽으로 흰 새들이 날아가네. 가을이 많은 새 떼를 모으고 있네. 가을을 따라 또다시 추위가 오고 백조들이 우리의 행복을 가져가 버리네. 하지만 우리는 절대로 사랑한 것을 후회하지 말자. 모든 것이 다 잊혀진다 해도 사랑은 남으리니.

봄은 또 올 것이고, 눈 녹은 물은 흐를 것이고 바다 너머에서 백조들은 돌아오겠지. 유감스럽게도 그 시절은 다시는 돌아오지 않고 가슴만 감미로운 통증을 느낄 뿐이야.

가슴 한쪽이 모닥불처럼 훈훈해질 것이다.

더듬대고 어슬렁거리고
깡마르게

•
•
•

    계절이 오는 모습은 마치 물오리가 미끄러운 수면을 가르며 이쪽으로 다가오는 것만 같다. 큰 소리가 나지 않아 조용하지만 분명히 바뀜은 있고 그 속도도 제법 빠르다. 낮엔 수수가 다 익은 것을 보았다. 그동안은 공기가 찰지더니 어느새 고두밥처럼 고들고들하다는 것도 알게 되었다.

    계절은 혼자 앉아 있는 시간에 바뀐다. 계절은 깨어 있는 새벽에 바뀐다. 오가는 사람들로 인해 길에 소요가 있더니 이 새벽에는 깔끔하다. 아무도 건너는 사람이 없다. 나의 집은 산과 밭과 풀숲이 비교적 가깝다. 창을 열어 두고 찬바람이 들어오는 것을 본다. 가을의 깡마른 얼굴이 창으로 들어선다. 나의 집을 멀리서 찾아온 손님처럼. 불은 가급적 꺼 두었다. 최소한의 빛이 방을 둥글게 밝히고 있다. 10리 길은하는 없지만 제법 별들이 총총하다. 저 빛은 능선을 넘어가는 종소리 같다. 저 빛은 누군가를 기다리는 약속 같다.

27년이라는 짧은 삶을 살다 간 허난설헌은 가을을 이렇게 적었다.

붉은 비단 저 너머 밤 등잔 붉은데
꿈을 깨니 비단이불 한쪽이 비었구려.
새장의 앵무새, 서리 차다 울어대고
섬돌 가득 오동잎, 서풍에 떨어지네.

곧 오동잎이 갱지처럼 지는 시간도 올 것이다. 별리가 있고 다시 해후가 있는 것 아닌가. 그 사이를 건너가는 마음의 모양을 적적寂寂이라 하지 않았는가.

가을의 새벽은 귀와 코가 열린다. 활짝 열려서 예민해진다. 감각이 바깥을 잘 가려 가며 읽는다. 오늘은 풀벌레 소리가 유난하다. 풀벌레 소리는 가을의 망루이다. 풀벌레는 새벽에 말을 더듬듯 운다. 그러나 비가 오면 숨는다. 숨을 때는 아주 은밀하게 숨어서 이 세상에 없는 듯 숨는다. 비가 그치면 다시 운다. 울어도 가을비가 지나고 나면 더 더듬거리며 운다. 말을 배우지 않은 사람처럼 어물어물하다가 한 마디 하고 나선 한참 또 뜸을 들인다. 그런데 아주 가끔씩 우는 그 소리가 더 애절하다. 연애의 언어가 그렇듯 말이 적으면 짐작이 커진다. 짐작이 커져서 아주 사람의 마음을 형편없이 절복케 한다.

나는 뒷짐을 지고 방을 어슬렁거린다. 그리고 묻는다. "거기 계신가?" 나의 목소리를 내가 받는다. 나에게 던지는 말을 내가 가만히 듣고 있다. "아픈가, 아니 아픈가?" 다시 묻는다. 아무 응답이 없다. 다시 묻는다. "가을 제비처럼 어딜 가는가?" 가을 새벽이면 나에게 하는 이 질문에 나는 아직 답을 구하지 못하고 있다.

가을에는 책을 덮어 두고 있다. 가을에는 나의 마음을 찾는 구심求心이 최고의 독서인 까닭이다. 가을비 내리는 밤 풀벌레가 숨듯 은밀하게 숨은 마음을 찾는 것이 제일 큰 공부이다. 뒤져 가며 그것을 찾은 사람은 이 인간의 역사에 별로 없다.

가을은 끊는 계절이다. 바깥이라는 급류를 벗어나고 바깥이라는 불을 끄는 계절이다. 마음을 잘 머무르게 해서 어지럽히지 않고 흔들리지 않는 것을 최고의 일로, 가장 바쁘게 해야 하는 일로 아는 때가 가을이다.

　돌아보니 미간의 틈조차 없이 살아왔다. 돌아보니 큰 늪만 같다. 이 새벽에 나는 나를 엉성하게 하고 있다. 잠이 멀어지고 있다. 곧 다시 새로운 날이 밝아올 것이다. 그러면 훗날에 가을을 제대로 보냈다고 할 수 있을 것이다.

나의 작은 기도

•
•
•

오늘은 시골 이발관 앞을 지나갔다. 바람이 있고 수정水晶 같은 햇살이 있는 낮이었다. 이발관 바깥에는 하얀 수건들 이 널려 있었다. 젖은 수건이 마르고 있었다. 이발사가 이발 을 끝낸 후 손님의 머리를 감겨 주면 손님은 젖은 머리카락 의 물기를 털어 내는 데 저 수건을 사용했을 것이다. 저 수 건을 머리에 얹어 물기를 마저 털어 내며 벽에 걸린 큰 거울 을 한 번 보았을 것이다. 목을 왼쪽 오른쪽으로 돌려 가며 이발이 흡족하게 끝났는지를 살펴보았을 것이다. 그러면 이 발사는 손님의 고와진 뒤태를 보면서 흐뭇한 표정을 지었을 것이다.

그렇게 사용한 수건들을 삶고, 헹구고, 짜고, 탁탁 털어서 이발관 바깥에 널었을 것이다. 그러면 흰 수건을 말리는 일은 바람과 햇볕의 몫이 되는 것이다.

나는 가끔 이발관이나 세탁소, 그도 아니면 우리 집 마당에 널린 빨래들이 바람과 햇살에 보송보송 말라 가는 모습을 떠올린다. 이런 풍경을 떠올리면 가슴 한 모퉁이가 밝아진다. 이 풍경에 내 마음을 슬쩍 얹어 보고 비추어 본다. 그러면서 내 마음이 저처럼 되었으면 좋겠다는 기도를 올려 본다.

기도를 올리지 않는 사람은 이 세상에 아마도 없을 것이다. 죄수도 마지막 날에는 기도를 올릴 것이다. 아무리 뱃심을 부리고 살아도 결국 우리 모두는 기도 안에서 살고 있다. 내가 최근에 만난 한 분은 "내 어머니의 마음이게 하소서"라는 기도를 올린다고 말했다. 어머니의 마음에는 무엇을 베푼다는 생각이 털끝만치도 없기 때문이라고 했다. 어머니가 자식에게 젖을 물리고 밥을 차려 주고, 돈을 대 주면서 베푼다는 생각을 갖지는 않을 것이다. 나는 가만가만히 고개를 끄덕였다.

하지만 나의 기도는 좀 더 작은 것이다. 나의 기도는 풍경을 떠올려 그 풍경이 내 마음속에 살게끔 하는 것이다. 내가 떠올리는 풍경은 예를 들면, 바람과 햇살에 빨래가 말라 가는 풍경, 산달山月이 막 떠오르는 풍경, 봄나물을 바구니 가득 담아서 들길을 돌아오는 풍경, 톳과 같은 해초를 캐는 풍경, 빨간 앵두가 소반에 담겨 있는 풍경, 우물에서 한 두레박의 물이 쏟아지는 풍경, 목탁소리가 들리는 새벽의 절 풍경, 돌아온 제비가 재재거리며 전깃줄에 나란히 앉아 있는 풍경, 가을 하늘 아래 푸른 사과가 열려 있는 풍경, 길게 매달린 고드름이 녹으면서 물이 똑똑 떨어지는 풍경, 한 사람이 다른 사람의 짐을 대신 들고 가는 풍경, 싱싱한 생선을 경매하는 어시장의 풍경, 밥을 푸는 풍경 등등이다.

이런 풍경들에 좀 더 근접하고자 하는 것이 나의 기도이다. 기도는 나의 작은 불씨로부터 피어나 바깥을 보살피고, 바깥을 다 보살핀 후 다시 내게로 돌아와 내 불씨의 심지를 다시 돋운다. 이성선 시인은 '기도'라는 시에서 이렇게 노래했다.

지상의 가장 아름다운 삶은 기도이어라.

하늘에 자신을 비추어보고 다시 비추어보고
별에게 비추어보고 또 비추어보고

사람에게 비추어보고 사람에게 비추어보고

잎 다 떨어진 나무처럼 홀로 될 때

마지막 제 영혼에 비추어보는 기도이어라.

오늘 나는 당신이 기도를 올리고 있는 풍경을 떠올리는
것으로써 나의 마지막 기도를 올린다.

느림보 마음

1판 1쇄 발행 2009년 7월 6일
1판 2쇄(개정판) 발행 2013년 5월 24일
2판 1쇄 발행 2018년 3월 22일
2판 2쇄 발행 2019년 10월 25일

지 은 이   문태준
펴 낸 이   신혜경
펴 낸 곳   마음의숲

대   표   권대웅
주   간   이효선
편   집   전태영
디 자 인   임정현 박기연
마 케 팅   노근수 허경아

출판등록   2006년 8월 1일(제2006-000159호)
주   소   서울시 마포구 와우산로30길 36 마음의숲빌딩(창전동 6-32, 3층)
전   화   (02) 322-3164~5 팩스 (02) 322-3166
이 메 일   maumsup@naver.com
인스타그램   @maumsup
용지 신승지류유통(주) 인쇄 스크린그래픽 제본 (주)상지사P&B

ⓒ마음의숲, 2018
ISBN 979-11-87119-99-9 (03810)